YABÁS, MÃES RAINHAS

YABÁS, MÃES RAINHAS

ORGANIZADOR

Julio Ludemir

FLUP · malê 10 anos

Este livro foi revisado segundo o Acordo Ortográfico da Língua Portuguesa de 1990, em vigor no Brasil desde 2009.

EDITORA MALÊ

DIREÇÃO EDITORIAL
Francisco Jorge e Vagner Amaro

YABÁS, MÃES RAINHAS
978-65-85893-51-0

ORGANIZAÇÃO E EDIÇÃO
Julio Ludemir

REVISÃO
Meira Santos

ORIENTADORAS
Ana Paula Lisboa, Angélica Ferrarez, Janaína Oliveira, Luciana Diogo, Luciany Aparecida, Mãe Flávia Pinto, Ryane Leão

MÃES DE SANTO
Mãe Flávia Pinto, Yá Renata, Yá Rosângela de Yewá, Yá Luizinha, Yá Roberta de Yemonja, Yá Marlise, Yá Janaína t'Obaluaê

PROJETO GRÁFICO, DIAGRAMAÇÃO E CAPA
Marcio Oliveira [Graphix Design]

ILUSTRAÇÃO DE CAPA
Senegambia

FLUP - FESTA LITERÁRIA DAS PERIFERIAS

DIREÇÃO GERAL
Julio Ludemir

DIREÇÃO DE PRODUÇÃO
Andrea Borges

PRODUÇÃO EXECUTIVA
Assambé Monteiro

ASSISTENTE DE DIREÇÃO
Regina Brizio

ESTAGIÁRIA DE PRODUÇÃO
Gabriela Fialho

COORDENAÇÃO DOS PROCESSOS FORMATIVOS
Daiane Brasil

COORDENAÇÃO DE COMUNICAÇÃO
Teresa Dantas

COORDENAÇÃO INSTITUCIONAL
Patricia Hanna

DIREÇÃO FINANCEIRA
Janaína Martins

PROPONENTE
Associação na Nave

Dados Internacionais de Catalogação na Publicação (CIP)
(Câmara Brasileira do Livro, SP, Brasil)

Yabás, mães rainhas / organização Julio Ludemir.
-- Rio de Janeiro : Malê Edições, 2025.

Vários autores.
ISBN 978-65-85893-51-0

1. Romance; ficção e contos brasileiros
2. Cultura afro-brasileira 3. Literatura brasileira
4. Mulheres na literatura 5. Mulheres negras - Aspectos culturais 6. Periferia na literatura
I. Ludemir, Julio.

25-275360 CDD-B869

Índices para catálogo sistemático:

1. Literatura brasileira B869

Eliane de Freitas Leite - Bibliotecária - CRB 8/8415

EDITORA MALÊ - Rua Acre, 83/ 202 - Centro. Rio de Janeiro – RJ CEP: 200.81-000
www.editoramale.com.br / contato@editoramale.com.br

SUMÁRIO

APRESENTAÇÃO

Julio Ludemir

Quando começamos essa jornada, eu não imaginava o quanto ela nos transformaria. "Yabás, mães rainhas" não é apenas mais um livro da Flup, é um testemunho vivo do poder do encontro, da escrita como ferramenta de resistência e da força das mulheres que carregam o axé em suas vidas. Tem como ponto de partida e de chegada um mundo feminino. Sagrado e feminino. Mágico e feminino. Uma cosmogonia do acolhimento, poderíamos sintetizar. Uma feminina cosmogonia do acolhimento, caso esse sintagma não corra o risco de ser entendido como um pleonasmo.

Foram sete sábados, sete terreiros, sete yalorixás nos falando de sua relação com as yabás, como as descobriram, como utilizam seus saberes para orientar a si própria e a seus filhos. E, em cada um desses espaços sagrados, algo mágico aconteceu: pessoas que antes só conheciam seus próprios barracões, cruzaram portas, pisaram em outros ilês, sentaram-se juntas em rodas de conversa e descobriram que, apesar das diferenças, havia um fio de ancestralidade as costurando. Isso, por si só, já era uma revolução. Talvez pudéssemos chamá-la, pedindo emprestado um termo que aprendemos com as historiadoras goianas Thais Marinho e Rosinalda Corrêa da Silva Simoni, de feminismo de terreiro.

Mas o que mais nos tocou nessa travessia foi vermos como esse projeto revelou facetas desconhecidas até mesmo para quem já conhecia o caminho do sagrado. Um exemplo foi o depoimento da cineasta pernambucana Natara Ney, que nos ajudou a pensar esse processo formativo e fundamentalmente mediar os encontros com as sete yalorixás que nos receberam. "Fazia tempo que eu não dizia tanto a palavra 'mãe'", resumiu ela no último encontro, na casa da Mãe Janayna Lázaro, em Maricá. Outro exemplo do que foi esse périplo pelas periferias do Rio de Janeiro foi a socióloga paulista Luciana Diogo, uma das orientadoras do processo formativo. "Redirecionei minha tese de doutorado depois dessa experiência", disse-nos ela. Seria muito óbvio lembrar que o verbo afetar vem da palavra "afeto"?

Esse processo formativo nos fez resgatar uma de nossas principais marcas, que é a de circular pela cidade com um grupo de escritores periféricos, como bem nos lembrou a escritora e ativista Keila Gomes, filha de Yá Flávia. Sempre fizemos isso em nome de um direito que consideramos universal e continuamente negado às periferias: o autor que vem das margens, quando e se ouvido, só pode falar do seu próprio gueto, jamais da cidade na qual vivemos, menos ainda de nosso tempo. Daí o entusiasmo com que nos propusemos a ir de terreiro em terreiro. Um dia em Seropédica, no outro, em Nova Iguaçu; depois, na icônica Vila Autódromo, Taquara, Maricá. O Rio de Janeiro voltou a ser nosso naqueles dois meses sagrados, nos quais entendemos com nossos pés a máxima segundo a qual "macumba boa é macumba longe". Veja nas próximas páginas o resultado dessa leitura de um mundo bem maior do que aquele que insistem em nos condenar.

Além das mães de santo, fizemos novas parcerias, como a escritora Luciany Aparecida, a poeta Ryane Leão e a curadora Janaína Oliveira, que, com a yá Flávia, a socióloga Luciana Diogo, a escritora Ana Paula Lisboa e a historiadora Angélica Ferrarez, nos ajudaram na orientação das autoras e autores que estão neste livro encantador. Não à toa, todas elas foram convidadas para a programação propriamente dita da Flup, que levou cerca de 40 mil pessoas ao Circo Voador em novembro de 2024, no mesmo período do G20. Queríamos que o mundo soubesse o quão gratos estávamos a essas mulheres extraordinárias, que compartilharam saberes e sabores com a mesma generosidade com que as mães de santo nos receberam em seus terreiros. Isso: a palavra que mais define esse processo é gentileza.

Houve uma energia nesse grupo que raramente se vê, como bem o demonstra o fato de não termos tido nenhuma evasão ao longo do processo, por mais longo e tortuoso que fosse. Todos os 49 participantes mergulharam de cabeça, escreveram, reescreveram, transformaram itãs em literatura. E no final, como não poderia deixar de ser, as giras tomavam conta, os orixás vinham, e a escrita se tornava dança, se tornava canto, se tornava oferenda. Confirmamos essa força no apoteótico lançamento de *Cartas para Exu*, no qual reunimos os textos com que os interessados se inscreveram. Não menos que mil pessoas se espremeram no Santuário de Seu Zé, nas imediações do Circo Voador, para um sarau que, acima de tudo, celebrava os Deuses que Dançam, todos nós acompanhados por um vibrante terno de ogãs tocando todos os pontos possíveis. Talvez estejamos falando do evento mais longo da última edição, superando inclusive nossa madrugada insone com a Batalha Vogue e o festivo encerramento com a Batalha do Passinho. *Cartas para Exu* foi, inclusive, o livro mais vendido da Belle Époque, livraria que atendeu a Flup. Superou até as vendas dos livros de Leda Maria Martins, Sueli Carneiro, Bernardine Evaristo e Oyèrónkẹ́ Oyěwùmí, nossas maiores estrelas.

Este livro é também um escancarado gesto político na medida em que infelizmente a perseguição aos terreiros e a criminalização da fé afro-brasileira conseguem colocar na mesma trincheira traficantes de drogas e milicianos nas periferias do Rio de Janeiro, para não falar de bolsonaristas empedernidos e de uma certa esquerda, que teme o potencial eleitoral dos evangélicos e demais porta-vozes da supremacia cristã. Não seria um exagero dizer que, por trás dessa aliança escusa, está o racismo que as leis brasileiras têm conseguido, senão coibir, tornar constrangedor. As pessoas e instituições que não podem desumanizar a existência dos negros agora sentem-se completamente à vontade para atacá-los ou mesmo eliminá-los não precisamente pela sua cor, mas pelos deuses (digo, orixás) que acreditam e cultuam. Daí a importância de mostrar que os saberes das yabás não são folclore, mas filosofia, arte, a base de um feminismo que já existia muito antes da palavra "feminismo" ser cunhada. Mais do que garantir um direito constitucional, a crença nos Deuses que Dançam garantiu a resistência dos africanos escravizados que aportaram no Brasil e nos demais países das Américas. O futuro vislumbrado por essa cosmogonia está por trás da resistência e resiliência do povo preto.

Acima de tudo, *Yabás, mães rainhas* é uma celebração. Das mães que nos acolheram com comida farta e braços abertos. Dos homens e mulheres, negros e não negros, que entenderam que o terreiro é espaço de todos. Da beleza de ver pajubá e iorubá entrelaçados em histórias que agora chegam ao mundo. Que as yabás abençoem cada página. E que quem ler sinta, mesmo que por um instante, o que nós sentimos ao percorrer esse caminho: o cheiro do dendê, o som dos atabaques, e a certeza de que a literatura, quando feita com fé, pode mesmo mover o mundo.

POMBA-GIRA

O QUE ENCONTRAMOS NA ENCRUZILHADA

BÁRBARA PINHEIRO BAPTISTA
Orientada por Luciana Diogo

Enquanto o cheiro das ervas do defumador ganhava os cômodos do terreiro, os últimos padês eram finalizados. Júlia gostava especialmente do momento em que podia decorar os oberós com rosas vermelhas, pimentas e moedas, que lançavam um aroma característico de dendê por toda a cozinha. Preparar comida de santo tinha algo de terapêutico, afastando sua mente das demandas cotidianas por algumas horas. Deixava o celular na despensa do local, onde seus irmãos e irmãs de santo também punham as malas e mochilas que levavam ao barracão. Nessa ocasião, uma gira de Exu liderada pela rainha da casa, sua entidade, Dona Maria Padilha. Padilha representava a faceta destemida e audaz que tinha o hábito de alimentar em sua vida. Lembrava--a da sensação de gargalhar, a coragem de ser quem se é. Cantarolando um ponto de Seu Tranca Rua enquanto lavava as últimas louças após o preparo dos adonuns, sua irmã, Ekede Cecília, a tira de seu transe mental:

"Mulher, o Danilo está desesperado atrás de você! Até pra mim já mandou mensagem."

Aquela interrupção lhe causou uma sensação de náusea ansiosa. Suas idas à casa da ialorixá, que muitas vezes se estendiam por fins de semana completos, tiravam o marido do sério. Ele se recusava a levá-la, ainda que a moça precisasse cruzar mais de cinquenta quilômetros para chegar ao local. Também não via com bons olhos a proximidade que Júlia havia construído com a sua família espiritual. Ameaçava o seu ideal de relação e a sua sensação de controle sobre a companheira. Desconfiava de todos: insinuava que a esposa comentava sobre a homossexualidade de seus colegas de candomblé para que ele não cogitasse a possibilidade de uma eventual traição dela. Porque ele tinha esse pensamento conspiratório de que os homens conseguiam espionar as mulheres trocando de roupa entre uma gira e outra ao afirmar terem uma orientação sexual que não era, de fato, a sua.

As paranoias eram infindáveis. No sábado anterior, foram ao casamento da irmã de Danilo. Ela elegantemente usava um vestido castanho-avermelhado, que deixava seus ombros à mostra. Os cabelos presos em um coque meio solto. Vermelho nos lábios. Na pista de dança, um hit pop do momento que ela não saberia dizer o nome. Juntava as suas mãos às pequeninas de sua filha, Beatriz, enquanto faziam passinhos de uma coreografia improvisada. Estava prestes a criar um novo movimento quando foi surpreendida:

"Não tem vergonha de ficar se exibindo pros homens da festa desse jeito, não?"

Em um misto de constrangimento e vergonha, a vontade era de fingir que simplesmente não conhecia aquele homem que a fuzilava com o mel dos seus olhos. A pequena exibia um semblante de confusão mental. Talvez se perguntando o porquê da brincadeira, que estava tão divertida, ter parado abruptamente. Quando a memória dos dedos fechando em seu braço pareciam apertá-la de novo, escreveu a mensagem: "Aconteceu algo? Vieram me dizer que queria falar comigo. Cê sabe que quando venho pra cá, me desconecto, amor."

Em menos de um minuto, já havia uma resposta: "Era só pra confirmar o endereço contigo. Estou indo pra aí.

Júlia gelou. Por um instante precisou se escorar na parede da cozinha, já que não podia sentar na cadeira pelo preceito de iaô e não havia nenhuma esteira próxima. Danilo deixava claro sempre que podia a sua descrença em sua fé. Quando foi a uma festa de orixá e a viu em transe – aliás, viu o seu Pai de cabeça, Oxumaré –, não quis mais retornar. Algumas pessoas disseram que ele ficou poucos minutos no salão, de frente para o xirê, e saiu rapidamente coçando a cabeça, visivelmente aturdido. Brigaram quando, certa vez, ele imitou o som e os passos da sua divindade em tom jocoso, na intenção de provocá-la.

Quando começaram a relação, foi recebida com grande desagrado a notícia de que era candomblecista. Católicos fervorosos, os sogros não poderiam admitir que, além de não ter feito a primeira comunhão, ainda era divorciada. Escandaloso demais para um núcleo familiar tão apegado a dogmas judaico-cristãos. Que efeito sua Pomba-gira causaria em sua cabeça tão retrógrada?

Os Ogans se acomodaram atrás dos atabaques. Havia um número razoável de visitantes, não somente aqueles ocasionais da casa, mas também gente nova, curiosos em contemplar a famosa dama de negro.

"Arreda homem que aí vem mulher!
Ela é a Pomba-gira, rainha do cabaré
Ela é a Pomba-gira, rainha do cabaré
Sete homens vêm na frente pra dizer quem ela é!
Ela é a Pomba-gira, rainha do cabaré"[1*]

Lua cheia no terreiro. O magnetismo dançante em vestes rendadas encantava os homens e mulheres que foram até aquela casa não apenas admirá-la, mas sobretudo ouvir seus conselhos. Ofertou seu Martini a uma moça que sofria por um amor não correspondido de um colega de escola, deu um trago da sua cigarrilha a uma jovem que tinha dado queixa do companheiro por agressão e limpou as lágrimas de um rapaz que sofria sucessivas traições da parceira. Em um rodopio, se pôs de frente a Danilo.

"Seja bem-vindo, moço! Aqui minha menina dança livre, o senhor goste ou não..."

A altivez daquela mulher o perturbava. Deu uma baforada no seu "pito" mentolado e o conduziu até um pequeno cômodo iluminado por uma luz avermelhada. Pomba-gira gargalhou alto ao reparar que, diante dela, o homem arregalava os olhos, fitando as penas e o sangue espalhado no piso do

1 * Letra do ponto de Umbanda "Pomba-gira arreda homem".

local. Um perfume doce podia ser sentido naquele lugar, onde se encontravam esculturas de mulheres voluptuosas em trajes sensuais em estantes.

"Tudo que o senhor vê de trevas no seu amor é o que vem construindo nos lugares sujos que frequenta. Como se atreve a maldizer quem lhe colocou onde está e lhe deu um nome? Se o que digo é indigesto é porque suas ações são impalatáveis. Quem é você pra ostentar tanta soberba em minha casa?"

Não emitia qualquer som. Fragmentos de lembranças fizeram uma breve visita em sua mente. Soraya do escritório, as idas aos prostíbulos com os colegas do bar, as inúmeras conexões no aplicativo de relacionamento. A sua demagogia escancarada em timbre sedutor, quase como uma evocação mágica. Era uma mulher de fala firme que segurava um espelho nas mãos de unhas carmesim. Nele, seus descaminhos escancarados, vergonhosamente expostos. Num microinstante, as feições de seu pai. Fala brava, chamando sua atenção, dizendo o quão inútil ele era. Piscou. A imagem agora trazia as mensagens picantes trocadas no horário de almoço da firma piscando em notificações. Finalmente, sua própria mente. A esposa com o chefe entre lençóis, ambos surpreendidos pela chegada de um desconhecido que carregava uma arma. Ela pedia que o antigo companheiro aceitasse o fim. Contrariado, dizia entre os dentes que, se ela pedisse o divórcio, entraria na justiça e conseguiria facilmente a guarda da menina Beatriz.

"Que juiz em sã consciência permitiria que uma criança seja criada nessas condições? Não tem asfalto na rua, vocês convivem com cabras e galinhas. São uns primitivos. Você está num beco sem saída, Júlia."

Zonzo com as visões fragmentárias que acabara de testemunhar, fez menção de deixar o aposento.

"Pode rezar quantos Pais-Nossos desejar. Amarrar a formosa com a mais baixa das feitiçarias. O brilho dessa moça não lhe pertence. Fiz dela faca amolada, embora ela ainda não saiba."

Quando Júlia voltou à gira, ainda com vestígios de batom e o pano prateado firmemente amarrado na cabeça, foi recebida por uma mocinha de branco que lhe entregou uma pequena xícara de ágata branca com água morna. Voltou à roda, contente ao perceber que Maria Molambo e Navalha estavam ali com ela.

O sentimento era de ultraje. Racionalmente, Danilo concebia tudo aquilo como uma encenação de mau gosto. Uma cena se fixou em sua mente durante todo o trajeto de volta pra casa: um corpo que deitava e rolava no fogo. Rindo alto. Ao volante, parecia esquecer o caminho que tantas vezes percorrera. Estava próximo de casa, a poucos quilômetros do sobrado em que viviam juntos. O percurso parecia confuso, labiríntico. Voltava diversas vezes para o mesmo sinal, sem saber como sair. Mãos suadas e incertas de desespero sob a escuridão da estrada sem nome.

CLARA, POMBA-GIRA DO CRUZEIRO DO JURAMENTO

CARLA ROCHA

Orientada por Angélica Ferrarez

> *"Praticando sua caridade com muito amor*
> *Exalando harmonia com o perfume da flor*
> *Ela é moça bonita*
> *É faceira e formosa*
> *Pomba-gira do Cruzeiro*
> *É a mais bela das rosas."*
> (Pomba-gira do Cruzeiro)

Nasceu em junho, no mês que tem regência poderosa, menina teimosa, das que batem o pé e saem andando. Os homens da família voltaram cedo para o Orum. Uma falange feminina que a empodera a saber seu valor e não precisar de outros abraços para ser feliz; essa força a capacita a não sofrer quando na vida leva algum empurrão. Foram esses fundamentos, aprendidos desde o início da sua formação, que fizeram dela a mulher forte que foi crescendo e fazendo sempre relevante sua trajetória social.

Sua falange feminina encarnada era a avó paterna e sua mãe, que, juntas desde o início, deram os moldes de como atuar em todos os lugares, sabendo se portar nos diversos ambientes e reconhecer perigos. Sua avó lhe disse criança que ela era loura, mas, apesar de criar um lugar inexistente, protegeu a menina de entender que sofria racismo. Pontuou que seu pertencimento a um bairro sub-urbano e sua morada em um conjunto habitacional a colocariam em um lugar subalterno. Caberia a ela se destacar através de nobres atitudes e educação.

Sua mãe lhe dava diariamente o exemplo de ser uma mulher forte: sempre trabalhou com predisposição a aprender. Foi com ela também que aprendeu a gostar de estar na rua, aproveitando festejos em que podia gingar e ser feliz movimentando o corpo e exalando sua sensualidade natural. Sua avó Lotus e sua Mãe Gardênia se dividiram nos cuidados da casa e na forma que se daria a criação da mulher que seguiria os passos que deixaram marcados na terra. Assim, Clara ia riscando seus próprios passos e chamando a atenção por sua suntuosa beleza, semelhante a uma noite de luar. Foi abrindo seus próprios caminhos com muita alegria de viver, e os que cruzaram com ela sempre seguiram balançados por sua notória figura.

Ela ia crescendo e fazendo de cada dia uma nova possibilidade de caminho, iluminado como a cruz que via acender ao findar a tarde através da janela do seu quarto. Aos sete anos foi morar em um apartamento que ocupava posição bem alta e lhe oferecia a vista de quase todo o bairro. Essa vista a encantava, e era como uma música aos seus ouvidos abrir a janela e se deparar com tantas ruas, vielas, pessoas. Parecia um chamado para viver, sair e girar por todos aqueles lugares.

Tudo era muito observado, mas o que mais lhe ensinou foi o que avistava ao olhar para o lado esquerdo do bairro: a visão do Morro do Juramento, em particular, a cruz rodeada de lâmpadas lá no alto do morro, que possibilitavam que fosse vista mesmo de muito longe. Às 6h as lâmpadas eram apagadas, mas às 18h a cruz era novamente acesa, abençoando todos que por ela se guiavam. A cruz pertencia à comunidade, não ao Estado. Clara aprendeu muito com esse cruzeiro no alto do Juramento, entendeu sobre ciclos, sobre um ponto a focar. Caso se sentisse perdida na rua, ela sabia o que a guiaria. Aquele cruzeiro foi um grande ensinamento, pois mesmo quando destruído por homens que cumpriam ordens do Estado, às 18h ele acendia encantadamente, sempre "se refazia" rapidamente.

Ali ela cresceu e enquanto balançava sua saia, dançando com o tempo que passava por ela, acompanhava gingando cada minuto com gosto de quem veio para ser soberana e deixar gravada sua presença por onde passasse. Com o tempo, não se furtava a se mostrar desejante para os pernas de calça que ela desejava beijar a boca e se fazer desejada; e mesmo quando partia, deixava saudade. Sua presença nunca foi ignorada, e ela teve todos que quis. Muitos abraços, muitas carnes apertadas, muitos cheiros no pescoço e promessas sem fim. A todos ela dá uma ilusão e de todos tira o prazer que no momento deseja, mas quando ela entende que é hora de fechar o ciclo e quando não tem mais interesse, encontra uma forma de sair da gira e deixar perfumada essa passagem, dando uma linda risada.

Muitos caminhos cruzou e, em um momento que a vida lhe deu uma sacudida, Clara estava despretensiosamente girando por aí e enquanto assistia uma aula pensando em aproveitar o que a vida lhe oferecia, batidas na porta ecoaram, interrompendo a fala do professor. Na sequência, olhou fixo para o moço bonito cor da noite, que entrou na sala para apresentar nova atividade lúdica da instituição educacional. Ela olhou, estufou os seios, fitou o olhar nele e decidiu que ele seria dela. Sacudiu uma saia imaginária e levou naturalmente sua sedução para iniciar a brincadeira. Usou o chamado para a nova atividade e se aproximou de Carlos decidida a se fazer desejada por ele. Usou seus encantos com volúpia e logo tanto ele quanto os outros se encantaram pela beleza que ali se apresentava.

Esse sempre foi um ponto forte na personalidade de Clara: quando quer, ela usa o manto da invisibilidade, mas basta um giro e todos percebem sua presença luxuriosa, perfumada e pronta para encantar quem quiser. Não foi diferente com Carlos, que olhou, se aproximou e depois que se embebedou dos beijos de Clara, balançou e sentiu estremecida sua estrutura de filho mais novo, de diamante negro protegido da família. Ele se entregou e jurou amar Clara para sempre! Pois é: JUROU, ele jurou e jurou! Segurou Clara, forte mesmo, quando ela decidiu que o ciclo deles tinha terminado. Carlos não aceitou e se agarrou a ela dizendo que nunca a deixaria partir.

Ela é uma mulher livre e acostumada a encerrar suas relações mesmo enquanto a satisfazem. Gosta de sair de cabeça erguida, como rainha de sua própria vida e de suas próprias decisões. Dessa vez se deixou levar e assim se iniciou um ciclo em que Clara, mesmo ansiando por novos caminhos, decidiu permanecer com toda sua sedução. Mas Carlos era um malandro que também tinha seus encantos, e o que Clara viveu naquele momento, esperançosa de ter encontrado o que nem sua mãe nem sua avó receberam, foi a possibilidade de uma relação duradoura jamais antes pensada.

Bem no fundo do peito ela sabia que poderia ser um momento ávido, mas preferiu acreditar que esse era o convite que o pássaro mensageiro havia trazido para que esse encontro acontecesse. Porém não é possível mudar o caminho aberto a pedido de Oxalá, e o relacionamento que ela permitiu não acabar foi encruzilhado por outro, como deveria acontecer se o término do ciclo tivesse acontecido. Clara sofreu como se tivesse uma faca cravada em seu coração, mas teve boa criação e sabia que o ato de matar era pesado de carregar. Apesar de também não ser mulher de "deixar pra lá", o juramento não seria esquecido. Se recusou a ir embora simplesmente por ter sido traída. Ela exigiu que seguissem juntos e, mesmo sendo soberana, aceitou permanecer na gira com Carlos quando ouviu o juramento. Clara não é mulher de chorar traição, nem de perder para nenhuma outra.

"Foi numa noite
Que encontrei linda mulher
Que do nada me apareceu

Ela me disse: Levante a cabeça
Não chore por tudo que aconteceu
Ela me disse: Levante a cabeça
Não chore por tudo que aconteceu

[...] tenha muita fé
Sou Mulambo, rainha do cabaré

Eu não sou santa, mas sua vida vou mudar
Eu sou Mulambo aqui
E em qualquer lugar

Eu não sou santa mas sua vida vou mudar
Eu sou Mulambo aqui
E em qualquer lugar

Sou Pomba-gira
Sou rainha
Sou faceira
Pode comigo contar

O mundo dá muitas voltas
Você pode acreditar
A sua vida com certeza vai mudar

Eu não sou santa mas sua vida vou mudar
Eu sou Mulambo aqui
E em qualquer lugar
Eu não sou santa mas sua vida vou mudar
Eu sou Mulambo aqui
E em qualquer lugar

Não duvide!"

Assim seguiram juntos, mas ela avisou que a vida tinha muitas esquinas, e que desse dia em diante, quando cruzasse com quem lhe incandescesse, floresceria a linda moça que usou o manto da invisibilidade enquanto acreditou no juramento dele. Carlos, o malandro, continuava se encontrando com as outras. Clara sabia e guardava essas traições para cobrar no momento mais apropriado, usando o tempo a seu favor.

Acontece que se o moço bonito prometeu eternidade no amor e uma promessa é uma grande feitiçaria, ela nada lhe devia, pois ficou com ele, mas nunca jurou nada. Porém não deixaria passar esse juramento. Da janela do quarto ela recebeu o ensinamento do Cruzeiro no Morro do Juramento, que via todo dia se acender e ficar a noite acesa, se apagar ao amanhecer e ao entardecer se acender novamente. Carlos jurou, e foi aí que ele deu o laço que juntou os dois, pois de juramento ela entendia: foi por lá que aprendeu que uma palavra valia mais que uma assinatura. Clara entendeu hoje o que aprendeu criança: apagar e desencarnar podem ser usados para ilustrar o mesmo momento, e foi assim que procedeu.

Ficaram juntos enquanto tiveram que cumprir o tempo encarnados, mas um dia a vida carnal apagou e eles desencarnaram. No entanto, Clara era rainha de muito poder e nunca aceitaria a desfeita de Carlos, que seguisse livre depois de tudo que jurou. Jurar para ela é sagrado, pois seu encantamento e aprendizado vieram do cruzeiro, e depois de desencarnar, foi em um cruzeiro que passou a fazer morada. O que mais ouve são juras, e ela cobra de quem faz juramentos em vão: entre todos que ela cobra está Carlos, que jurou. Agora, na eternidade, ele pode encantar muitas, mas só Clara tem o poder de lhe dar vida. Carlos pode até gingar pelo caminho, mas precisa de Clara se quiser ter respiração para atravessar o portal e baixar entre os vivos. E é quando o tambor toca, abrindo o portal, que de lá eles ouvem as vozes e as palmas festejando e chamando seus nomes. Carlos se anima, mas, pela jura que fez, tem que esperar Clara passar na frente e chegar na festa que lhe chamaram o nome.

> *"Pra ser rainha não é só sentar no trono*
> *Pra ser rainha tem que saber governar*
> *Pra ser rainha não é só sentar no trono*
> *Pra ser rainha tem que saber governar*
>
> *Sentada no seu trono*
> *Mandaram lhe chamar*
> *Boa noite, gente*
> *Maria Padilha estava lá."* [2]

Clara bebe, dança muito, dá muitas gargalhadas que se ouvem ao longe e depois de muito girar, ela sopra para o alto o ar que Carlos recebe como convite para respirar e assim, Clara libera o portal para que ele atravesse. Ali eles dançam e bebem, mas quando Clara já cumpriu toda caridade que podia fazer naquele lugar, quando ela já girou, gargalhou e bebeu, ela procura por ele e avisa que vão partir; antes de ela voltar, ele retorna, pois ela inspira e ele não tem como respirar. Assim ela o manda embora, despede-se e se vai, deixando seu cheiro de rosas para todos, até ser chamada outra vez. Quem dela precisa é no cruzeiro que deve chamá-la. De lá ela e Carlos trabalham e acompanham os que lhes pedem agô.

2 Letra do ponto de Umbanda "Pra ser rainha".

Todos que buscarem na história a encontrarão contada de várias formas: sua falange é grande, seus nomes são muitos. Clara e Carlos foram batizados e casaram na igreja, tiveram vida longa e ao desencarnar, estarão eternamente juntos. O que importa é o ensinamento que deve ser apreendido. Aos que leem ou ouvem essa história: não se deve jurar o que nunca assinaria. Você sempre será cobrado por Deus, e esse é apenas um dos muitos nomes que ele tem. Chame-o como quiser, mas acredite, essa conta você vai pagar.

"Nasceu no cruzeiro das almas
Uma roseira que já deu flor
Entre elas um rosa
Que em uma linda mulher
Se transformou

Praticando sua caridade com muito amor
Exalando harmonia com o perfume da flor

Ela é moça bonita
É faceira e formosa
Pomba-gira do Cruzeiro
É a mais bela das rosas!"[3]

Referência bibliográfica

SARACENI, RUBENS. *Orixá Pombagira: fundamentação do mistério da Umbanda*. 5ª ed. Madras: São Paulo, 2015.

3 Letra do ponto de Umbanda "Pomba-gira do Cruzeiro".

NÃO MEXAM COM ELAS

DENISE LIMA
Orientada por Ana Paula Lisboa

Ouviu o brado de Xangô: "Beatriz, você precisa acordar agora. Levante-se!" Abriu os olhos e buscou o celular, que tocava. Eram quatro da madrugada e a voz de Rosa agitada:

— Mãe, colocaram fogo no terreiro, nem sei se tem alguém lá dentro. Já liguei para os bombeiros, mas acho que o socorro só vai chegar quando não restar mais nada. Eu reconheci alguns milicianos entre os curiosos. Que ódio!

Sua menina, filha de Oyá, era ativista social e muito, muito voluntariosa. O coração de Beatriz se enchia de medo dos rompantes da jovem, mas a fé nos Orixás precisava ser maior.

— Fique em segurança, filha. Vou avisar todo mundo, amigos, povo de justiça e imprensa. E dar um jeito de te tirar daí sem a milícia perceber.

Pensou na festa linda feita para a malandragem no último sábado. Mais de duzentas pessoas comeram, beberam e foram acolhidas com afeto para remir as dores. Lindo e triste, de uma forma que Beatriz não soube explicar no momento. Agora entendia.

Mesmo certa das providências de Rosa para o incêndio, ela foi cuidar de seus pretos-velhos e exus, defumar a casa e lavar o corpo com ervas. Às seis da manhã, enviou um comunicado em todos os grupos de mensagens sobre o ocorrido e pediu para que quem pudesse fosse ao local. Era preciso mostrar força, união e fé nessa hora.

Sabia que os inimigos não engoliriam facilmente. Melhor seria que cuspissem o que abocanharam para não serem rasgados de dentro para fora. Enquanto esses pensamentos passavam por sua cabeça, Pomba-gira Maria Navalha gargalhou.

Enquanto isso, do outro lado da cidade, Leda estava acordando mergulhada em sangue. De novo seu útero disse "não". Recolheu os lençóis sujos como se fossem mortalhas de um futuro impedido, do filho que nunca viria. E amargava, endurecia, se emputecia.

Seguiu para a rotina do banho, café preto e as primeiras notícias do dia, como uma náufraga da própria vida. O arrependimento de ter topado o desafio do editor e entrevistar uma Pomba-gira incorporada fazia Leda andar em círculos enquanto se arrumava.

Eram ecos de um passado, enterrado em cova rasa, que nem assombração. Lembrou de si, adolescente, cambonando Dona Maria Mulambo e a mensagem recebida de que seu despertar viria pelo fogo, atravessando sua pele. O medo do que não entendeu foi tanto que abandonou os Orixás pouco tempo depois. Aliás, deixou de lado o assunto religião.

Atravessou a cidade e foi recebida por uma empregada que a deixou na sala de um apartamento bem decorado, o que surpreendeu a jornalista, que contava com a presença de imagens demonizadas espalhadas pela sala, incensos queimando e lâmpadas coloridas. Ao invés disso, luz natural vinda do varandão, paredes de um amarelo suave e duas grandes máscaras africanas de metal pintadas de preto, bem em frente à poltrona que acolheu seu corpo exausto como um abraço. Relaxou e quando se deu conta, estava esperando há mais de meia hora.

A irritação pelo atraso da anfitriã juntava-se ao salto alto pressionando os pés inchados e o cabelo esticado em um coque apertado, que continha os cabelos crespos. Queria parecer uma esfinge, disfarçar de qualquer forma o mal-estar físico e neutralizar a possibilidade de identificação com o objeto de sua matéria. Uma profissional acima de tudo.

A empregada retornou com uma bandeja com cafezinho e água, avisando que dona Beatriz pedia desculpas pelo atraso e já viria para conversarem. Mal a porta da cozinha se fechou, apareceu a mulher que a repórter conhecia de fotos: pele retinta, braços longos, um vestido azul-clarinho, de tecido leve e alças finas, cobrindo os pés, que estavam descalços; cabeleira cacheada descendo até a cintura e uma faixa do mesmo tecido, que impedia o cabelo de cair no rosto.

— Boa tarde, Leda. Me perdoe o atraso, mas atacaram o terreiro nessa madrugada e estava falando com a polícia. Preciso ir pra lá imediatamente. Podemos remarcar?

— Acho que vi algo no noticiário de manhã, Beatriz. Se você não se importar, eu gostaria de ir ao local fazer uma cobertura do crime. Me ajudaria a te entender como líder religiosa numa crise, pode ser?

— Como achar melhor. Mas você não pode ir assim, vou te dar um tênis, uma saia e uma camiseta de Rosa para trocar. Nunca se sabe quando teremos de sair correndo, seu salto só atrapalharia.

No caminho até o terreiro, pouco se falaram. Beatriz pensava em Rosa, perseguida por religião, sexualidade e liderança no ativismo local. Já Leda sentia o perfume de rosas e a pontada sobre o lado esquerdo de suas costas, um sinal de aproximação de seus guias que ela ignorava há anos. O local começou a esquentar, como se estivessem usando um ferro em brasa para marcá-la.

Na chegada, a rua estava lotada. Não havia mortos, por bênção dos Orixás, e elas queriam ver o que havia sobrado. Beatriz consolou e foi consolada pela filha e filhos de santo. Leda se sentiu como que empurrada para o lado esquerdo do terreno, o odor de flores cada vez mais forte. Encontrou a imagem de Maria Padilha, a única que sobrou intacta. Retirou-a dos escombros e, sem perder tempo, foi procurar Beatriz. Leda sentia o mal-estar e o calor aumentando. Viu um grupo que ia em direção à mãe de santo e sentiu um forte arrepio. Começou a correr, os cabelos se soltaram do penteado, ela gritava como doida:

— Fogo, o fogo espalhou de novo. Vem todo mundo, ajuda!

Beatriz se virou e reconheceu na multidão os homens que sempre ameaçavam o terreiro. Eles se assustaram com a cena armada por Leda e pararam no meio da rua, armados. Os vizinhos saíram para acudir ao chamado por ajuda contra o novo incêndio e entenderam a real situação.

No meio do impasse, a jornalista deixou ser tomada pela incorporação: girou, riu alto com o cabelo ao vento e, com a mão nas cadeiras, chamou os bandidos pelos nomes.

Com raiva da entidade ter frustrado o plano de matar Beatriz e Rosa, atiraram em Leda e fugiram. Um dos tiros foi o fogo atravessando sua pele, como Dona Mulambo previu. Enquanto era levada em estado crítico para o hospital, os agressores foram perseguidos e presos em flagrante.

Três meses se passaram até a reinauguração do terreiro. Rosa fez questão que fosse uma cerimônia ecumênica e, à boca pequena, a comunidade diz que será eleita vereadora nas próximas eleições.

Beatriz guardava para o final da festa uma surpresa: Leda, ainda convalescendo, colocaria Maria Padilha de volta ao lugar original. Durante todo o tempo, a imagem esteve velando a cabeceira de "seu cavalo", curando o corpo e trazendo de volta sua fé.

O manifesto escrito por ela foi editado na primeira página do jornal e lido por Rosa durante a cerimônia de reabertura:

> *"Atualmente, o culto à Pomba-gira é um resgate do sagrado feminino, honrando a resistência de ancestrais sequestradas, estupradas, mortas e escravizadas por pura misoginia. Mulheres livres que corriam com animais, dançavam nuas à luz da lua, curavam e benziam com ervas e raízes, possuíam vidência e outros poderes ditos mágicos.*
>
> *Nos cultos de matriz africana, causaram um choque com suas aparições pelas altas gargalhadas, a expressão corporal dançante de poder e confronto, o consumo público de cigarrilha e marafo, a fala sem filtro sobre sexo, amor, dinheiro e liberdade. Um ritual que encantou e assustou uma sociedade machista, acostumada com mulher em submissão, silêncio e postura casta.*
>
> *Recolocar a mulher em consonância com sua essência feminina selvagem e natural desagradou ao cristianismo e à lei dos 'bons costumes'. Terá sido porque todas àquelas que Pomba-gira libertou jamais retornaram à servidão?*
>
> *Grandes conselheiras abrem a sensibilidade para analisar questões recorrentes em vítimas, como insegurança e traumas do*

passado. Pomba-gira quebra correntes e solta amarras, indicando os melhores caminhos a seguir.

Porém, cuidado com o que se pede a elas: sua moral não aceita atos de mentira, morte ou traição, que estejam viciados, sintam inveja ou busquem destruir relacionamentos de terceiros. Nesses casos, o próprio consulente atrai de volta o que emitiu. Não há salvo-conduto para o erro deliberado e elas sempre lembram que as colheitas dependem da escolha das sementes. Laroyê, Pomba-giras!"

SETE DIAS, SETE CIGARROS: A JORNADA ESPIRITUAL DE LAURA NAS RUAS DO RIO

Elaine Nunes

Orientada por Ryane Leão

Laura, uma mulher na casa dos trinta, destacava-se com seus dois metros de altura, cabelos negros e crespos, e roupas afro. Carregava as marcas de uma vida dura e enfrentava o mundo de peito aberto, mas com um olhar marcado pelas batalhas diárias. Ser forte sempre foi uma necessidade das mulheres negras. Em 2023, sua pele e coração estavam marcados pelo tempo e pelas cicatrizes invisíveis da vida.

Ela não sabia perdoar, não por orgulho, mas por uma incapacidade profunda de deixar as feridas para trás. Cada mágoa se transformava em um peso no peito. Para ela, o autoperdão era mais importante, uma forma de se libertar das expectativas alheias e encontrar paz.

A dor das traições, injustiças e palavras venenosas se enraizou em sua alma. O ex-marido a deixou com dívidas e os dois tinham um filho autista, que agora seria educado por uma mãe solo. No trabalho, foi injustamente responsabilizada por um erro. Familiares a criticaram em momentos de vulnerabilidade. Laura seguia com raiva, pronta para enfrentar desafios, como se a fúria fosse sua única amiga.

Essa herança de dor e sacrifício a moldou, tornando-a resiliente, mas também amargurada. Sua avó e Maria Padilha sempre reforçavam que a herança delas ia além da resiliência, carregando a força e dignidade de rainhas. No entanto, Laura persistia em se apegar à dor, incapaz de ver sua nobreza e capacidade de reinar com justiça e compaixão.

Trabalhava incansavelmente, lutava por cada conquista, mas sentia estar enlouquecendo pela necessidade de ser perfeita. Desde pequena, ensinaram-lhe que para ser amada, precisava ser impecável. A pressão vinha de todos os lados, mas principalmente dela mesma. Seu filho, João, um menino autista, dependia de sua força. Ela se sentia responsável por tudo, como se qualquer erro fosse uma ameaça direta ao futuro dele.

Primeiro dia

O Rio de Janeiro acordava em meio ao caos urbano de uma segunda-feira qualquer. As ruas do centro fervilhavam com a pressa de quem tentava desesperadamente não se atrasar para o trabalho. Era mais um dia, mais uma rotina. Os olhos de Laura, embora intensos, refletiam uma fadiga que ia além do físico. Não sentia apenas o cansaço do corpo, mas da alma. Todos os dias, ela passava pela mesma rua antes de seguir para o escritório. A barraca da dona Maria, uma senhora humilde e de fala mansa, tornou-se uma parada obrigatória. Era ali que Laura tomava o café que a aquecia e pedia um cigarro, o único momento em que se permitia desacelerar. dona Maria, com sua pele enrugada pelo tempo e uma bondade estampada no rosto, parecia uma figura saída de outra época. Vestia sempre uma bata preta, uma saia vermelha e tinha o jeito despretensioso. Possuía uma aura quase mística, como se carregasse a sabedoria dos antigos em cada palavra.

No primeiro dia, quando Laura chegou à barraca, o céu ainda estava tingido de um azul-escuro, com os primeiros raios de sol tentando romper a densa cobertura de nuvens. Ela pediu seu café como de costume, sentindo o aroma forte e amargo invadir suas narinas, trazendo uma sensação momentânea de conforto. Quando acendeu o cigarro, esperava apenas a paz silenciosa do fumo que se espalhava no ar, mas foi surpreendida pelas palavras suaves de dona Maria:

– Minha filha – começou a senhora –, a gente pensa que tem todo o tempo do mundo, mas o tempo é traiçoeiro. Ele não espera, não para pra ninguém. É como um rio que corre, sempre seguindo seu curso. A gente pode lutar contra ele, mas isso só vai nos cansar. Te sinto sempre esgotada.

Laura olhou para a senhora, intrigada, mas sem realmente acreditar no que ouvia. Para ela, o cansaço era um subproduto inevitável da vida moderna. Era preciso lutar, correr atrás, conquistar a qualquer custo.

Dona Maria, percebendo a descrença nos olhos da jovem, continuou:

– Você vive brigando com a maré, Laura. Acha que, se nadar contra ela, vai se tornar mais forte, vai chegar mais longe. Mas o tempo não funciona assim. Ele não se curva à nossa vontade. Quanto mais você briga, mais se afoga. O segredo não é lutar contra a correnteza, mas aprender a flutuar, a deixar que o tempo te leve sem resistência, sem medo.

Laura soltou uma risada curta, quase cínica.

– Flutuar? Isso é coisa de quem desiste, de quem não tem força. Eu não sou assim. Quem não luta, fica pra trás.

Dona Maria sorriu com paciência, como quem entende a impetuosidade da juventude.

– Eu sei que você é forte, minha filha. Mas a força não está em lutar contra tudo e todos. Às vezes, a verdadeira força está em saber quando soltar, quando deixar que a vida siga seu curso. O tempo é um mestre severo, mas também é justo. Se você aprender a ouvi-lo, a seguir o ritmo dele, vai perceber que há uma sabedoria profunda na paciência, na aceitação.

Laura, apesar de sua resistência, sentiu um leve desconforto. Havia algo nas palavras da senhora que ressoava dentro dela, uma verdade que, embora relutante em admitir, começava a emergir de seus pensamentos mais profundos.

– Quando a gente para de brigar com o tempo, Laura – acrescentou dona Maria, olhando nos olhos da jovem –, começa a perceber as oportunidades que a vida oferece, os caminhos que antes pareciam invisíveis. Flutuar não é desistir; é confiar que o tempo, no seu ritmo, vai te levar ao lugar certo, na hora certa.

Ela ficou em silêncio, pensando nas palavras da senhora. Sentiu uma ponta de curiosidade misturada com desconfiança, mas algo dentro dela a instigava a prestar atenção. Enquanto tomava o último gole do café, percebeu que, pela primeira vez, não estava com pressa de sair dali. Havia uma tranquilidade estranha naquela barraca, uma sensação de que o momento, de fato, não era inimigo, mas, talvez, um guia. Antes de se despedir, dona Maria acrescentou:

– O tempo também cura, minha filha. Ele é capaz de levar embora a dor, o rancor, se você permitir. Mas, para isso, é necessário que você deixe de resistir a ele. Amanhã, quando voltar, pense sobre o que eu disse. Pode ser que você veja as coisas de um jeito diferente.

Laura saiu dali ainda envolta em seus pensamentos, tentando processar o que havia ouvido. E, embora não quisesse admitir, sabia que voltaria no dia seguinte, não apenas pelas bebidas e pelo hábito, mas pela conversa que, de alguma forma, havia despertado algo novo dentro dela.

Segundo dia: O peso do rancor

Na manhã seguinte, o sol começava a despontar timidamente no horizonte, tingindo o céu com nuances de laranja e rosa. As ruas do centro do Rio de Janeiro ainda estavam se despertando, com o burburinho característico da cidade que nunca para. O ar estava mais fresco e havia uma tensão pairando sobre Laura. Ela se sentia mais pesada naquele dia, como se as mágoas que sempre carregava estivessem intensificadas em seu peito. Ao chegar à barraca de dona Maria, pediu a bebida quente de sempre e, claro, o seu costumeiro fumo.

Dona Maria, sempre observadora, notou o peso extra que Laura carregava naquela manhã, mas não disse nada de imediato. Enquanto preparava o pedido, apenas observava o rosto da jovem mulher. As linhas de tensão, a rigidez nos ombros, o olhar distante. Quando Laura pegou o cigarro, acendeu-o com o mesmo gesto automático, mas parecia estar presa em algum lugar de sua mente.

Dona Maria, com sua sabedoria, disse:

– Guardar rancor é como beber veneno e esperar que o outro morra.

Laura ouviu e, em silêncio, refletiu sobre as palavras, soltando a fumaça do cigarro. Ela vinha carregando aquele rancor por tanto tempo que ele se tornara uma parte quase inseparável de sua identidade. Cada lembrança dolorosa, cada mágoa acumulada, pareciam justificar a presença constante desse sentimento corrosivo. No entanto, em um momento de introspecção profunda, algo começou a mudar. Ela começou a perceber, lentamente, que esse rancor não era apenas um peso, mas um obstáculo que a impedia de acessar a verdadeira força e dignidade que herdara de seus antepassados. A sabedoria de dona Maria, junto com os ensinamentos de sua avó e Padilha, clarearam sua mente. Laura entendeu que precisava deixar o rancor para trás e abraçar a herança de esperança e resiliência. Esses pensamentos trouxeram um novo propósito para a moça, e sabia que poderia enfrentar adversidades com a cabeça erguida e o coração cheio de confiança, carregando a força de gerações de mulheres que lutaram e venceram.

A senhora não insistiu, e uma situação simples revelou mais uma lição. Uma senhora em situação de rua que sempre vagava pelo centro se aproximava da barraca. Dona Maria a reconheceu de longe e já começou a preparar algo para ela. Sem dizer uma palavra, a senhora entregou à andarilha um lanchinho. A mulher, que parecia faminta, segurou a comida com as mãos trêmulas, mas antes de comer, olhou diretamente para dona Maria e murmurou:

– Eu te devo, você sabe disso. Fiz muito mal a você no passado.

A senhora sorriu de leve, sua expressão serena, quase maternal.

– Isso já passou, minha filha. A vida continua. Coma seu pão em paz, que a fome não espera o passado resolver.

A mulher hesitou por um momento, visivelmente surpresa pela reação de dona Maria. Ela murmurou mais uma vez um "obrigada" e se afastou sem olhar para trás, com a comida em mãos.

Laura finalmente quebrou o silêncio, perguntando:

– Você conhecia aquela mulher?

– Sim – respondeu calmamente. – Ela fez muita coisa ruim há muitos anos. Mas guardar rancor não vai mudar o que passou. Ela precisa de ajuda agora, e é nisso que prefiro focar. O resto é só peso desnecessário que não vale a pena carregar.

Laura ficou perplexa, e disse:

– E você simplesmente... esquece?

Dona Maria sorriu, uma expressão cheia de compaixão e sabedoria.

– Não se trata de esquecer, minha filha. Eu lembro muito bem do que aconteceu. Mas perdoar não é sobre o outro. É sobre mim. Eu escolho não carregar aquele peso. A vida já é pesada o suficiente, você não acha?

Laura refletiu sobre aquilo enquanto tragava mais um pouco do cigarro. Ela, que tantas vezes se sentia sufocada pela dor das traições, das mágoas que se acumulavam como pedras em seu coração, percebeu que o rancor que alimentava só estava machucando a si mesma. Ela pensava nas pessoas que a feriram, nas injustiças que sofreu, e como aquilo parecia corroer sua paz interior. Como o veneno que dona Maria mencionou, ela estava bebendo aquilo todos os dias, esperando que, de alguma forma, isso punisse quem a magoou. Mas a única pessoa que realmente sofria era ela.

Aquela cena simples, de uma mulher arrependida recebendo o perdão silencioso de dona Maria, ficou gravada na mente de Laura pelo resto do dia. Mesmo sem admitir, algo se mexeu dentro dela. Talvez o perdão não fosse uma fraqueza, como ela sempre acreditou. Talvez fosse, na verdade, um caminho para se libertar de mais do que uma escolha pessoal, principalmente quando outras pessoas a feriram.

Antes de sair, a senhora fez um último comentário, olhando profundamente nos olhos de Laura:

– Perdoar é um ato de coragem, minha filha. Não é para os fracos. E você... carrega a sabedoria e a força de seus ancestrais.

Laura, ao sair da barraca, não hesitava em resistir ou negar. Era o início de uma reflexão, um processo que ela sabia que não seria fácil.

Terceiro dia: o verdadeiro significado da coragem

Na manhã do terceiro dia, o céu estava nublado, e uma fina garoa cobria as ruas do centro do Rio de Janeiro. Laura, com o guarda-chuva na mão, caminhava apressada, tentando se proteger da chuva, mas algo dentro dela a impulsionava a seguir até a barraca de dona Maria, pois aquelas visitas haviam se tornado um ritual essencial.

Ao chegar à barraca, Laura notou que a senhora estava, como sempre, calma e serena, apesar do tempo ruim. A mulher sorria enquanto secava o banco de madeira com um pano, oferecendo um lugar seco para Laura se sentar.

– Bom dia, minha filha. Parece que o tempo hoje resolveu nos dar um teste, não é?

Laura sorriu, sentindo-se acolhida.

– É, dona Maria, mas nada que a gente não possa enfrentar.

Dona Maria acenou com a cabeça em concordância enquanto preparava a bebida quente.

– Você sabe, Laura, que enfrentar dificuldades como essa chuva é parte da vida. E é nesses momentos que a gente descobre o verdadeiro significado da coragem.

Laura observou a senhora com atenção. A chuva caía incessante, criando um ritmo suave e hipnótico. Laura disse:

– Eu sempre pensei que coragem era enfrentar o perigo de peito aberto, sem medo – confessou Laura –, mas ultimamente venho questionando o que isso realmente significa.

A mulher serviu o café e, antes de entregar o cigarro a Laura, olhou para ela com uma expressão que misturava doçura e seriedade.

– Coragem, minha filha, não é a ausência de medo. Coragem é sentir o medo, mas seguir em frente mesmo assim. É quando você enfrenta a tempestade sabendo que ela pode te molhar, mas que você vai continuar caminhando porque o seu objetivo é maior do que o medo que você sente.

Laura segurou o copo de plástico quente e as palavras da senhora ecoavam dentro dela, despertando memórias de momentos em que o medo quase a paralisou, mas em que, de alguma forma, ela encontrou a força para continuar.

– Mas às vezes, dona Maria, parece que o medo é tão grande que eu não consigo pensar em nada além dele. Como se ele fosse me engolir.

Dona Maria balançou a cabeça, compreensiva.

– É normal sentir isso, Laura. O medo é uma parte natural da vida. Ele pode te alertar sobre perigos reais, mas também pode te impedir de crescer, de evoluir. A chave é aprender a usar esse medo a seu favor em vez de deixá-lo te dominar.

Laura ficou em silêncio, refletindo sobre as palavras da senhora. Como poderia usar o medo a seu favor? A ideia parecia estranha, quase contraditória.

– E como eu faço isso? – perguntou finalmente.

A senhora deu um sorriso tranquilo e apontou para a chuva lá fora.

– Veja essa chuva, Laura. Ela pode ser um obstáculo, mas também é necessária para a vida. Ela irriga as plantas, limpa o ar, traz renovação. O medo é como a chuva: ele pode te incomodar, te atrapalhar, mas também pode ser um sinal de que você está prestes a crescer, a se transformar. Ao invés de combater sua presença, aprenda a aceitá-lo e a seguir adiante mesmo que ele continue presente.

Laura olhou para a chuva, tentando ver através dos olhos de dona Maria. De repente, a garoa, que antes parecia um incômodo, agora se revelava como um elemento natural, parte do ciclo da vida.

– Então, a coragem não é apenas resistir, mas avançar apesar do medo –, murmurou Laura, quase para si mesma.

– Isso mesmo, minha filha – confirmou dona Maria. – E você tem essa coragem, só precisa escancará-la diante do medo. Que ele seja um indicador de que você está no caminho certo, porque se você não tivesse medo, isso significaria que não está saindo da sua zona de conforto, que não está crescendo.

Laura, tocada pelas palavras da senhora, começou a perceber que dona Maria não era apenas uma vendedora de café e cigarros. Havia algo profundo nela, uma sabedoria antiga, que parecia conhecer as dores e batalhas internas de Laura com uma clareza desconcertante.

– Dona Maria, como a senhora sabe tudo isso? De onde vem essa sabedoria?

Dona Maria sorriu, seus olhos brilhando com um mistério suave.

– A vida, minha filha, é a maior escola que existe. E se você estiver disposta a ouvir, ela te ensina tudo o que você precisa saber. Eu aprendi muito ao longo dos anos, enfrentando meus próprios medos, superando minhas próprias dificuldades. E hoje eu compartilho um pouco desse aprendizado com quem está disposto a ouvir.

Laura sentiu uma conexão profunda com aquelas palavras. Pela primeira vez em muito tempo ela sentiu que estava no lugar certo, ouvindo as lições que realmente precisava naquele momento.

– Obrigada, Dona Maria – disse com sinceridade. – Acho que estou começando a entender.

Dona Maria acenou com a cabeça, satisfeita.

– Que bom, minha filha. Coragem é algo que você tem de sobra, só precisa aprender a direcioná-la.

Enquanto Laura se despedia e saía da barraca, a chuva, que antes parecia tão hostil, agora parecia mais amena, quase acolhedora. As palavras de dona Maria ressoavam em sua mente, e pela primeira vez ela começou a enxergar o medo não como um inimigo, mas como um aliado em sua jornada de autoconhecimento e crescimento. A mudança não era tão repentina quanto parecia; na verdade, Laura já vinha refletindo sobre seu processo de transformação há algum tempo. Cada gota de chuva que caía parecia simbolizar um passo dado em direção a uma nova versão de si mesma, mais forte e mais consciente.

A coragem, afinal, estava em continuar, mesmo quando tudo dentro dela gritava para parar. E com dona Maria ao seu lado, guiando-a com sabedoria, Laura sentiu que poderia enfrentar qualquer tempestade que a vida lhe trouxesse.

Assim se passaram os dias. Cada manhã, um novo ensinamento. No quarto dia, dona Maria falou sobre o amor; no quinto, sobre a morte e o renascimento; no sexto, sobre a importância de se conectar com suas raízes. Laura começou a ansiar por aqueles encontros, sentindo que algo estava mudando dentro dela, embora ainda não soubesse exatamente o quê.

No sétimo dia, a conversa foi mais longa. Dona Maria parecia especialmente atenta, como se quisesse que Laura compreendesse algo muito importante.

– Hoje vou te dar sete cigarros. Guarde-os bem. Eles representam cada lição que você aprendeu aqui. Nós não nos veremos mais, mas esses cigarros serão o seu guia, mas um dia nos reencontraremos –, finalizou a senhora. Laura sentiu um aperto no peito ao ouvir aquelas palavras, mas não perguntou. Aceitou os cigarros, agradeceu e seguiu seu caminho, sem entender muito bem o que aquilo significava.

No dia seguinte, ao chegar na barraca, Laura se deparou com o vazio. Dona Maria não estava lá. Perguntou aos passantes, aos outros ambulantes, mas ninguém parecia saber de nada. Foi assim durante dias, até que Laura desistiu de procurá-la. A sensação de perda era profunda, como se tivesse sido privada de algo essencial, mas a vida continuou.

Meses se passaram, e Laura, ainda em busca de respostas para suas inquietações, foi convidada por uma amiga a participar de uma festa de Exu em um terreiro. Relutante, mas curiosa, decidiu ir. Ao chegar, foi envolvida pela energia vibrante do lugar, pelas cores, pelos sons, pelos cheiros. Era uma celebração intensa, cheia de vida.

Em meio à festa, uma Pomba-gira se aproximou dela. Era uma figura imponente, com um sorriso que misturava doçura e mistério.

– Como você está, menina? Lembra de mim?

Aquelas palavras fizeram o coração de Laura bater mais rápido. Ela respondeu:

– Euuu... não sei... quem é você? – perguntou, confusa.

A Pomba-gira deu uma gargalhada que durou alguns segundos, um som que misturava doçura e mistério.

– Eu te falei que iríamos nos reencontrar. E aqui estamos. Você guardou os cigarros? Lembra que te dei sete cigarros?

Laura mal podia acreditar no que estava ouvindo. Seu coração disparou, e ela sentiu um misto de surpresa e emoção. Balançando a cabeça afirmativamente, ela respondeu com a voz trêmula:

– Sim, eu lembro. Eles estão guardados na minha gaveta em casa.

Após uma breve pausa, Laura pegou um maço do bolso, com um brilho de determinação nos olhos:

– Mas eu tenho um cigarro aqui comigo. Posso lhe dar agora, se quiser.

A entidade sorriu uma gargalhada que parecia carregar séculos de sabedoria, e aceitou o cigarro que Laura lhe ofereceu, acendendo-o com um gesto gracioso, profundo, deu uma longa tragada com um olhar intenso, e disse:

– Aqueles cigarros são um presente. Cada um deles é um caminho, uma escolha. Acenda cada um dos cigarros na encruzilhada toda vez que fizer uma grande escolha por si mesma.

Laura sentiu as lágrimas brotarem, mas não de tristeza. Era como se, finalmente, estivesse entendendo tudo. Como se as palavras da Pomba-gira agora fizessem sentido. Ela não estava mais sozinha na sua luta. Não precisava mais se debater contra a correnteza, mas aprender a flutuar, a deixar que a vida a levasse, confiando no tempo e nas escolhas que faria.

Maria Padilha, com sua voz suave, cantava ao ouvido de Laura, enquanto a rodeava e dançava, cheia de energia e encanto, transformando o ambiente com sua presença vibrante.

Em noite serena, eu te chamo
Padilha, guardiã do coração
Com teu abraço, dissipa o drama
Traz pra mente a paz, a união
Cuidar de nós mesmos é lei sagrada
Na encruzilhada, teu manto a brilhar
Com carinho e amor, alma abençoada
Ensina que juntos podemos sarar
Na dança da vida, teu nome eu clamo
Senhora da Noite, guia minha mão
Que em momentos difíceis, eu não desamo
Encontro em mim mesmo a redenção.

A festa continuou, mas para Laura, algo havia mudado profundamente. Naquele instante, ela sabia que dona Maria, ou melhor, a Pomba-gira, era sua guia, sua protetora. E com essa certeza, um novo caminho se abria à sua frente, um caminho de cura, ascensão e autoestima.

E a vida, que antes parecia um campo de batalha, agora era um rio, onde Laura aprenderia a navegar com a sabedoria dos antigos e a proteção de Maria Padilha, sua guardiã.

LIVRAMENTO

Juliana Correia
Orientada por Luciany Aparecida

Domingo, três horas da madrugada e a jovem decide ir embora. Ela não fuma, mas um forte cheiro de tabaco continua a impregnar suas narinas. Despede-se dos amigos e cruza a Francisco Batista, em Madureira, zona norte carioca. Do celular, acessa o aplicativo. Consulta o modelo, a cor, a placa do carro e a foto do condutor: um homem branco, de barba e óculos. Confere. Tudo certo. Ao embarcar, saúda o motorista com um "boa-noite" em resposta ao cumprimento que ele lhe fez. A moça se acomoda atrás do banco do carona que, por sua vez, está inclinado para a frente, com um papel ofício colado na traseira, estampando o rosto de um homem em 5x7. Há nome em letras maiúsculas, em negrito, e ainda links de redes sociais na mesma folha. "É uma espécie de propaganda, um anúncio improvisado", pensa. O motorista fecha os vidros do carro e aciona as travas elétricas. A corrida se inicia e o terror também.

Durante a tarde de sábado, lançou seu primeiro livro em outra parte do Rio de Janeiro. Mais precisamente, em um museu da zona portuária, às margens do Cais do Valongo, porto final da triste travessia africana. É desde então que o forte perfume de tabaco a acompanha. Os olhos marejaram ao pensar no comércio infame, no Lazareto da Gamboa, nas ossadas, na antiga

Rua do Cemitério, onde hoje turistas sorriem para selfies durante visitas guiadas. Mas os olhos dela voltaram a brilhar logo que recordou a ngoma, as ladainhas, os cauris, a insubordinação; toda herança que o açoite não calou. Para ela, lançar um livro tinha grande valor simbólico e fazê-lo ali era uma forma de honrar todas as mulheres, os homens e as crianças negras que vieram antes. Era uma maneira de reverenciar a sua ancestralidade.

Para festejar, nada melhor do que seguir, à noite, pra Madureira. Sob o badalado Viaduto Negrão de Lima, haveria uma festa em comemoração ao aniversário do bairro e, integrando a programação, uma grande roda reuniria velhos jongueiros do Vale do Paraíba. Eis a chave de ouro para fechar aquele dia tão especial, sem dúvida. E assim fez. Sob o viaduto, encontrou um tanto de gente que há tempos não via. Houve abraço, afeto "e cerveja para comemorar". Naquele lugar, como diz a canção de Arlindo Cruz e Mauro Diniz, "bem perto de Oswaldo Cruz, Cascadura, Vaz Lobo e Irajá", ela foi feliz girando a saia de chita. O livro-filho parido à tarde, no berço da Pequena África, era celebrado pela autora-mãe sob a luz do luar do subúrbio do Rio de Janeiro.

Entres as bênçãos de cumbas, as horas avançaram. Ela só se deu conta de que não tinha companhia para a volta quando a alta madrugada chegou. Se despediu dos amigos e atravessou a rua assim que o aplicativo comunicou a proximidade do veículo que a transportaria. O álcool já fazia efeito. Sentia-se sonolenta e a fala lhe saía lenta, arrastada. Pensou em fechar os olhos, cochilar e deixar-se acordar somente no destino final. Mas o motorista, sutilmente, inicia uma conversa.

– A senhora tem preferência por algum tipo de música?

– Samba.

– Ah, não. Aqui não tem samba e nem forró.

"Por que a pergunta então?", pensou ela. Voltava para si quando a inconveniência do condutor novamente lhe assalta os ouvidos:

– Tô escutando isso aí, ó...

E aumenta o som. A melodia lembrava as canções da Sade. Responde que não conhece o cantor e o motorista continua:

– É uma música muito boa, apesar de só falar de sexo e drogas...

A moça julga a informação irrelevante e percebe que o homem não para de virar-se, mirando-a. Ele não acelera o carro. Como a senhora segurança não passeia pelas vias suburbanas cariocas, especialmente durante as madrugadas, dirigir em baixa velocidade ali é, no mínimo, imprudente. Ele continua olhando para trás quando repete:

– É música de sexo e drogas e é muito boa.

Nisso, o sujeito ajusta o banco carona, mantendo apenas a mão esquerda ao volante. Em seguida, aponta para a imagem 5x7 estampada na folha de papel:

– Esse cara aí que tá cantando.

A jovem, incomodada com a postura do motorista e a lentidão do veículo, finge tranquilidade e se inclina, tentando ler o nome que acompanha a fotografia.

– Desconheço o artista.

– Não é artista, não. Esse aí é meu filho.

– Então... há um trabalho autoral. O senhor o ouve e divulga. Música é arte. Logo, ele é um artista.

O sujeito aumenta um pouco o som e mantém a velocidade reduzida. Novamente olhando para a moça, pergunta:

– A senhora tem o quê? Um metro e meio de altura?

A jovem não vê sentido no questionamento. Que diferença faria na vida de qualquer cidadão saber sua estatura?

– Não, senhor. Tenho 1,61cm.

– Ah, 1,61 também é bom, né?

"Também é bom?", ela pensa, mas prefere o silêncio. Era urgente sair daquele carro. Desde o início da prestação do serviço, o condutor se comportou de forma suspeita. Mas a sensação ruim ficaria ainda pior. Novamente olhando para trás, ele pergunta se a moça é carioca. Ela responde que sim e, tentando frear a indiscrição do homem, questiona se há mais artistas em sua família. Ao que ele responde:

– Não. Até tenho outro filho, mas é vagabundo. Só faz merda! Inclusive torço para que ele volte pra cadeia e esculachem bastante. Coloquem pra andar de calcinha, pra fazer chupetinha...

A jovem se apavora. Tanto pelo nível do que era falado quanto pelo tom raivoso da voz do motorista. Nisso, mais uma vez, ele se vira e, olhando nos olhos da moça, pergunta:

– A senhora sabe o que é chupetinha, né?

Cruzam o bairro da Abolição. O veículo desce uma grande ladeira que culmina na Rua Goiás. Se ela gritar, certamente ninguém a ouvirá; se forçar a porta para abri-la, talvez aumente a excitação do homem. E mesmo que a porta abra, existe o sério risco de se machucar na queda, dele atropelá-la ou agredi-la fisicamente de outra forma ali mesmo. Mas permanecer no veículo é continuar vulnerável. Alguém que fala do próprio filho daquela maneira é uma ameaça a qualquer outro ser, com toda certeza.

O medo invade a jovem, arrepiando cada fio em seu corpo. Lá fora, à sua direita, há apenas o muro infinito da linha férrea passando enquanto à esquerda dormem as velhas casas suburbanas. Tudo iluminado pela luz do luar. Sua única opção é evocar, em silêncio, por quem a protege.

De repente, o aroma de tabaco fica ainda mais forte, como se houvesse um cigarro aceso dentro do automóvel. Alguns segundos depois, um enorme gato preto avança sobre o veículo. Com as patas dianteiras, bate repetidas vezes no vidro, como querendo estourá-lo, bem na direção do rosto do motorista. Não se sabe quem berra mais, o bicho ou o homem. No susto, o condutor finalmente mete o pé no acelerador e passa a dirigir em zigue-zague na tentativa frustrada de desgrudar o animal do vidro. Ainda estão na Rua Goiás e é exatamente neste momento que a gargalhada de uma mulher toma conta dos ares. Atordoado, o motorista freia bruscamente. O carro para em transversal, quase de frente para um poste sem luz elétrica, à direita, na calçada do muro da linha férrea. Ele sai correndo sabe-se lá para onde. A jovem se prepara para sair do carro logo que o perde de vista. O som da gargalhada misteriosa aumenta e o odor de tabaco fica ainda mais forte.

Do outro lado há uma rua que termina bem ali, desenhando uma encruzilhada em forma de T. Lá na esquina, uma mulher muito bonita, de cabelos crespos, pele escura, encostada em um outro poste, olha fixamente para a jovem, erguendo a taça que segura com a mão direita, como a oferecer um brinde.

– Boa noite, moça! – diz, sorrindo.

– Boa noite! – responde a garota.

Depois de um gole, a mulher misteriosa conduz uma cigarrilha até a boca com a outra mão, colocando-a entre os lábios. Fecha os olhos enquanto inspira lentamente, sem inalar, numa nítida expressão de prazer. Em seguida, expira a fumaça, espalhando um forte cheiro de tabaco pelo ar. A jovem reconhece aquele odor imediatamente. É o mesmo que sente desde o turno da tarde. O seu desespero por conta do assédio adormece. À medida que o aroma da cigarrilha se espalha, uma sensação de paz, de segurança, de conforto a abraça. Ela então não tem dúvida de que está diante de sua guardiã.

Caminha na direção da mulher até se aproximar do meio fio. Curvando a cabeça para frente, leva as mãos ainda trêmulas ao próprio coração e diz:

– Minha Senhora, muito obrigada pelo livramento. Laroyê, Maria Farrapo!

Nova gargalhada enfeita a rua. A jovem abraça a Pomba-gira enquanto as lágrimas transbordam de seus olhos.

– A moça num tá sozinha. Vem ôtro perna de calça, ôtro corre corre. Tô com você! – diz sua protetora.

Maria Farrapo é exuberante. Tem uma elegância nos gestos, uma altivez, uma postura, uma forma de se movimentar que fascinam. Seu olhar é misterioso e ao mesmo tempo irônico, debochado. Enquanto encara a jovem, ela brinca com a cigarrilha, deslizando-a entre os dedos indicador e médio com o auxílio do polegar. É extremamente charmosa e à medida que gesticula, faz tilintar suas pulseiras prateadas. A indumentária é composta por um linda saia longa, toda de retalhos, onde predominam as cores preta e roxa. Utiliza também uma bata estilo ciganinha na mesma coloração.

De repente, a menina lembra do motorista e volta a procurá-lo. Ela então faz um giro de 360 graus, buscando pelo indivíduo: nem sombra. Desapareceu. Em seguida, um táxi desponta. Ela não faz sinal. Enquanto o veículo se aproxima, diminui a velocidade. O motorista abre o vidro da janela e ela pergunta se ele pode conduzi-la até Vila Isabel. Após a afirmativa, ela entra no carro. Nesse momento, a jovem olha novamente na direção do poste, do outro lado da rua. A mulher bonita, dos cabelos crespos, da pele escura, sumiu. No chão da encruzilhada, há apenas uma garrafa de champagne, um alguidar com farofa de dendê e mel com lindas flores o enfeitando, velas vermelhas e pretas, um vidro de perfume e cigarrilhas. Objetos que não estavam ali antes.

A moça chega ao destino final em segurança. Olha para a lua enquanto vasculha a sua pochete com os dedos, em busca das chaves para entrar no prédio. Apesar de sã e salva, volta a tremer e a sentir vontade de chorar. Ela entra e ao fechar o portão, avista um gato preto lá fora, no alto do muro do vizinho. O bicho é extremamente semelhante àquele que assustou o assediador. Ele mia enquanto a observa. Ela evoca Maria Farrapo mentalmente. Mais uma vez, agradece por toda proteção.

Após um banho, ela se deita para tentar dormir.

O cheiro de tabaco continua impregnado em suas narinas.

EVA

Magna Domingues
Orientada por Janaína Oliveira

Não sei se por admiração ou por ironia, mas quando eu nasci, minha mãe decidiu me chamar de Eva. Não tive a oportunidade de perguntar se era uma homenagem à mulher bíblica ou àquela de Bonsucesso, mas hoje me sinto um pouco semelhante às duas. Mamãe morreu cedo e eu cresci sem nunca desejar ser mãe de ninguém, mas é óbvio que eu não tinha coragem de admitir isso, e durante muito tempo, guardei como um segredo só meu.

Aliás, ao longo da minha vida, eu fui guardando só para mim muitos desejos e sonhos. E para os outros, fui mostrando várias versões que não eram eu. Já fui chamada de mentirosa por isso, mas, para mim, sempre foi uma tática de sobrevivência.

Se esconder para sobreviver também é uma estratégia de proteção ancestral.

Sabe aquela gargalhada livre, alta, espontânea? Era a marca da minha presença quando eu era menina. Essa gargalhada foi uma das coisas que eu tive que guardar para sobreviver. Para não parecer louca, exagerada, extravagante e para caber dentro das expectativas alheias, eu fui sorrindo cada vez mais baixo, cada vez menos até chegar ao ponto em que eu não ouvia mais o som da minha gargalhada.

Fui crescendo e me tornando uma mulher cada vez mais calada, riso discreto, saia lápis, esmaltes claros e aliança grossa no dedo. Elegantérrima. Perfume floral, bom emprego, boa casa e um marido apaixonado.

Por fora, eu não era mais eu. Mas a menina da gargalhada alta estava viva do lado de dentro.

Acontece que o que se mantém vivo não fica guardado por tanto tempo. Chega uma hora que a vida insiste em pulsar e escorrer para o lado de fora.

O homem com quem me casei vivia pedindo um filho que eu nunca quis dar, mas que eu também nunca neguei. Cada menstruação que descia era um alívio para mim e um tormento para ele.

No início ele ficava triste e frustrado. Eu o consolava, dizia que a hora chegaria, preparava um bom jantar e fazia tudo o que ele mais gostava na cama. Eu amava os períodos férteis porque era nessa época que ele me comia com mais vontade. Sim, ele controlava os meus ciclos. O sexo com ele era maravilhoso e o primeiro ano do casamento foi divertidíssimo.

No segundo ano de casamento, a ansiedade do homem foi aumentando e a vida sexual diminuindo. O sexo continuava bom, mas ele só queria transar no meu período fértil. Eu me masturbava todo dia porque nunca abri mão de gozar. E quando ele finalmente me procurava, eu sabia aproveitar muito bem, apesar do prazer vir sempre acompanhado de frases sobre a expectativa de gravidez.

Foi ficando mais gostoso gozar sozinha e menos gostoso gozar com ele.

Fraco, babaca, desperdiçava um furacão. E a frustração dele foi virando indignação. Começou a controlar minhas consultas médicas e insistiu para que eu passasse a frequentar a ginecologista da mãe dele. Eu só queria ter uma vida sexual prazerosa e o homem só queria controlar o que entrava e saía de mim, como se meu corpo fosse sua propriedade.

Eu já contei que me vesti de várias versões que não eram minhas para sobreviver. Mas o meu corpo nunca deixou de ser meu. Mensalmente eu aplicava as injeções anticoncepcionais e obviamente não engravidaria nunca. Esperava que ele desistisse da ideia, mas ele não desistiu. Confesso que tinha apego às minhas mentiras. Eram minha zona de conforto, sim.

Passou a fase da tristeza, passou a fase da indignação e chegou a fase da violência. Ele me xingava a cada menstruação. Seca, incompetente, oca, maldita. Depois pedia desculpas, trazia flores, a gente jantava e transava, sempre e apenas no período "engravidável". Ele me fazia ficar com as pernas para o alto depois de gozar dentro, e eu continuava menstruando regularmente, mês a mês.

A violência foi aumentando, levei uns tapas, apertos no braço e uns empurrões. Nessa fase eu só usava camisas de manga e calça comprida para esconder as manchas roxas no meu corpo. Eu vivia com a sensação de que tinha uma mão apertando a minha garganta constantemente, algo que eu nunca senti antes, a iminência do perigo, um gosto de sangue na boca e alguma coisa dentro de mim que iria sair ou me sufocar.

Foi quando chegamos no terceiro aniversário de casamento. Eu já não sabia muito bem o que eu queria da vida, mas tinha certeza do que eu não queria. Quanto mais aquele homem se descontrolava, mais certeza eu tinha de que não ia engravidar daquele cão.

Eu sentia medo, raiva, dor... muitos sentimentos, menos culpa. A minha escolha era uma das poucas coisas que ainda me conectava a quem eu era de verdade. Mesmo agarrada naquela vida de mentira, esperando que talvez a fase da violência passasse, que as coisas mudassem.

Nada mudaria se eu não mudasse.

Estava no trabalho quando recebi uma mensagem dele: "Três anos de casados! Parabéns para nós, apesar de tudo eu ainda te amo e sei que hoje nós faremos o nosso presente. Se arrume, se perfume e me aguarde com surpresas."

Quando li, meu coração disparou, senti uma mistura de nojo com medo e pensei em fugir. Eu não tinha para onde fugir. Fiquei no trabalho até a hora mais tardia possível, fui a última pessoa a sair do prédio. Desliguei o celular. Não queria ser cobrada, nem encontrada. Eu queria sumir.

Sentia aquela habitual sensação de estrangulamento que já tinha se tornado uma companhia constante. Estava sufocada, sem ar, confusa, com medo, com medo, com medo. Queria ligar para a minha mãe e voltar para a casa dela, mas eu não tinha mãe.

Eram dez horas da noite de uma sexta-feira de novembro. Eu estava sozinha em uma esquina escura, sem família e sem amigos, com um marido, sem dúvida nenhuma, irado me esperando em casa. Joguei a chave do meu carro na lixeira. No centro da cidade a rua estava muito deserta. Eu ouvia um samba ao longe e comecei a caminhar sem rumo pela rua, bem no meio da rua, pisando nos trilhos do VLT. Quem sabe um trem ou um carro não passaria por cima de mim.

Finalmente um carro veio em minha direção. E continuei caminhando no mesmo ritmo, sem parar e sem pensar. A luz forte do farol me iluminou inteira e eu apenas fechei os olhos. Eu não estava tentando me matar, eu estava cansada e queria que outra pessoa decidisse por mim. Cheguei a visualizar a cena do meu marido chorando em cima do meu corpo morto. Estava tudo perto e parecia muito real quando, a menos de um metro de distância, o carro freou na minha frente. Dei mais um passo e logo senti a lataria quente. Abri os olhos devagar e olhei para o lugar de motorista. Era uma mulher, ela estava sozinha e olhava fixamente para mim. Tinha a pele escura como a minha, um cabelo longo e preto como o meu, parecia muito comigo, mas era mais bonita. Tinha a boca e as unhas pintadas de vermelho e os olhos negros me olhavam sem piscar. Não sei quanto tempo ficamos ali assim, uma diante da outra. Me lembro de depois estar dentro do carro com ela, que me levou para casa. Eu pedi para que ela me levasse para outro lugar, mas ela negou, disse que eu devia passar em casa e colocar a minha vida no devido lugar. No caminho até em casa, o meu corpo foi mudando, eu sentia mais leve, quase flutuando. Abri o botão da camisa, soltei o cabelo, peguei um batom vermelho que estava no porta-luvas e pintei meus lábios diante do retrovisor. Quando me vi, foi inevitável sorrir.

Saí do carro de cabeça erguida, abri a porta de casa e o homem estava lá sentado no sofá, rodeado de latas vazias e com duas embalagens de presente, uma era de uma loja de lingerie e a outra de uma loja de bebê. A cena era tão patética que eu não contive o riso. Irado, ele me olhou da cabeça aos pés, caminhou até mim, segurou meu queixo com força e encheu a boca para me chamar de piranha. Foi aí que toda gargalhada presa ao longo de anos dentro de mim resolveu transbordar pela minha boca. Eu ri muito, ria alto, mesmo com a boca apertada, com os dedos dele me machucando, era incontrolável gargalhar.

Ele não entendeu nada, era a primeira vez que me ouvia rindo daquele jeito e começou a me ofender, me chamando de puta, piranha, vadia e quanto mais ele me xingava, mais eu ria. Lembrei do quanto eu gostava ser chamada de puta na cama. Enquanto isso, a raiva tomava ainda mais o corpo dele, que me jogou na parede, me virou de costas, rasgou a minha roupa, abriu o fecho da calça e apoiou o antebraço com força nas minhas costas para me imobilizar. Mesmo sabendo exatamente o que ele ia fazer, eu continuava gargalhando com a cara enterrada na parede, e quando finalmente eu senti o pau duro encostando na minha bunda, uma força desconhecida me possuiu. Segurei o braço dele, desvencilhei meu corpo, olhei dentro dos olhos daquele homem e desloquei os seus ossos devagar.

Enquanto ele urrava de dor, eu recuperava a minha gargalhada leve e livre. Disse a ele que nunca lhe daria um filho e que ele nunca mais encostaria um dedo sequer em mim.

Fui até meu quarto, me arrumei e me perfumei como estava previsto para aquela noite. Depois saí de casa e fui encontrar a motorista que me salvou, mas era o meu próprio carro que estava estacionado na porta, e não havia mais ninguém ali além de mim. Abri a porta do lado do volante, entrei no carro e senti um cheiro bom que me lembrava rosas vermelhas. Gargalhei tão alto que toda a vizinhança pôde ouvir. Fui dirigindo de volta ao Centro da cidade, entrei no lugar de onde vinha aquele samba, bebi, fumei e dancei até o dia seguinte amanhecer.

Eu nunca mais me senti sozinha.

Meu nome é Eva, tenho fama de mentirosa e desleal como aquela Eva bíblica. Tive coragem para romper o silêncio como Eva Maria Bonsucesso.

Somos Insubmissas.

Sou uma mulher elegantérrima. De saia rodada, brinco comprido, rosa no cabelo, cílios longos e batom vermelho. Meu perfume chega antes de mim e fica quando eu vou embora. Sou dona do meu corpo, da minha história e do meu prazer. Talvez você me encontre numa festa, numa esquina ou do lado de dentro. Sempre que precisar, me chame. Laroyê!

SETE SAIAS, A LIGA DA JUSTIÇA DAS POMBA-GIRAS OU PEDAGOGIA DE POMBA-GIRA AVANÇADA

Sara Paixão

Orientada por Mãe Flávia Pinto

Era uma noite linda do mês de Junho, gira a céu aberto e estrelado, fogueira alta acesa. Exus e Pomba-giras virando ao som dos pontos que se sucediam, marcados pelos três atabaques. Dona Rainha incorporou em uma jovem preta loura de cabelos cacheados. Vestida de vermelho e preto, usando um decote tomara que caia, se aproximou de Luena, deu um gole na taça, e, balançando os seus ombros, sentenciou: "Ele é abusivo!" Foi direta ao ponto. Nem deixou Luena começar a falar das bênçãos que tinha recebido no intervalo de um ano entre uma festa e outra. No mesmo período, trocou de emprego, mudou-se de casa, fez uma viagem internacional e ainda passou no concurso que sonhava.

Mulher negra retinta, médica bem-sucedida, estava no terceiro casamento, e Dayo, seu filho de 17 anos, praticamente criado. Filha de Oxum e de Xangô, aos 44 anos, dona de medidas generosas, tinha perfeito domínio dos seus feitiços, jurava viver um dos momentos mais felizes de sua vida, em que não precisava mais guerrear. Acreditava ter encontrado em Akin uma relação afrocentrada, pacífica, madura, daquelas que curam dores acumuladas por anos de solidão da mulher negra. O negão, filho de Oxóssi e Iemanjá, aos 50 anos, era seu número, provocava nela tesão à distância. Desde a primeira vez em que ficaram juntos, tinham uma química absurda, um beijo ardente que despertava inveja daqueles que viam o casal trocando carícias pela rua. No entanto, Luena não fazia ideia de que, na verdade, dividia a cama com um inimigo, que reproduzia com ela a lógica machista e patriarcal que suga o èmí das mulheres.

Moradora de Olaria, na zona norte do Rio, tinha rodado por algumas casas de axé desde Sepetiba, passando por Nova Iguaçu, São João de Meriti e Belford Roxo. Sabia que terreiro bom ficava distante dos grandes centros urbanos. Passava da hora de Luena achar casa de axé para chamar de sua e honrar a maior herança deixada por seus antepassados: sua espiritualidade. A energia do povo que a guarda e a acompanha de diferentes bandas é tamanha que pesa sobre seu ori. Por isso, a visão daquela casa bucólica em Seropédica mexeu tanto com ela desde a primeira vez que pisou por lá. Foi levada até o local por conta de uma aula e, ao sair do salão, ficou alguns minutos contemplando a beleza daquele céu cor-de-rosa de Iansã, mãe do entardecer. Mas foi durante uma festa de Exu, no mesmo local, que a vida dela deu um giro de 180 graus. A sua busca por um terreiro tinha acabado. Mais tarde descobriria que era ela quem havia sido encontrada.

Com a mudança de emprego, agora trabalhando em um novo e mais estruturado hospital, fazendo pós-graduação, Luena estava "voando" profissional e intelectualmente, mas a paixão impedia que ela identificasse e nomeasse os abusos psicológicos que sofria do então companheiro. Hacker, Akin copiava todas as senhas do seu computador e monitorava a comunicação da mulher com o mundo e todos os seus passos. Quando ela ia dormir, ele revirava no celular dela os aplicativos de mensagens instantâneas, de localização e de transporte. "Se tu não quiser morrer como eu morri, se afaste dele. Não adianta vir aqui, se limpar no fogo, e voltar para casa para se misturar com a lama", sentenciou a Pomba-gira Dona Rainha, que, reza a lenda, foi atraída, abusada e morta pelo seu primeiro e grande amor e, desde então, assim como fazem as heroínas das histórias em quadrinhos, sai de onde estiver para defender outras mulheres vítimas de abusos.

A expressão de Luena se transformou desde o minuto em que ouviu a macabra previsão. Os músculos de sua face enrijeceram. Sentiu uma dor no lado esquerdo do peito. As palavras da entidade cravaram um punhal em seu coração. Seguiu zonza e perdida até o final da gira, e ainda ouviu a Mãe de Santo dizer, olhando nos seus olhos, que "Pomba-gira não estava ali para dizer o que a gente quer ouvir". O recado era para ela mesma. E não é bom negócio duvidar da palavra de uma Pomba-gira. A Dona Rainha foi dado o poder da premonição.

Desde aquela sessão, Luena voltou para casa e não conseguiu dormir mais nenhuma noite de sono tranquila. Akin era seu dengo, sua vida. Os dois, no entanto, mantinham uma relação baseada numa dependência financeira e emocional, que sobrecarregava Luena física e mentalmente, um típico abuso da capacidade feminina de exercer cuidados, como define Mãe Flávia Pinto em *Salve o matriarcado: manual da mulher búfala* (2021, p. 99):

"As estatísticas mostram que a saúde psicofísica dos homens aumenta durante o matrimônio, enquanto das mulheres piora [...]. Um grupo de estudiosas do feminismo chama esse comportamento de "vampirismo", já que ocorre por intermédio da extração e do esvaziamento da energia vital da mulher."[4]

E ela chamando aquela troca completamente desproporcional no mercado de Exu de amor. Ainda assim, após a revelação desconcertante, Luena começou a pedir, todo santo dia, ORIentação dos Exus e Pomba-giras para enxergar o que não conseguia ou não queria ver: o óbvio.

Todas as mulheres que têm a proteção de Pomba-gira sofrem ou já sofreram algum tipo de assédio ou abuso. Às vezes, sequer sabem nomear as violências e machismos (micro e macro) a que estão sendo submetidas. Para essas mulheres, cuja ficha demora mais tempo a cair, Pomba-giras trabalham incansavelmente. E Pedagogia de Pomba-gira, perna de calça nenhum nunca vai alcançar, mas trata-se de uma formação vital para rabo de saia de qualquer idade. As mais novas e as mais velhas, cada uma no seu grau de entendimento, em algum momento da vida, precisam se "iniciar"

4 PINTO, Mãe Flávia. *Salve o matriarcado: manual da mulher búfala*. Rio de Janeiro: Editora Aruanda, 2021.

nessa faculdade e, dependendo da urgência, começarão com um "intensivão", como aconteceu com Luena.

Soterrada por uma avalanche de afazeres, Luena não se dava conta de que cedera a Akin o gerenciamento da sua própria vida. Com uma comunicação defensivo-ofensiva, ele pressionava para ter o controle de todos os passos da companheira. Se ela saía sozinha, precisava responder onde e com quem estava, quando e como voltaria, fosse para estudar, trabalhar ou encontrar com as amigas. Se retornasse de Uber, precisava explicar se o condutor era um homem, jovem, velho, homem negro ou branco. Se não respondesse em tempo real, uma sequência de interrogações logo surgia na tela de seu celular. O contato de Luena com outros homens pelas redes sociais motivava investigações doentias, a ponto de fazer com que Akin bloqueasse todos os ex-namorados, rasgasse ou deletasse as imagens que registravam o passado amoroso dela.

As viagens a trabalho viraram outra tortura na vida de Luena. As saídas com os colegas de equipe após o expediente deixavam Akin louco de ciúmes. À distância, ele queria saber exatamente quem a acompanhava. Quantas mulheres e quantos homens estavam presentes, o nome de cada um deles. Se não lhe dissesse, óbvio, estava escondendo algo. Se não respondesse no aplicativo de mensagens imediatamente, novo estresse e uma série de ligações tinha início até que ela o atendesse. Luena precisava avisar quando estava de volta ao hotel, a caminho do aeroporto e quando tinha pousado. De preferência, deveria fazer uma ligação em vídeo para provar onde estava. Diante de qualquer reação negativa sobre o controle, a justificativa de que se tratava apenas de muito amor e cuidado, uma espécie de micromachismo encoberto.

"Até quando você vai deixar essa navalha te cortar desse jeito, sem reagir?", questionou Dona Rainha na tentativa de arrancar de vez a venda dos olhos de Luena.

Pomba-giras fazem uso das mais avançadas tecnologias, como a intuição feminina, para abrir os olhos das mulheres. Por isso, é tão importante que elas estejam conectadas com sua ancestralidade, com suas antepassadas, para notar os sinais, ainda que não consigam decifrá-los imediatamente. E assim se deu com Luena. Um incômodo aqui, um sonho acolá, uma inquietação que não passava foram os primeiros indícios de que havia algo fora da ordem. Demorou, mas ela entendeu que "excesso de zelo" é uma das táticas de controle que o patriarcado utiliza para impedir o crescimento e florescer das mulheres.

Na semana seguinte, uma ligação trouxe as revelações que Luena não queria ouvir. O marido assediava outras mulheres quando ela viajava a trabalho. A vizinhança toda já estava sabendo. Humilhada, viu seu castelo de areia ruir. Então, expulsou Akin de sua casa, cortou todo tipo de comunicação. Mas, como todo abusador, ele vestiu a pele de cordeiro arrependido. Duas semanas após a separação, invadiu a casa onde moravam. Conseguiu emprestada uma escada de obras, e entrou pela janela. Luena, que estava meditando, levou um enorme susto quando o viu, plantado, rindo, debochado, em pé, na porta do seu quarto. Ainda devastada, pediu que o ex fosse embora, mas, empenhado em recuperar o lar perdido, se jogou aos pés da ex-companheira, prometendo mudanças.

Duas semanas se passaram. Em outra gira, dessa vez em Maricá, região metropolitana do Rio de Janeiro, um novo e ainda maior feitiço se estabeleceu: Sete Saias de Pomba-giras, uma Liga da Justiça formada por elas, se ergueu no atendimento (e livramento) a Luena. Naquela enorme casa entranhada na mata, pé na terra, daquelas que a espiritualidade se apropria e faz morada, na mesma noite, uma de cada vez, sete Pomba-giras foram se revezando para tirá-la daquela relação e fazê-la retomar o leme da própria vida. Vieram Dona Rainha, Maria Mulambo do Cemitério, Maria Farrapo, Maria Navalha, Maria Padilha, Rainha do Cabaré e Dona Maceió; uma ruma de mulheres, quase time de futebol, cada uma em uma posição, com um (super)poder, talento e energia colocados à serviço das mulheres.

"Se livra. Despacha! Não olhe para trás! Seu filho é seu maior amigo. Não se preocupe com ele! Avance, se não vai se atrasar." As mensagens de todas eram de escurecimento didático, seguiam uma única direção, passava da hora de se desfazer daquele carrego. Coração em frangalhos, Luena, a cada nova consulta, se agarrava na esperança de ouvir um conselho diferente. Não compreendia que, independentemente da forma que se apresentem, Pomba-giras são feitas do barro e da água que assediador não bebe. Vítimas de feminicídio e de tantas outras violências desferidas pelos homens contra as mulheres, elas têm como missão fortalecer mulheres cuja autoestima virou terra arrasada. Guardiã das meninas, mulheres e senhoras, das esposas e das amantes, das virgens e das prostitutas, das santas e das atrevidas, das inexperientes e das vividas, das ricas e miseráveis, da ateia, da carola e da feiticeira, Pomba-gira não isola mulheres feridas ou nocauteadas pelo (falso) amor. Com elas, o homem ou anda na linha ou debaixo do seu pé.

Na mesma festa, Luena teve a oportunidade de conhecer uma Pomba--gira cuja trajetória a deixou impressionadíssima: Dona Maceió. Ainda criança, no coração do sertão nordestino, foi arrancada de seus pais, usada e violada por cangaceiros. Depois de perder a pureza e a própria vida, encantou-se, mas retornou como uma entidade com sangue nos olhos e sede de vingança. Veio incorporada em uma mulher madura, de seios fartos, pele queimada de sol, que chegou dançando, fez a gira correr ao seu redor. Era a própria imagem da liberdade, do autoamor e do bem-viver. Em pleno cangaço, Dona Maceió formou uma quadrilha só de mulheres especializadas em acelerar a ida para o inferno de macho abusador. A tática preferida das justiceiras da sua banda é embebedar os trastes para, em seguida, despachar um a um. Dona Maceió, inclusive, colocou os serviços de suas meninas à disposição de Luena caso ela voltasse a ser importunada pelo ex-companheiro traidor.

De pavio curto, Dona Maceió sai do prumo quando vê uma mulher em situação de risco. É temida, e perde a paciência com quem duvida de suas palavras: “Daqui a algum tempo, você vai se lembrar de tudo o que ouviu aqui hoje”, profetizou para Luena. Na ocasião, ela também pediu que uma de suas filhas de santo contasse a experiência negativa de ter sido casada com um abusador e de não ter dado ouvidos às primeiras advertências feitas por sua mãe. Coincidência ou não – claro que não –, a mensagem chegou no dia em que Luena estava prestes a perdoar Akin.

Mulher de palavra incondicionalmente exata, Dona Maceió tem a natureza livre, e se recusa a fazer qualquer tipo de trabalho associado à ideia de "amarrar o parceiro". Um dos seus maiores talentos está na alquimia dos perfumes que ela mesma prepara, associados ao sopro de vida que cada um(a) recebe quando vem ao mundo. Por isso, Dona Maceió falou a Luena sobre a importância de deixar de gastar sua energia vital em relações de trocas que não eram justas e a não perder tempo tentando "segurar" quem não é seu.

Muita gente não sabe o porquê de Exus e Pomba-giras beberem tanto. Não se dão conta de que o marafo é feito de álcool, um biocombustível que tem o poder de volatizar (transformar) as energias. Energia essa que Exus e Pomba-giras utilizam para manipular obsessores como se fosse um instrumento de trabalho. Eles veem o que ninguém vê. Pescam de longe os interesses que regem uma relação a dois, possuem habilidades para atrair os obsessores. Desesperado para recuperar o relacionamento perdido, Akin também procurou o povo da rua, que o aconselhou a pedir perdão a toda linhagem feminina de Luena e a dele também, que foram humilhadas quando um homem trai uma mulher. Mas a Liga das Pomba-giras, formada para salvar Luena, não o perdoou.

Pomba-giras fazem de sua gargalhada a expressão máxima da sua liberdade e vivência plena, a qual toda mulher tem o direito e o dever de gozar. Por isso, uniram forças em uma legião, e lembraram uma dura sentença sobre o destino de Luena caso ela insistisse em refazer sua relação com Akin: "Largue dele antes que aconteça uma desgraça." Primogênitas das mais velhas feiticeiras da noite, como nossa Mãe Yamins Oxoronga, pomba-giras são como corujas que enxergam na escuridão da noite. Quem tem a proteção delas, não fica cega, sem resposta ou proteção. Elas viram o que Luena não tinha visto, fizeram e sempre farão de tudo para livrá-la de falsas intenções disfarçadas de boas ações.

A proximidade com a Liga das Pomba-giras inundou a vida de Luena de magia e feitiço. Para elas, a médica montou um altar dentro de casa, onde conversa, dança, bebe, oferece flores, frutas, perfumes, batons, marafo e pede proteção. Também aprendeu que quanto mais fraca estiver sua comunicação com elas, menos força terá para se defender. A relação só fortaleceu sua autoestima: se sente mais bonita e menos solitária. Venceu o medo da casa vazia, passou a valorizar a paz que, aos poucos, retornou ao seu lar.

Luena iniciou os estudos sobre matriarcado, mulherismo africana e diferentes tipos de feminismo. Ampliou seus conhecimentos e pesquisou sobre a defesa das mulheres feita por todas as outras Yabás. Em 2027, lança seu primeiro livro contando histórias de mulheres que venceram situações de abuso graças à intervenção das Pomba-giras. O primeiro capítulo é autobiográfico e, como este conto, é todo dedicado àquelas que já foram chamadas de demônias, mas são deusas, ancestrais mulheres que retornam como Pomba-giras, guardiães do sagrado feminino. É oferecido também àquelas que sofreram ou ainda sofrem com abusos psicológicos, físicos e as que partiram vítimas de feminicídio.

Pomba-gira mandou te dizer, mulher, através desta história, que fazer feitiço para prender homem é costume ultrapassado. Tua feitiçaria agora consiste em libertar o teu poder de mulher búfala que ficou preso nas mãos de cada homem que machucou você e a sua linhagem uterina ancestral!

Bora aderir à Liga das Pomba-giras! Elas estão nos esperando na primeira encruzilhada ao lado da sua casa! Em cada encruza, tem uma esperando ser notada por você! Bom reencontro pombogiresco com a sua Pomba-gira (matriarca ancestral). Que a proteja! Laroyê Lebara!

"Arreda, homem, que aí vem mulher.
Ela é a Pomba-gira, rainha do que quiser!"[5]

5 Letra do ponto de Umbanda "Pomba-gira arreda homem".

OXUM

ESPELHO D'ÁGUA

Anelise Martins
Orientada por Luciany Aparecida

O alarme tocou às 5h30. Ieda colocou 10 minutos de soneca. Tocou às 5h40. Ela colocou mais 10 minutos de soneca. Tocou às 5h50. Lá vieram os 10 minutos de soneca novamente. Às 6h levantou diante da impossibilidade de seguir dormindo. O dia precisava começar mesmo sem o seu consentimento. Ela levantou da cama num pulo, ignorou o seu reflexo cansado no espelho, pegou a roupa sobre a cadeira, correu para o banheiro e tomou uma ducha. O encontro com as águas do banho a desacelerou, mas não poderia permitir essa sensação. Voltou a sua rotina, saiu do chuveiro, se vestiu, cobriu o seu rosto com maquiagem para disfarçar o cansaço que viu de relance ao levantar, amarrou as tranças em um coque, olhou o seu novo reflexo satisfeita, pegou o café de todos os dias e saiu de casa.

Uma maratona de 30 minutos.

No ônibus que a levaria nessa travessia de uma hora e meia pela cidade, enfim desacelerou. Olhou para a agenda e viu um evento na parte da noite que quase caíra em seu esquecimento. Que a Internet é terra de anúncios aleatórios é informação sabida. Um desses anúncios foi parar em sua caixa de mensagens enviado por uma amiga. Assim, a nossa jovem encontrou um clube do livro para aqueles que desejassem conhecer *Peles negras, máscaras brancas*. O texto logo abaixo da imagem contava sobre o autor, um homem martinicano chamado Frantz Fanon, que pensou sobre o desejo do oprimido em se tornar o opressor.

Quando leu a mensagem, Ieda começou a questionar Melissa de onde aquilo veio.

– Mel, o que é isso? Um evento esquerda cirandeira?

– Amiga, não temos nada a perder e já estaremos por perto do local nesse dia – respondeu Melissa. – Vamos juntas? Não quero ir sozinha num evento onde não conheço ninguém.

– Vou com você, mas você me deve uma!

Ao ler o lembrete, ela revirou os olhos e falou consigo mesma:

– O que farei nesse evento ao final de um dia tão longo e sem sequer ter lido o livro?

Por mais que achasse graça, a curiosidade estava lá e ela tinha prometido a Mel que iriam juntas. Aí está o motivo do evento na agenda de Ieda. Por mais que desse vontade de rir toda vez que via onde estava querendo se meter, uma flecha de curiosidade a empurrava.

O dia de trabalho correu como sempre. Uma droga. Ao chegar ao prédio, Ieda precisou provar que realmente trabalhava naquele espaço e que a sua entrada não era a entrada de serviço na parte de trás. Lembrou do seu reflexo em frente ao espelho pela manhã e teve a certeza de que, mesmo com pressa, havia se arrumado como deveria. A escolha da camisa de botão, a calça alinhada, o coque com as tranças, que lhe trazia um ar de seriedade, e a postura que lhe garantiriam respeito estavam lá. Apesar dessa certeza, estava acostumada à rotina, já que o prédio sempre contava com uma rotatividade enorme de seguranças. Essa constância não tornava a experiência melhor. O horário de almoço às 12h e o fim do expediente às 18h eram seus alívios. Saiu pontualmente e foi caminhando para o local onde ocorreria o encontro do clube. No caminho, precisou segurar uma risada de nervoso nascida no fundo de sua barriga. Disse a si mesma que todos pensariam que ela era doida de aparecer do nada em um encontro como esse. Repetiu o seu mantra em voz alta: "Estressada, sim, muito. Doida, não!"

Chegou ao local do encontro e se deparou com uma livraria pequena em um subsolo que ela nem sabia que existia. Do tipo independente e diferentona. Ieda se apavorou só com a chance de acharem que ela estava no lugar errado ou perguntarem o que estava fazendo ali. Olhou para o celular em busca de uma mensagem de Mel e a última mensagem da amiga dizia justamente que ela se atrasaria por pelo menos meia hora.

Começou a suar frio conforme se aproximava da porta. Quando estava diante da entrada da livraria, perdeu as forças e decidiu seguir no beco, como se estivesse passeando tranquila, desinteressada e em passos nada rápidos. O que denunciava o nervosismo era justamente as águas que emanavam de si.

Nessa caminhada, ela viu no fundo da livraria um canto com algumas pessoas já reunidas. Mulheres e homens mais ou menos de sua idade sentados em cadeiras organizadas em círculo. A maioria com roupas que ela jamais compraria por medo de ser barrada nos espaços. Soltou um palavrão de alívio por não ter caído em uma *fake news*. Ao mesmo tempo, ainda temia ter parado em algum esquema de pirâmide que a fizesse sair de lá precisando vender a palavra de algum produto aleatório.

Não correu dessa vez.

Entrou na loja, se aproximou do grupo e soltou um "boa-noite" mais para si do que para os outros. Encontrou uma cadeira livre e se sentou. Naquele instante, tudo o que desejava era que seu corpo parasse de transpirar o seu constrangimento. O ar condicionado da livraria estava forte, mas de nada adiantava. Enquanto esperava o corpo responder a si, um dos rapazes próximo a ela começou a puxar assunto.

– Olá. Tudo tranquilo?

Fingindo normalidade, respondeu:

– Tranquila e você?

O rapaz que se aproximou. Realmente desejava conversar.

– Tudo certo também. É a sua primeira vez aqui no grupo? Não lembro de você em outro encontro.

Ieda só conseguia desejar se tornar invisível para não ter que conversar enquanto ainda esperava o suor secar, mas respondeu com uma certa impaciência:

– Minha primeira vez. Uma amiga me enviou o anúncio e fiquei curiosa para saber como seria. Nunca estive num lugar assim antes.

Ao final da frase, deixou um sorriso amarelo para o desconhecido. Pelo tom de Ieda, o rapaz enfim se deu conta e encerrou a conversa.

– Espero que você goste. Esse território é nosso!

Às 18h45 – nada em ponto porque o ritmo da cidade não permitia pontualidade –, o encontro iniciou. Mel ainda não havia chegado, mas Ieda se conformou com mais um atraso da amiga. Estava acostumada com esse tempo particular dela. Alguns de seus amigos em comum, quando iam marcar algo, perguntavam se o horário era no tempo do relógio ou no tempo de Mel.

Quando o evento iniciou, Ieda descobriu que o clube era organizado por dois mediadores, Iara e Fred. O encontro começou com Fred falando sobre como Fanon pensa naquela pessoa que é diminuída todos os dias e quer ser como quem a diminui.

– Esse livro é sobre o desejo de ser um outro que tem poder e a quem estamos submetidos. Sabem quando a gente está num trabalho ralando pra caramba e sendo mandado por um chefe que nem é bom no que faz? Nós falamos mal do chefe, mas no fundo o que a gente quer é estar no lugar dele. Entendem? Eu acredito que, de uma forma mais simples, essa é a principal ideia do que lemos neste livro – disse Fred.

– Isso é real demais. Queria eu estar trabalhando o tanto que minha chefe acha que trabalha e viajando por aí com tranquilidade. Ao invés disso, ralo pra caramba, sou vista da mesma forma que alguém que precisa da ajuda dela para conseguir realizar algo e ainda tenho que ouvir piadinhas na empresa. Peço desculpas, se estiver falando muito, mas quero contar um episódio. Eu passei dois anos juntando grana e parcelando tudo o que podia pra fazer uma viagem para a Islândia. Era um sonho meu e de uma amiga. Aí cheguei na empresa, me perguntaram das roupas que eu ia arrumar. Ninguém botou fé que eu teria grana para comprar. Depois só ouço minha chefe soltando um "tá achando que o frio na neve é igual o frio da nossa cidade vizinha?" Demorei o maior tempo para entender o abuso dela, sabe? Ela botou fé que eu não saberia sequer o que é frio e fez questão de dizer isso com um tom de desdém – disse Quézia, uma das integrantes da roda.

Todos os que estavam presentes sentiram no tom do relato a sua dor e o quanto esse universo do trabalho a machucava. Diante do silêncio que se impôs, Iara retomou a palavra.

– Eu sinto muito que isso tenha acontecido com você. Nos sentimos diminuídos dessa forma, dói e demora muito pra gente elaborar o que aconteceu. Mesmo sem entendermos, esse tipo de situação nos atinge e deixa uma marca. Fico pensando que se ao te diminuir dessa forma, ela não estava encontrando caminhos para se distanciar de você e se sentir melhor com ela mesma. Se colocando em uma posição de superioridade, sabe?

Enquanto ouvia essas falas, Ieda sentiu sua cabeça latejar pelo cansaço do dia. Soltou as tranças do alto do coque e elas caíram ao redor de seu corpo em tons de dourado. Ela conseguia, simultaneamente, se ver em várias experiências e julgar a forma como as pessoas falavam. Estava caminhando para os seus primeiros seis meses em uma grande empresa e entendia a experiência de se sentir inferior. Só discordava do que estava contido na conversa. A vida era injusta, sim, mas precisava deixar essas coisas de lado e abraçar o que veio por mérito. Ieda lembrou da frase que a empresa em que trabalhava mais repetia em suas comunicações:

"TODOS AQUI SERÃO VALORIZADOS DE ACORDO COM SEUS MÉRITOS."

A fala daquele que havia puxado conversa com ela no início do evento a despertou. Douglas era o nome do desconhecido que queria se tornar conhecido.

– Essa conversa de vocês me lembrou de uma história que eu li de um cria da Providência. Um conto que se chama "O espelho". Ela fala sobre a existência de duas almas. A de fora e a de dentro. A alma de fora pode mudar e ela alimenta a de dentro. Ela pode ser a academia que a pessoa está viciada, pode ser um amor que está nascendo ou até um cachorro. Aquilo que a faz sentir bem e se torna uma motivação pra vida. Aí, quando essa alma de fora vira a vontade da pessoa de crescer num lugar que a rejeita, ferrou.

– Explica melhor esse pensamento? – pontuou Fred.

– Imagina que a alma de fora da pessoa se alimenta de crescer nesse mundo do trabalho. Até onde eu sei, ninguém aqui é dono de empresa ou herdeiro. Se for, me desculpe. Aí essa pessoa vai apanhando, apanhando e não vê o seu crescimento porque nenhum avanço parece ser o suficiente. Ela começa, então, a se perder de si e não conseguirá mais saber quem ela é. Se tornará uma sombra vivendo em busca de um desejo que ela nem consegue distinguir se é do interior dela ou se veio dessa alma externa.

A cabeça de Ieda foi pra longe e começou a repetir num looping sem fim: "uma sombra de si..." Acordou de seu devaneio ao sentir a presença da amiga a seu lado. Sempre atrasada, mas atenta ao seu entorno, Mel perguntou se estava tudo bem e ouviu um pronto "tudo bem" em resposta. Não é que Ieda não quisesse ser sincera, mas, naquele momento, ela não sabia ao certo o que sentia. Provavelmente era o calorão seguido do frio do ar condicionado ou o desconforto de estar em um ambiente com tanta gente desconhecida e diferente dela. Voltou a devanear e ouvir a frase: "uma sombra de si..."

Pensou no tanto que havia investido nos últimos anos e na sensação de insegurança que ainda lhe assaltava. Neste momento de sua vida, deveria se sentir realizada, pois havia se mudado da casa dos pais, tinha um trabalho com um bom salário e amigos que a amavam. No entanto, essa não era a sua sensação. Ao despertar, notou que o encontro caminhava para o fim e os organizadores falavam sobre o valor de conhecer autores com um ponto de vista distante do que comumente ouvimos, por isso, no próximo encontro, leriam *Futuro Ancestral*, de Ailton Krenak. Disseram eles que sentiam a necessidade de também esperançar em grupo.

Rapidamente, Ieda se despediu de Mel, saiu sem olhar para trás e pensou: "Que povo doido! Cada mente, um guia."

Ao chegar em casa, se jogou no sofá e riu sozinha da aventura. Quando seus olhos encontraram o quarto, lá no canto, notou o espelho que fora de sua bisavó. Sua mãe sempre contava do esforço dela para comprar aquele espelho com bordas douradas. Para ela, sua família tinha mérito. Uma família que cresceu por mérito. Ninguém lhe disse isso, ela sabia.

Atraída pelo espelho, foi se aproximando... ansiando pelo seu reflexo, olhou-o e não conseguiu enxergar imagem alguma. Tudo estava embaçado. Sentiu uma lágrima. Seus olhos estavam cheios d'água. Sua memória a levou para os últimos meses no seu primeiro emprego depois de formada. Fizera um esforço enorme para trabalhar com o que lhe daria dinheiro. Escolheu ser desenvolvedora de sistemas. A profissão tecnológica mais masculina e rentável do momento.

Ao invés do dinheiro que recebia, viu todas as vezes em que fora barrada no prédio em que trabalhava, todas as piadas em relação a sua presença e existência naquele espaço, todo o sentimento de ser uma pessoa de fora... outra lágrima escorreu. Lembrou da frase da mãe: "VOCÊ É UMA GUERREIRA, GUERREIRAS NÃO CHORAM". Saiu da frente do espelho apressada. Lavou o rosto e foi jantar depois desse dia longo e antes que sua garganta fechasse com as lágrimas. Odiava a sensação da garganta impedindo-a de falar e comer por tanto chorar.

Fez a janta, sentiu o cheiro do alecrim no tempero do picadinho de carne. Cheiro de receita de família. Colocou a comida no prato, foi para a sala e ligou a TV. Escolheu assistir a um episódio de uma série que lhe possibilitava não pensar em mais nada, sobre um grupo de amigos que viviam em Nova York. Se sentiu anestesiada por dois episódios. Levou o prato para a pia, o lavou sentindo o cheiro do sabão de maçã e entendeu que era a hora de se arrumar para dormir.

Ao entrar no quarto para buscar o pijama, Ieda voltou para a frente do espelho. Queria enxergar sua imagem naquele reflexo. Seus olhos novamente embaçaram. Dessa vez, enxergou sua mãe no e se recordou dela dizendo o tanto que tinha orgulho por sua filha ser uma desbravadora formada em uma universidade pública. O orgulho da família com um diploma escrito grandão: "FEDERAL". Os olhos embaçados dessa vez não a pouparam de se derramar. Verteu lágrimas represadas e se sentiu ingrata.

Como não estava feliz com tudo que aconteceu no último ano? Encontrou trabalho, um apartamento, ajudava sua mãe e ainda era a prima mais elogiada das festas de família. Ouviu a voz de sua mãe vinda de uma memória distante, dizendo que ela estudava demais e precisava se divertir também. A mãe dizia: "Minha filha, a vida é uma só e você precisa se divertir. Estudar é muito bom, mas você precisa ser livre e eu quero te ver feliz. Você está feliz?".

Recordou a resposta atravessada:

"Mãe, quando eu ganhar dinheiro e, enfim, conquistar as minhas coisas, aí você me pergunta isso!"

Ieda se afastou do espelho com repulsa da memória. Não entendia o que estava acontecendo, mas também não queria entender nada. Pegou o pijama no armário e foi para o banho. O contato da água sobre sua pele a acalmou. Lembrou que, ao longo de toda a sua vida, sempre que se sentia agitada ou em um estado de angústia, o banho era o que a ajudava a pensar de forma nítida. Se sentia conectada com aquela água doce. Saiu do banho resolvida a arrumar a bolsa para o dia seguinte. Precisava dedicar tempo a isso, para escolher uma boa roupa e deixar tudo em ordem.

Entrou no quarto e o espelho voltou a atraí-la. Novamente lá estava ela. Com os olhos molhados e uma imagem mais definida de si. Lá estavam seus traços inchados pelo choro, as tranças soltas e o corpo coberto pelo pijama. Ao fundo avistou seus pais, mas viu também outras pessoas aparecendo aos poucos. Faces semelhantes e diferentes dela. A voz de sua mãe ecoou novamente: "Você precisa ser livre e eu quero é te ver feliz." Enxergou nelas a frase de sua mãe. Todos tinham fome de liberdade. A maior semelhança entre os rostos no espelho era essa vontade de viver. Colocou todas as lágrimas que estavam em seu corpo para fora. O corpo trêmulo sentiu nascer do fundo de sua barriga uma gargalhada que ecoou pelo quarto. O espelho enfim desfez sua atração, Ieda apagou a luz e se jogou na cama. Ia repetir para si o seu mantra: "estressada, sim, muito. Doida, não" quando veio à sua mente uma melodia:

"E Nji Tenu ma mi o
Tenu Mama ya
Iya Ibeji di Logun Ayaba omi RO
Ibeji Kori ko Jô
Ayaba ma pákútá Mala ge Sá
Iya mi Yeye"[1]

Ieda começou a cantar e dançar para si. As tranças douradas soltas ao redor de seu corpo dançavam com ela. Na penumbra do quarto, apenas

1 Reza de Oxum.

seus móveis a enxergavam. Ela sabia que seu espelho a refletia e esperou que todos os que avistou nele dançassem com ela naquele exato instante. Ao fim de sua dança, ouviu o som das águas doces.

TRATO DE OXUM COM EXU

CARMEN FELIPPE

Orientada por Janaína Oliveira

Na madrugada de um sábado, dia dedicado a Oxum, nascia Zabulê, nos limites da Ilha do gato Maracajá – uma porção de terra cercada de histórias contadas até o meio da página por todos os lados. A publicitária cresceu sem saber o "avesso do mesmo lugar",[2] razão pela qual demorou a entender que sua existência se dava em diáspora, a dispersão obrigatória e violenta a bordo do navio tumbeiro de onde originou seu sobrenome outorgado – dos Santos.

Após subir mais uma segunda-feira de trabalho com "1800 colinas",[3] se dirigiu para casa no transporte público que embarcou no ponto final. Acomodada na poltrona próxima à janela, lembrou-se que ao chegar em casa, saborearia seu prato preferido, um xinxim de galinha, iguaria magistralmente preparada por sua mãe Oyákole. A matriarca poderia vencer a si mesma e dominar uma cidade inteira se assim desejasse, mas devido às escolhas distorcidas por histórias mal contadas, estava distante de Oyá e atravessava uma ventania ancestral para se encontrar. Era no preparo das comidas, seu talento desde a meninice, que tinha refúgio. Ao mesmo tempo, sentia a brisa do alento que estava a caminho, era só fé.

2 Domênico, David et al. História pra ninar gente grande. In: G. R. E. S. Estação Primeira de Mangueira, 2019. Rio de Janeiro: Universal Music.

3 Beth Carvalho. 1800 Colinas. Rio de Janeiro: Tapecar: 1974. LP (3:02 min).

O alimento, que despertava especial prazer ao paladar de Zabulê e que muitas vezes estava associado a memórias afetivas, era fruto do almoço do domingo. A lembrança de alguém que devido à falta de habilidades culinárias seria melhor em saborear do que elaborar, a faria esquecer temporariamente do trânsito caótico e das importantes decisões profissionais. Preto Velho lhe contou que era uma escolha individual rodar e forçar a lama ou sair, respirar, dar aquele empurrão e rodar para fora da lama, seguindo com a caminhada pela estrada. Isso falava sobre a bebida dentro da garrafa e não da garrafa. O conselho espiritual a permitiu criar uma atmosfera de calmaria mental. Então silenciou o barulho externo das buzinas precipitadas dos carros, que lotavam a via-expressa de estagnação e impaciência, e viajou para o momento em que sua mãe cozinhava o prato. Lembrou que da cadeira da cozinha conversava com a mãe, que temperava as coxas de galinha com alho, limão e sal numa larga vasilha, pimenta-do-reino e cominho. Castanha de caju, amendoim, leite de coco, pimenta dedo-de-moça, cebola e cheiro-verde. Conseguiu lembrar-se do molho jogado por cima dos pedaços de galinha dourados. O capricho no equilíbrio entre o azeite comum e o azeite de dendê. Ornamento com pimentões coloridos e camarão fresco. Como acompanhamento, um esfumaçante arroz branco e farofa de cebola temperada. Depois de jantar mais do que seu organismo precisava, o que sempre acontecia quando comia xinxim, sentou-se no sofá de três lugares e suas pestanas começaram a pesar enquanto assistia ao documentário sobre Beatriz do Nascimento. Zabulê recordou que no espaço intermediário entre o sono profundo e a visão embaçada pelo cansaço, algo impregnou sua retina: a imagem desfocada de Exu chegou ao cérebro e o seu "eu" deu sentido ao que via. O olho da tradição ocidental não seria páreo para o senhor do caos. A passageira tinha o caos como uma experiência positiva. O significado é a força da natureza que gera a imprevisibilidade e a complexidade do nada primordial ao tudo ilimitado. A imersão no caos estabelece a ordem, e entre eles, o signo do individual que emerge quando o véu cai. Para ela, o caos era bom.

Lembrou que o despertar perdeu a disputa e caiu no sono mais imersivo que já experimentou: era uma vivência ancestral profunda. Sorte que a essa altura o percurso para casa ainda passaria pela pedreira da longa Serra do Tomonha. Sua casa ainda estava distante enquanto Zabulê estava na encruzilhada entre o trânsito e a memória de domingo.

De repente se deparou com uma bacia branca de bordas escuras onde continha água com diversas folhas. Zabulê é então convidada a lavar as mãos naquele recipiente. Aproxima-se uma mulher negra usando axó, singuê, camisu branco enfeitado com bela renda e bordado, pano da costa e ojá, que são nomes de alguns dos itens das belas vestes femininas das religiões de matriz africana.[4] Mas o que mais lhe chama a atenção são os fios de contas azul-turquesa pendentes nos pescoços das mulheres. Orientada a sentar-se em um banquinho de frente para a sabedoria em forma de Preto-Velho, a fumaça daquele cachimbo tornou-se uma energia que se espraiou pela dor mais profunda de Zabulê – o fato de não saber quem é.

Cruzado o momento de impacto e acolhimento, logo foi conduzida por uma senhora de preto e vermelho a um outro lugar. O recinto incomparável tinha uma energia completamente diferente, claro, azul-orum (céu) e um cheiro de Aye (terra). Alguns lugares tinham relevos desiguais e eram mais altos. Zabulê olhou para a direita e lá estava uma estátua de Ogum com o joelho no chão. Mas logo o guerreiro de Oxalá ganhou movimento, levantou a mão direita e subiu o polegar destro. O sinal com polegares para cima em geral tem uma conotação positiva. No entanto, seu significado percebido varia significativamente entre as várias culturas. Na linguagem do senhor da guerra, o sinal de positivo com o polegar significava: Vivo! Zabulê estava autorizada a adentrar naquele belo recinto.

Ultrapassado Ogum por autorização, ela continuou firmando seu olhar para a direita. Ogum estava na frente do rio Imọlẹ Ojiṣẹ, feito de águas densas, advindas de decomposição vegetal das folhas de mogno de lagos das margens. Em lado diametralmente oposto, Zabulê com o olhar

4 A indumentária mencionada — axó, singuê, camisu com renda e bordado, pano da costa e ojá — são parte do vasto e rico conjunto de vestimentas cerimoniais usados por mulheres nas religiões de matriz africana, como o Candomblé e a Umbanda. As peças carregam, no individual e no coletivo, significados particulares relacionados ao culto aos orixás, e às tradições de diferentes nações (como Ketu, Angola, Engenho Velho, Jeje). O axó refere-se genericamente à roupa; o singuê é uma saia rodada; a camisu é uma blusa alongada, em muitos casos, ornamentada; o pano da costa é um tecido colocado sobre os ombros; e o ojá é uma faixa ou turbante usado na cabeça, com diferentes formas de amarrar, que também comunicam as funções dentro do terreiro.

de luneta enternecida, percebe uma divindade feminina que naquela cidade era Oxum, a deusa das águas doces. Irremediavelmente impressionada, olhava com perícia enquanto o tempo se tornava espiralado – início, meio e início. A história não é mais uma sequência de eventos isolados, é um fluxo contínuo de experiências e aprendizado[5] que Zabulê está observando.

Oxum, tal como a lua, era uma mulher com várias fases e multifacetada como um diamante. Nesta feita, era uma rainha guerreira: única, profunda e desconhecida. Os mistérios que lhe envolviam passavam ao largo de um cosmético nos lábios. Sábia, feminina e insurgente, tinha a versatilidade de usar espada e espelho, uma docilidade adaptável para o amor, a vitalidade para a guerra e sagacidade para traçar estratégias de conquistas. Tinha domínio sobre as águas doces que deságuam, infiltram, atravessam e alimentam. Oxum nem sempre é um rio de correntes calmas, e assim caminhava. Era necessário cuidado e respeito ao explorar o fluxo de sua correnteza.

Trafegando por seus domínios na cidade de Osogbò, vigiava e conquistava. Percorria grandes distâncias entre as pedras e a flora da margem do rio. Se intumescia conforme as águas pacíficas se transformavam em queda d'água turbulenta. Retinta e brilhosa como uma noite, tinha uma alfanje em uma das mãos e um ade de cabelos crespos. A busca por seus propósitos lhe dava vigor físico para seguir em marcha firme.

Liderava um grupo de mulheres aliadas fiéis ao seu reino de estabilidade e cuidado mútuo. Unidas pela força do feminino ao qual estava intimamente ligada. Desbravando novas águas, via pelo espelho, que refletia o desaviso, o interior das pessoas, quem verdadeiramente eram.

Oxum intentava em silêncio conquistar um território muito longínquo do qual fazia parte o rio Imọlẹ Ojiṣẹ, onde Ogum montou território ao redor da beira. Para essa empreitada, refletia como poderia acalmar o guerreiro de Oxalá. A terra desejada também era um local de passagem que servia de ligação entre rios descontínuos. Já fazia algumas luas que Oxum desejava

5 Ensinamento do saudoso Antônio Bispo dos Santos, conhecido como Nêgo Bispo. Importante intelectual quilombola que propôs uma concepção de tempo que se afasta terminantemente da linearidade ocidental. Ele a denomina "tempo espiralado, Ciclicidade e Interconexão": Ao invés de uma linha reta com um começo, meio e fim, o tempo espiralado é visto como um ciclo contínuo, onde o passado, presente e futuro se entrelaçam e se influenciam mutuamente. É uma visão que valoriza a ancestralidade, a memória coletiva e a conexão com a natureza.

juntar rios perenes para formar um novo curso d'água, mas não era bem-sucedida na tarefa. As águas dos dois rios que queria corriam por mais de seis léguas. A junção pretendida era o rio Imọlẹ Ojịṣẹ e o rio Omọbinrin Idà, que corriam no sentido sul-norte de Osogbó, famosos pelas sociedades femininas que se desenvolveram às suas margens permeadas por apaokás verdejantes.

Cai uma noite ensolarada. As águas tocando as pedras emitiam um som tão inebriante que Oxum dançou seus movimentos mais orgânicos. Entre gestos sinuosos e alternativamente delicados, com feminilidade, seus braços e suas pernas se mexiam de forma coordenada. No girar do corpo, avistou uma aproximação e uma gargalhada peculiar. Era Exu – o dono da comunicação e a base que garante a conexão. Oxum ainda não tinha atinado que era preciso incluir em seu plano um trato com Exu. Ele era o caminho para alcançar o objetivo estabelecido, que era juntar os dois rios, de forma satisfatória e dentro dos parâmetros definidos: formar um novo curso d'água e expandir seu reino de vitalidade e cuidado mútuo. A tarefa que Oxum vinha sendo mal sucedida, pois os rios estavam em territórios guardados por Ogum, que não cederia facilmente. Zabulê observa o Axé de Exu, o dono da comunicação que espelha o interior. Depois que a fala sai da boca ou dos sinais de mãos, ela só entra de volta se Exu levar. Fala sobre um sentimento de pertencimento que não se iniciou e nem termina individualmente – somente se existe sendo junto ao outro. Ao mesmo tempo, Zabulê percebe o Axé de Oxum: estratégia e vitalidade além do amor, que segue desbravadora no curso dos rios, entrecortando pedras sem parar nem voltar atrás, apenas seguindo.

Zabulê observa essa aproximação e atenta-se para o fato de que não tinha percebido que para saber quem era, sua dor mais profunda, seria necessário passar pelo processo mais do que saber a resposta definitiva para o seu questionamento. O processo era interno, especialmente penetrante e inovador, servindo à quebra de velhas estruturas para que as novas construções surgissem. Ela era seu próprio reino, mas era preciso um ebó de comportamento e conduta, olhar para si a partir das próprias escolhas e focar suas energias para aquilo que era realmente importante. Era preciso cuidar do Ori (mente), um processo contínuo e desapressado do qual uma petição não seria suficiente. Essa imersão interior acontecia enquanto Zabulê observava de forma pedagógica a conexão expansiva dos orixás e uma perspectiva da fertilidade oferecida por Oxum – fértil no que estava estéril.

A Yaba já não estava sozinha. Por uns instantes espiralados, bailava com o mensageiro que sabia sua intenção íntima. Assim como o orixá sem o qual não se faz nada, também sabia que Oxum sempre foi excelente na arte de fazer adormecer através da comida. Amoral, Exu propôs uma troca pelo caminho para a conquista do território desejado. Ela deveria cozinhar detidamente uma feijoada – comida consagrada a Ogum –, oferecer a ele e dar a parte de Exu, pois um homem quando está em paz não quer guerra com ninguém. Oxum entendeu que a conquista era um processo de disciplina, de (Ori)entar a sua mente, sem pressa. Ebó nenhum tiraria o que uma mente obscurecida por refletir somente no resultado produziu.

Confiante, foi exatamente o que Oxum fez. Despretensiosamente se dirigiu à Ogum. O senhor da guerra repousou a sua capa encarnada e sua espada e saboreou aquele preparo cuidadoso, com cada item cozido na lenha, vagarosamente. Consumido o preparo, a visibilidade e destreza do guerreiro foram diminuindo até desaparecerem, e então adormeceu. O caminho estava livre para Oxum juntar os dois rios que somente então se misturaram e se avolumaram de tal sorte que tornaram-se um só.

E Zabulê, com o toque do motorista em seu ombro direito, alertou-se que já tinha finalizado a viagem. A resposta que procurava tinha um caminho. Em casa, lembrou que sua amiga a havia convidado para o Xirê de Oxum. Se tornou impraticável a ausência da também Deusa do amor próprio. Ligou para confirmar e no sábado da mesma semana, dia dedicado a Oxum, renascia Zabulê nos limites da Ilha do gato Maracajá. Compareceu de vestes claras. Ao chegar lá, logo nos primeiros momentos, Zabulê foi abraçada pela irradiação da Orixá com todo o arquétipo que ela traz: fertilidade, água, acalanto, amor, fonte, nascente, possibilidades de sobrevivência, estratégia e cura. "Oxum melhora a cabeça ruim".[6]

6 Maria Bethânia. Louvação a Oxum. Bahia: Universal, 1992. CD (3:19 min).

CARTA PARA OXUM

David Araújo
Orientado por Ryane Leão

De: Aro

Para: Oxum

Com saudades daquilo que ainda não conheci, me ensina a desaguar, cantar sobre os afetos eu estou disposto a entrar nas suas água doces.

Há dias estou tentando escrever histórias e poemas sobre você, sem engessar, e me perco dialogando apenas com o tangível, recuando diante do desconhecido.

Gostaria de me apresentar, *vou tirar meu coração do peito e afundar beirando a loucura,* como fiz em minha primeira carta, que amassei e ofereci num alguidar na rua, torcendo para que Exu me reconhecesse em qualquer encruzilhada. Tenho algumas armas forjadas nessa caminhada; nem todas são finas e prateadas; algumas são galhos e pedras talhadas na adversidade. São 26 anos desde a minha chegada. Chamo-me Arô por escolha; foi na pixação que meu nome surgiu, sem sombras.

Desejo ficar nu, com as feridas abertas, para que Ori desperte, como fiz na minha segunda carta, implorando a Nanã que me deixasse entrar em seu pântano, sentar à sua mesa e cooperar com aqueles que me zelam, para aprender, de fato, a sangrar na terra. Até que tudo vire lama e ela se torne sagrada.

Me percebo pequeno, frágil. Estou preso na margem do rio, de braços cruzados, incapaz de mergulhar como você fez quando se encontrou em profunda tristeza e nas águas etéreas da profunda imersão, recolheu as partes esquecidas e emergiu renovada.

A minha fronteira é limitada ao que posso tocar e modificar, enquanto a correnteza segue seu curso sem que eu consiga nadar para buscar a quartinha em uma pedreira e alcançar os seus segredos. É possível manusear o barro e a água ao mesmo tempo?

Oxum, nesta terceira carta, não posso voltar ao começo, ao ventre de minha mãe, e nem colocar meu rosto no seu, como na primeira vez em que a senhora me alimentou com lágrimas. Foi nesse instante que conheci um amor que ninguém pode me tirar. Quero deitar em seu colo para compreender que crescer é berço que se desmonta, ainda mais em um país de pouca passagem, onde aprendemos a nutrir e alimentar a raiva. A luz está acesa e os pensamentos ganham vozes que não sabem confluir sem se cortar.

"Enterra essa dor e esses vícios" – *sopram os ancestrais.*

Não sei, preciso de tempo, ainda estou germinando a semente de meu okan.

Não consigo descansar. Preciso ficar de pés descalços e aprender a desembrulhar os presentes das Yabás. Essa noite sonhei com uma mulher que me mandava colocar uma oferenda para Iroko em uma árvore antiga. Suas palavras eram sobre agradecer e nunca solicitar. Oxum e Iroko dançam juntos: um rio nunca é o mesmo rio. No ciclo da vida, a memória não é linear.

Desperta! – *gritam os antigos*

Clamo pela senhora neste instante, para que eu possa desviar, seguir em frente. Apesar dos atravessamentos, sou desafiador, obstinado, corajoso. Sou movimento de legado ancestral. Se uma pedra cai no meio do rio, impedindo seu desaguar, a água segue corrente e atravessa novos caminhos. Essa é a continuidade que eu quero me tornar.

Posso escrever como conheci você por diversos olhares: a destreza de cegar parcialmente Exu para aprender a ler o oráculo ou quando dançou para enfeitiçar Ogum, e ainda assim não saber narrar os mistérios da sua presença. Você me faz lembrar do combate doce, das estratégias para vencer sem levantar a espada – apenas retirando o que foi dado. A senhora me ensinou que se vingar é ir embora e que ser é mais valioso que ter. Eu vejo o ouro. E eu quero ver o ouro em mim.

O que eu preciso ter para chegar até você?

Oxum cantou a resposta em poema:

eu sou o chão,
sustento a sombra.
comigo você não afunda.
esse rio sou eu e é você
seu corpo que é terreiro
tem que celebrar.

lembre-se, é aqui que posso te alcançar
nesse medo das andanças
vem nadar
vem voar
minha casa é omí
vem afeiçoar
vem soprar
o seu agrado no meu rosto
que te vê

Hoje minha palavra é reza e todo o rio que eu sangrei, a água levou embora.

Oràyèyè ô, Oxum
Salve aos antigos que estão acordados,
Os que estão encantados, os que me encontraram.
Peço a chance de concluir esse ato
Eu vim sozinho e desarmado.
Coração aguenta as guerras em que vai embarcar
As estradas secas, o suor e a raiva
Conheço a dor, a negação e a saudade
agora quero conhecer
a sagacidade das risadas que deságuam.

Eu nunca consegui voltar
tenho isso de seguir em frente
mesmo quando as peças não se encaixam
Meu coração passeia entre o que eu já fui
e o que quero alcançar.
Eu tenho a cor da noite iluminada pela lua
os olhos cor de mel são herança sua
e quero devorar a chama que queima sobre o mar
Soltar a casca antiga para florescer novos desejos, tanger.
Virar peixe, onça e faca para riscar ponto na terra e fazer brotar
imensidões
Ouvir antes de falar, amar, me acolher sem me cortar
No Ori, a vontade de nunca parar
Na língua, mandingas de possibilidades
Quero me banhar, mergulhar, desejo que minhas raízes fiquem
vivas novamente
Venham ver, há coragem em segurar a mão do medo e se refazer
Quero correr em suas águas que curam os meus pés machucados.
Parar em frente ao espelho de batalha
E com a boca farta, declamar:
Ninguém acredita mais em mim do que eu.
Salve os antigos que estão acordados ouvindo essas preces
Levem meus lírios até Oxum, digam que
eu tenho ido bem
eu tenho ido bem.
eu tenho ido bem.

Oràyèyè ô, *mamãe, sereia de água doce*
estou sozinho esperando a chance de viver
Oràyèyè ô, *mamãe, aquela que sustenta a casa*
sou seu filho e não sei remar em seu rio
quero acabar com essa falta de mim.
Oràyèyè ô, *mamãe, aquela que habita o profundo*
pra que eu me reconheça em ti.
pra que eu refaça os meus fins
Oràyèyè ô, *mamãe, aquela que me protege*
para que ninguém possa tirar a vontade

que eu tenho de sorrir.
Oràyèyè ô*, mamãe, dona da coroa*
me ensine a dançar enquanto a chuva vem.
oraieieo, oraieieo, ***Oràyèyè ô, Oxum***
Não deixe que o destino castigue
ou que o tempo atrofie
que no seu espelho eu me aprume, desnude, afunde
Me refresque de dentro para fora.

O CHAMADO DA TERRA

Keila Vieira Gomes
Orientada por Mãe Flávia Pinto

Isis é uma jovem estilista capixaba que, ao contrário de muitas mulheres negras, não tem uma história de dificuldades. Mesmo sendo frequentemente a única pessoa mais escura em seu meio e vivenciando racismo velado, não acreditava na diferença escancarada dos olhares. Ela havia sido treinada para manter sua autoestima alta, a ponto de tapar o sol com a peneira. Seu pai, um homem branco da alta sociedade têxtil do Espírito Santo, acreditava na democracia racial, mesmo mostrando indiretamente o quanto era bondoso por "aceitar" sua esposa retinta. Essa bolha a protegeu ou a alienou.

Luísa, sua mãe, acreditava que "clarear a família" daria à filha uma chance de passar despercebida. Não que tivesse se casado com Oséias sem amor, mas sua beleza "exótica" chamava atenção nos campos de café onde trabalhava e um fotógrafo viu uma oportunidade para diversificar o seu *casting* de modelos. Do campo para a passarela e em seguida para um casamento com um empresário branco mais velho. Foi sua chance de redenção. Existia amor, mas aquela vida era nova para uma ex-roceira. Saber que sua filha não passaria pelas mesmas dificuldades a confortava.

Isis nasceu em uma família feliz, cercada de afeto. Era apegada ao pai e sua "brancura". O pai era visto como o mais sábio, o mais polido, o mais-

-mais. A mãe, carinhosa, largou a carreira para cuidar da família. Mimada por Oséias, Isis era bonita e birrenta. Sempre conseguia o que queria.

Longe dali, em um quilombo que lutava por demarcação de terras, nascia Alafin, filho de Zélia, no meio de uma fazenda de algodão de um poderoso homem chamado José, que dizia que sua propriedade estava sendo "usurpada pelos negrinhos".

– Se eu pudesse, metralhava aquela negrada toda – dizia o fazendeiro.

Zélia era filha de Oduan, que lutou bravamente pelas terras do Jacuí.

– Para que plantar para os outros se podemos plantar nosso próprio algodão? E fazer nossos próprios tecidos? – ele dizia.

Plantavam e produziam tecidos tingidos com técnicas milenares trazidas da África. Da terra nas sementes do algodão ao tear da matriarca da família, avó de Zélia. O nome Alafin veio de um sonho de Zélia, onde Xangô lhe trazia uma criança que seria essencial para a firmeza daquelas terras.

Alafin cresceu na roça e viu a vitória da família em 2003, quando as terras foram reconhecidas, levando o fazendeiro a jurar vingança. Alafin, alto e musculoso, sonhava com uma mulher ativista. Odiava a cidade, chamando-a de "babilônia que polui os rios".

Em 2016, um incêndio criminoso destruiu a plantação do quilombo. Todos sabiam quem era o culpado, mas a milícia do campo e um governo negligente sufocavam a comunidade. A crise financeira chegou.

Na mesma época, a empresa do pai de Isis envolveu-se em um escândalo ambiental, com a contaminação do rio Jucu. Oséias achava a tal "sustentabilidade" uma palhaçada.

— Tirei Luísa da roça, onde ela passava quase fome! — dizia, com seu copo de uísque na mão. Luísa calava-se, preferindo não confrontar seu "branco salvador".

Oséias gritava com o advogado:

— Não dá para acabar com essa palhaçada?

Mas era tarde. O escândalo tomou proporções assustadoras, e o setor de comunicação sugeriu uma ação que promovesse o pensamento sustentável. Quem melhor que Isis, com seu carisma, para contornar a situação? Ela passou a procurar quilombos que plantassem algodão no Espírito Santo, pois a sustentabilidade estava "na moda".

Zélia viu a visita de Isis como uma oportunidade para sair da crise e promover os tecidos da comunidade. Já havia acontecido algo semelhante no aldeamento indígena vizinho, onde trocavam saberes e sobrevivência no capitalismo. Foi o Pajé Oduara, do povo Tekoá Mirim, quem fez a ligação entre Zélia e Isis.

— E aí, parente? Fazer coisa com esses brancos vai dar certo? — perguntava Zélia.

— Às vezes, precisamos ser estratégicos e lidar com a branquitude a nosso favor.

Zélia aceitou hospedar Isis por um período, a contragosto de Alafin.

— Lutamos por essas terras, e agora vamos abrigar quem polui nossos rios? — ele bradava.

— Precisamos de dinheiro e visibilidade! Essa menina precisa pisar nessa terra sagrada.

Alafin ficou injuriado.

— Alafin, precisamos de mídia! Mostrar que preservar a natureza é primordial.

— Eu não quero lidar com ela! Deve ser uma mimada.

Isis também não estava feliz. Não achava que sustentabilidade era bobagem, mas quem poderia contrariar Oséias? Incomodada, chegou ao quilombo em um dia ensolarado, recebida com alegria. Era sexta-feira, todos estavam de branco.

— Seja bem-vinda! — disse Zélia, sorrindo.

— Obrigada! Estou curiosa para ver os tecidos!

Alafin a observava, interessando-se momentaneamente. Logo, retomou a consciência de que ela era uma poluidora. Aqueles olhos dissimulados, aquele jeito sedutor... Tudo o que ele repelia.

Ela entrou no quarto e Alafin chegou com as malas, tratando-a com certo desdém.

— Boa tarde! Sou Alafin, administrador do quilombo e vou te levar ao depósito para ver os tecidos.

Isis ficou desconcertada. Nunca havia sido tratada com frieza por um homem.

— Ah, sim! Obrigada! Administrador? Fez curso à distância?

— Sou mestre em administração e me formei na UFES.

— Ahh, caramba! Na Federal?

Alafin viu a surpresa dela, e o que era uma implicância se tornou ranço. Ele pensou: "Linda por fora e fútil por dentro, mas para salvar meu sagrado, aturo essa metida."

Ela continuava desconfortável, especialmente com a frieza de Alafin. Nunca estivera em um lugar assim, e as pequenas inconveniências começaram a pesar. Mas a bondade de Zélia e a beleza dos tecidos a encantaram.

No primeiro dia, Isis foi ao depósito com Alafin. Seus olhos brilharam ao ver as peças tingidas com cores vivas. As mãos hábeis das mulheres trabalhavam com cuidado, e cada toque contava um pedaço da história.

— São lindos, realmente impressionantes — disse Isis, admirando uma peça.

Alafin permaneceu em silêncio, incomodado. Tentou ser cordial.

— Fazemos tudo à mão, seguindo as tradições. Cada cor vem de um elemento natural.

Isis ficou encantada, tocada pela profundidade do trabalho, mas sentiu que Alafin a julgava.

Durante o jantar, Zélia e Isis conversaram sobre moda e sustentabilidade. Zélia notou que Isis estava presa a uma bolha de privilégios.

— A sustentabilidade é mais do que uma moda, Isis. Para nós, é a base da nossa existência.

Isis concordou, processando o peso das palavras. A sustentabilidade era uma questão de sobrevivência, de ancestralidade.

Ao longo da semana, Isis começou a se adaptar. Visitava a plantação de algodão, aprendendo sobre as plantas usadas no tingimento. Fascinava-se com o conhecimento de Zélia e as mulheres sobre a terra. À tarde, passava horas no depósito, observando a tecelagem e sonhando em incorporar aquelas peças em sua próxima coleção.

Alafin, no entanto, mantinha distância. Sempre educado, mas nunca caloroso. Havia um ressentimento nascido da primeira impressão que tiveram um do outro.

Uma tarde, enquanto observava crianças brincando perto do rio, Isis encontrou Alafin sozinho, pensativo.

— Posso sentar? — perguntou.

Ele deu de ombros.

Sentaram em silêncio. O som da natureza preenchia o espaço.

— Eu sei que você não gosta de mim — disse ela — E, para ser honesta, não te culpo. Represento tudo o que você odeia.

Alafin virou-se, surpreso com sua franqueza.

— Não é uma questão de gostar ou não. É o que você representa. Sua família... Eles destroem o que tentamos proteger. Esta terra é sagrada, e eu dediquei minha vida a defendê-la.

— Eu sei — disse Isis – E é por isso que estou aqui. Quero aprender com vocês, fazer parte de uma mudança de verdade.

Alafin a observou, tentando discernir se suas palavras eram genuínas. Pela primeira vez, viu além da estilista rica. Ele viu uma jovem buscando algo mais profundo.

— Talvez você consiga — disse ele, sorrindo — Mas será difícil.

— Não tenho medo de desafios — respondeu Isis, retribuindo o sorriso. — Posso aprender muito com você.

Ali, algo mudou entre eles. Havia um entendimento silencioso sobre proteger a terra e criar algo significativo. O gelo entre eles começou a derreter.

Nos dias seguintes, Isis e Alafin se aproximaram sutilmente. As conversas tornaram-se frequentes, e Alafin admirava o empenho dela em aprender sobre as tradições do quilombo. Ela se dedicava a entender o que aquelas terras significavam.

Um dia, Zélia convidou Isis para um ritual de bênção da colheita. Era uma cerimônia antiga, cheia de cânticos e danças.

— Eu adoraria — disse Isis, emocionada pelo convite.

Naquela noite, sob as estrelas, o quilombo se reuniu. As mulheres usavam axos, alakas, turbantes e panos da costa e os homens, eketés. Os atabaques reverberavam. Isis observava tudo, sentindo uma energia ancestral.

Alafin tocou como ninguém o atabaque e Zélia, a Yalorixá, conduziu o ritual com firmeza. Bem séria, entregou a Isis uma tigela de ervas.

— É a parte mais importante — explicou Zélia. – Ao devolvermos à terra, mantemos o equilíbrio.

Isis depositou as ervas no solo, sentindo uma conexão. Ao levantar-se, encontrou o olhar de Alafin.

— Você fez bem — disse Alafin, quebrando o silêncio. — Participar é um compromisso com a terra.

— Estou começando a entender — respondeu, olhando para o fogo. Sorrindo, aquecida.

Alafin a sentiu.

— É maior do que todos nós. Por isso lutamos para proteger o que temos.

Refletindo sobre as palavras dele, Isis percebeu que seu trabalho como estilista parecia pequeno em comparação à relação do quilombo com a terra. Queria fazer mais, honrar a natureza e a ancestralidade.

— Quero ajudar — disse ela. — Quero que o mundo saiba o que vocês fazem aqui.

Alafin a observou em silêncio, avaliando sua sinceridade.

— Isso não acontece da noite para o dia. Se você quer ajudar, precisa se comprometer com ações.

— Estou pronta — respondeu Isis, determinada.

Alafin sorriu, agora sem desconfiança.

— Amanhã quero te mostrar algo que talvez ajude a entender o que estamos protegendo.

No dia seguinte, Alafin levou Isis ao coração da mata. Chegaram a uma pedreira com uma vista majestosa.

— Esse é o nosso lar — disse Alafin, orgulhoso. – E é isso que lutamos para proteger.

Isis sentiu-se pequena diante da grandiosidade da natureza. Percebeu que o que estava em jogo era maior do que qualquer coleção de moda.

— Eu entendo agora — disse ela. — E prometo fazer minha parte para ajudar.

Alafin a olhou satisfeito.

– Então, vamos ver até onde você está disposta a ir.

A partir daquele dia, Isis se dedicou ao aprendizado, trabalhando na tecelagem e aprendendo sobre tinturas naturais. O luxo da moda parecia superficial em comparação à conexão do quilombo com a terra.

Certa noite, depois de um dia repleto de aprendizado, Isis sonhou com Oxum, a deusa das águas.

— Você tem um Ori poderoso, mas deve honrar suas raízes e a natureza.

Na manhã seguinte, enquanto Isis trabalhava, Zélia a chamou urgentemente.

— Precisamos de você lá em cima.

Isis seguiu Zélia até a casa central, onde Alafin conversava com dois homens armados.

— O que está acontecendo?

— Eles estão procurando por alguém — disse Alafin, sério — Seu pai está envolvido em algo grave.

Isis paralisou. O policial explicou que seu pai estava preso por grilagem de terras junto com o fazendeiro José.

— Meu pai... jamais faria algo assim — disse ela, incrédula.

— Se for verdade, ele faz parte do problema que enfrentamos — afirmou Alafin.

Isis sentiu-se perdida, entre a traição e o amor por seu pai.

— O que vai acontecer com ele?

— Ele será levado a julgamento — disse o policial. — As evidências são fortes.

Alafin se aproximou.

— Isso não define quem você é ou o que está tentando fazer aqui.

Isis respirou fundo. Ela poderia decidir seu caminho.

— Eu vou ficar. Quero ajudar a proteger essa terra.

Certo dia, ao chegarem ao depósito para fazer o tingimento natural, Isis prepara seu primeiro tecido tingido. Usando cascas de cebola para dar cor, ela mergulha o tecido branco na água, que gradualmente assume um tom amarelo-claro, quase dourado. Isis sorri, encantada com o resultado. Ela corre para o meio do rio, lavando o tecido com as próprias mãos. Alafin, observando a cena, sente-se profundamente tocado. No entanto, o momento é interrompido pelo som de um disparo.

— Isis, abaixe-se!

Alafin foi atingido e ela o levou ao hospital. O ataque revelou um esquema maior envolvendo Oséias, o pai de Isis, em conjunto com o fazendeiro José, que nunca admitiu perder suas terras para os "negrinhos". Alafin se recuperou, e o depoimento de Isis foi crucial para abrir um inquérito.

Oséias foi a julgamento, negando tudo até o final, mas foi condenado junto com José. Isis, com uma nova perspectiva, decidiu transformar a empresa da família em uma operação sustentável, comprometida com a preservação da natureza e das comunidades.

Após a recuperação de Alafin, ela lançou uma coleção de moda inspirada nas cores de Oxum. O desfile foi um sucesso. Alafin a chamou para se encontrarem no rio.

— Tenho algo para te dar!

Ali, sob a luz da lua, eles se beijaram pela primeira vez. Se deitaram na beira do rio e Isis sentiu um misto de excitação e nervosismo, como se fosse tocada pela primeira vez. Seus corpos se entrelaçavam e estavam como testemunha as águas calmas do rio. Ficaram abraçados em silêncio, como se o mundo estivesse parado para admirar o amor dos dois. Alafin a olhou nos olhos e, retomando a conversa que tiveram às margens do rio, disse:

– Tenho algo para te dar. A levou ao depósito e ofereceu o tear de sua bisavó.

– Isis, nunca pensei que iria me apaixonar, mas sua transformação me transformou também.

Isis não sabia o que dizer, estava apaixonada por Alafin, mas tinha acabado de assumir a empresa do pai e tinha outros amores. Pela primeira vez ela tinha um propósito e por mais que fosse tentador ficar ao lado de

Alafin, ela estava mais apaixonada por essa nova Isis e não queria se perder dela nunca mais. Sabia que tinha uma missão maior: ouvia constantemente as vozes das mulheres das florestas, que eram invisibilizadas durante séculos. As verdadeiras donas dessa terra.

Pensou por um momento partir sem se despedir, mas lembrou que não era a Isis que fugia das coisas. Ela estava cansada de fugir. Escreveu uma carta enquanto todos estavam dormindo. Não queria abrir mão do que pensava ser o certo por causa de outro homem. Foi difícil demais assumir o que queria deixar para trás. Não abriria mão dela mesma. Nem pelo amor da sua vida. Deixou a carta no Tear que lhe foi oferecido e partiu de manhãzinha, em silêncio.

Só que daquela noite, surgiu uma gestação que gerou uma menina linda chamada Ajagura e que colocou Isis em uma responsabilidade maior com o futuro do planeta. Alafin acompanhou Isis em tudo e entendeu que não poderia tê-la somente para si. Isis era luz dourada! E depois do parto, feito por Zélia, olhando para a criança, olhou docilmente para sua rainha e falou:

— Quero que você saiba que respeitarei sua decisão e cuidarei da nossa filha para você seguir em sua missão, que é nossa, e que por ela nos entregamos em alma. Sei que você nunca mais caberá em caixas. Eu quero caber na sua.

E assim foi. Isis continuou a lutar pelo bem da terra, pelas matas e Rios. Participou de inúmeras conferências e se tornou uma grande ativista. Mas voltava sempre para o quilombo. De pés descalços para os braços do seu homem. Para sempre lembrar que era a filha daquela terra e daquele caminho.

MERGULHOS

Lívia Florença

Orientada por Luciana Diogo

mamãe Osùn,

estou cíclica. te peço desculpas, mas falhei. não sinto vontade alguma de escrever. não sai poema nenhum daqui. me sinto imóvel. há poças escuras sob meus olhos. dentro de mim há um oco de densidade anestesiante. me sinto afogada, paralisada no fundo dele. por que não enxergo nada? por que não consigo voltar pra cima? tenho certeza de não ter forças nem pra sair do lugar. é desesperador tentar lutar contra esse oco, minha mãe. não aguento mais gritar e daqui ouvir apenas o silêncio.

*

A jovem adulta larga o diário de lado e deixa o lápis rolar sob os lençóis amassados na cama. Pássaros do lado de fora da janela fechada denunciam o nascer de um novo dia. Ela percebe o tempo escorrendo de suas mãos mais uma vez. Emite um suspiro de frustração cortante e, coçando os olhos, dirige-se ao banheiro. Julga o bagunçado de sua casa. Sente o útero manifestando-se. Há uma mancha ainda quente sob sua calcinha. Dirige-se ao box. A água gélida do chuveiro desarmado a pega de surpresa. O choque sob a nuca lhe faz abraçar-se. Escorregando pelos ladrilhos, confunde as águas do chuveiro com as das próprias lágrimas, misturando-se ao sangue ralo abaixo. Ela deixa correr a água sob o próprio ori, suplicando em gritos abafados pelas gotas.

*

querida filha,

sei que me clama soluçando choros, mas te escrevo a convite para que chore ainda mais. te insisto em se fazer cachoeira enquanto me lê daqui. eu ouço tua versão mais novinha, cujas poças abaixo dos olhos ainda não ficaram profundas. ela está chorando engolido para ninguém ouvir. mas eu sempre te ouço. quero te lembrar que a água que nos molda foi feita para escoar, mas não é apenas carregada desses soluços que te fazem doer. essas lágrimas te desaguaram rios capazes de fazerem caminhos para além das fendas dos teus olhos. você diz estar afogada, mas essa sensação gélida, paralisante, congelada é você mesma quem causa mergulhando no fundo de tuas próprias águas. você afundou-se em si mesma sim, mas não para se afogar – foi para resgatar quem engoliu tudo isso. te convido a mergulhar ainda mais. abra os olhos: o fundo deste rio é tão escuro quanto as poças que teus olhos produziram. você precisa tatear as pedras com as pontas dos próprios pés. você não está imóvel. você consegue sentir – elas estão forjadas de memórias que não podem ser retiradas. elas são tão afiadas que poderiam cortar teus pés, mas você sabe que é porque você não disfarça mais as suas dores, podando-as em gentilezas. elas cercam sua versão mais nova, mas você consegue sentir o quanto elas se reorganizaram e hoje são delimitações para os outros. você diz não ter forças para sair do lugar e eu te digo que é porque você sabe que seu caminho não é pra cima. você não tem que resolver um afogamento. você tem que perceber onde está! você é do fundo. todas as suas ferramentas estão aqui. teus gritos ecoaram em bolhas de ar que compõem esta água. aqui o eco faz morada, sim, mas não porque você não consegue se expressar. o silêncio ecoa porque você conseguiu conquistar a paz em seu próprio lar. sim, na sua morada hoje você pode ter espaço pro silêncio e pra bagunça sem ser interrompida pela falta de senso de outrem. é tão difícil assim se acostumar? sim, a sua casa está uma zona. mas é uma conquista sua saber que toda a desorganização continuará no mesmo lugar te esperando retornar, sem a interferência de ninguém a cutucar.

você se lembra de quando os furacões bagunçados dos outros mal te deixavam ouvir os próprios pensamentos? Ali, sim, era sua prisão. hoje você se sente parada não porque está presa, mas porque já não precisa mais equilibrar-se em indecisões e incertezas de um ambiente hostil. é, sua versão mais nova tá ali desequilibrada. mas teu passo é firme. hoje você continua pisando mesmo após se insegurar. tua força marca o passo. você sabe que tudo faz parte do caminho. você sabe que suas águas sempre encontram uma forma de escoar. letras são cravadas nas crateras do rio pelas unhas de sua versão mais nova, e hoje você as consegue nomear – são seus gatilhos. você entende que eles estarão sempre mergulhados aqui. você os acolhe. suas ferramentas estão aqui. os problemas que assombram e paralisam aquela versão que se engole não serão mais capazes de existir. reitero, você não está perdida. você não está afogada. me diga, quantas foram as vezes que você duvidou de si mesma e hoje é a prova material de que estava errada? sei que é difícil entender que nossas águas nem sempre serão cristalinas, mas é nessas águas profundas que você é capaz de buscar as ferramentas para encontrar e polir as próprias joias. hoje elas estão tão próximas que você é capaz de sentir o brilho delas te tocar. chega a dar um calor. e quando foi mesmo a última vez que você suou? peço que visualize o quanto seu rio pode ser fundo, mas também entenda o quanto ele é capaz de correr caminhos. quero que se lembre das noites onde teu ventre dançou incansavelmente ao som de tambores. quero-te recordando do suor que escorria pela tua nuca até a bunda a cada movimento que acelerou o sangue pulsante do teu coração. ali também estão teus rios. eles também deságuam na saliva de beijos quentes e na sensação gélida de ameixas desfrutadas num dia de verão. estão no cuspe gotejado estupidamente através de risadas potentes que pulam da tua boca. é teu rio que escorre acelerado pelas tuas pálpebras ao se pegar orgulhosa de feitos e conquistas daqueles que você ama. é ele também que está contido nos lençóis que já foram encharcados de tuas águas de prazer. teu ventre-cabaça é a origem de todo esse conteúdo que você é capaz de mergulhar. você não está parada. você não está afogada. você chegou exatamente onde deve estar. ali está tua versão mais nova, a chorar baixinho sentada no box do banheiro para ninguém ouvir. vista as tuas jóias. você as conseguiu polir. você abraçou a si mesma. você sabe o quanto merece o carinho e cuidado que vem distribuindo pelo mundo há todos esses anos. diga a sua versão mais nova que ela já pode chorar de verdade. não há falhas. há de se transbordar. você já sabe como se resgatar.

*

Uma menina assusta-se com a sensação quente descendo-lhe as pernas. Nunca antes havia sentido isso. Joga-se como quem perde o ar dos pulmões sob o piso gélido do box do banheiro. Leva as mãos aos olhos sem conseguir conter as próprias lágrimas. Gritos arfantes ecoam de sua boca. Lágrimas fazem um curso com as águas do chuveiro enquanto seu sangue escorre misturado pelo ralo. Pássaros cantarolam o fim do entardecer. Ela sai do banho às pressas – precisa desocupar o ambiente para evitar confusões. Entreouve uma briga incitando-se no quarto ao lado. Ainda enrolada na toalha, caminhando sob a ponta dos pés, busca uma agenda para anotar o que aconteceu, escondida debaixo dos lençóis. O lápis rabisca a folha em letras cursivas: *hoje me tornei cíclica.*

*

não há afogamento
isso é um resgate
nossas águas são cíclicas
e nossa profundidade é nossa maior continuidade
jamais tentaremos retornar à superfície
transbordaremos porque nos afogamos em lágrimas
conseguiremos nos resgatar solo
mas jamais mergulhamos sozinhas
ora yê yê ô

ESPELHO QUEBRADO

Mariana Souza
Orientada por Ana Paula Lisboa

Naquele dia eu acordei com uma sensação angustiante, um sentimento que estava grudado na minha alma por tanto tempo que já parecia uma tatuagem. Eu olhei pela janela e vi uma nuvem que lembrava minha infância, quando eu buscava formas nelas e naquele momento. Tudo parecia tão silencioso, o mundo ficava tão calmo e convidativo que eu quase esquecia do vazio que me acompanhava na maior parte do tempo.

Burburinhos que vinham da rua me trouxeram de volta das nuvens. Apertei o passo até o portão e vi uma senhora que parecia perdida e confusa, um grupo de pessoas ao redor dela, que parecia não saber o que estava acontecendo, e um espelho no chão.

Ninguém conseguia acalmar a senhora, que, no entanto, paralisou ao encontrar os meus olhos. Naquele momento, meu mundo parou também. Senti um aproximamento, como se fôssemos íntimas.

A sabedoria que os olhos daquela velha mulher carregavam me causava curiosidade. Fiquei imaginando uma vida inteira percorrida para chegar até aquele momento. Os amores, os medos, as dúvidas, o trabalho duro que sustentou para viver até ali. Tudo a trouxe àquele momento, àquela rua, com aquele espelho.

Me aproximei lentamente e passei entre as pessoas, conseguindo enfim chegar até a velha mulher. Segurei nas mãos dela. Ela me passava uma doçura e amor de mãe. Apertou forte as minhas mãos e parecia que alcançava segurança ali. O caos, que antes emanava de si, agora parecia se organizar. Eu precisava estar ali com ela. A velha mulher apontou para o espelho e me pediu para pegá-lo. Parecia haver um segredo entre nós e o espelho.

— O que a senhora viu? – perguntei.

A resposta me espantou. Eu parecia estar ouvindo uma versão minha de outros tempos, o que acalmou a inquietude que amanhecia comigo na maioria dos dias. Ela me disse:

– Eu finalmente achei o que buscava há anos, minha filha. Eu encontrei isso para nós. Me tiraram uma parte de mim que eu nunca mais havia encontrado nessa vida, mas quando olhei esse espelho, reencontrei. Eu passei tanto tempo achando que o que me faltava morava em outra pessoa que esqueci de olhar para um lugar muito mais próximo. Talvez fosse o medo de entrar tão profundo e ter que aceitar a realidade. Mas já não é tão amedrontador ter que viver sem me deleitar nessas águas tão profundas que moram no fundo dos meus olhos? Eu tive tanto medo do que eu poderia encontrar. Eu me senti tão angustiada, eu não queria. Mas eu também não queria ficar ali, parada e estática. Meu corpo e alma pediam movimento, pediam mudança depois de tantos anos, eles imploravam e eu não conseguia mais fugir.

Olhei e só via meu reflexo. A princípio não parecia nada extraordinário ou diferente, era só o meu rosto curioso. Depois de um tempo ali, já estava tomada por um desconforto. Ao invés de seguir o primeiro impulso de fugir, eu fiquei, lutei contra esse desconforto. Por que olhar para minha imagem me trazia esse sentimento? Fruto da falta de intimidade comigo mesma, havia uma completa desconhecida do outro lado. As perdas, os medos e decepções que eu não tinha aceitado estavam me sondando e me impedindo de viver por mim. Então, sentei e escrevi. Naquelas palavras aos poucos eu me encontrava e juntava os pedaços estilhaçados durante a vida. Eu escrevi tudo, nada. A angústia aos poucos se transformou em palavras, em frases, em textos. O medo deu lugar ao amor. E eu mergulhei para dentro de mim e não queria mais voltar.

O momento que tive pela manhã foi esclarecido depois que encontrei aquela senhora. As formas das nuvens que me preencheram antes, me preenchem hoje. Eu sempre estive ali e poderia me encontrar assim que precisasse. O mundo poderia me deixar, mas eu sempre permaneceria. Nunca precisei e nem queria fugir de mim. Talvez fugir sempre tenha sido meu mecanismo de defesa para viver num mundo que, na maioria das vezes, não me enxergava.

Aquele acontecimento mudou minha vida agora para sempre. Lembrei de Oxum naquela mulher e naquela história. Quando ela se olha no espelho e se dá conta da beleza da vida e da continuidade.

O risco que viver pode trazer não impede a vontade inabalável de permanecer em si. A partir dali, enxerguei em mim beleza mais profunda que apenas a do meu rosto, a beleza da minha vida. A energia que emana e vem até mim, corre pelas águas e é capaz de suprir a humanidade, a terra e os animais.

Aquilo que me carregou até aqui, em meio às dificuldades. Não só a mim, carregou também minha mãe, minha avó e todas as mulheres que me antecederam. A força de Oxum é que me dá vida. Essa energia agora corria em mim tão ardente que pulsava. Por fim, aquele espelho me foi dado de presente pela velha mulher.

Guardo o espelho, que sempre me faz recordar desse momento. Da simplicidade que é olhar para mim. E mesmo que tudo ao meu redor se vá, eu ainda terei aquilo que me basta e reflete, decifrando a dúvida e organizando o caos. Encontro todas as respostas em mim.

ESCREVER COM AXÉ

Valéria Nascimento

Orientada por Angélica Ferrarez

Na casa de Onira vivem cinco mulheres: sua tia-mãe Obá e suas três primas. Obá é forte e estratégica. Uma guerreira daquelas de botar no chinelo qualquer super-herói de filme de ação. Criou três filhas e a sobrinha sem ajuda dos genitores. Aquele velho clássico.

Obá cuidava de Onira desde os cinco anos da menina, quando sua mãe foi trabalhar na Europa como profissional do sexo. Criou as quatro primas-irmãs com dignidade e liberdade para que cada uma pudesse escolher seu próprio caminho. Mas também com muita disciplina e responsabilidade. As leis que imperavam eram boas notas no boletim e a preparação para o vestibular.

Lutar pela vida é coisa que Onira faz desde pequena. Na comunidade onde cresceu, é olho por olho, dente por dente. Foi com sua tia-mãe Obá que aprendeu estratégias de sobrevivência num mundo que mais parece uma selva, onde as mulheres são a caça.

Foi deixada pelo pai quando tinha dois anos. Conheceu o abandono ainda muito cedo. Se viu sozinha de novo quando sua mãe foi embora. Mas Obá sempre esteve ali.

Um certo desassossego foi o sentimento que moveu Onira desde cedo.

O senso de justiça, a ânsia por liberdade e igualdade a levaram a guerrear. E guerrear, e guerrear...

— Só se ouve a sua voz!

Obá a repreendia quando ainda pequenininha expunha (ou impunha) sua opinião aos amiguinhos da rua de casa.

Acostumada a ganhar no grito, ou pelo menos tentar, era conhecida pelo combo braveza e baixa estatura, qualidades que lhe concederam a alcunha de "bufalazinha" na vizinhança.

Lutou para defender o próprio cabelo do racismo dos colegas da escola. Lutou para se defender do assédio do primeiro chefe. Lutou para defender o melhor amigo de mais uma batida policial truculenta e injusta na porta de casa. Defensiva virou verbo.

A batalha de nunca ser a escolhida para andar de mãos dadas e sair pra tomar um açaí, mas aquela perfeita para dar uns amassos nos becos. A luta de querer ser amada e questionar por que todo homem que passava pela sua vida ia embora, assim como seu pai.

— Esquece esse negócio de amor! Você sabe que isso não é pra você. É melhor continuar focada nos estudos pra ganhar dinheiro no futuro.

Sempre que a carência batia, ouvia a voz empírica da sua tia-mãe, que já não acreditava no amor há tempos. Aprendeu na marra a não ser vencida por nenhum homem que atravessasse seu caminho.

— É isso. O jeito é seguir meu caminho sem pensar em sentimentos.

Onira determinava seu próprio destino para bem longe dos caminhos do seu coração. O caminho da guerra era longo. É hora de enfrentar mais batalhas: duas conduções lotadas todos os dias para chegar no subemprego e mais duas para chegar na faculdade.

Queria advogar pelos seus porque as injustiças do mundo sempre a moveram. E, é claro, porque gostava de uma boa briga.

Na universidade federal, onde passou muito bem classificada para cursar Direito através das cotas raciais, a luta era contra os professores que subestimavam sua capacidade. Contra os colegas que faziam questão de fazê-la sentir como se ali, a faculdade pública, que deveria ser para ela, não fosse o seu lugar.

— Você vai se especializar em criminal para defender seus vizinhos, né? – ouviu de vários deles, em tom jocoso.

— Na vida, a gente tem que engolir muitos sapos, minha filha.

Mais uma vez a voz de sua tia-mãe soprou no seu ouvido, fazendo-a respirar fundo e contar até dez, para manter a compostura e não voar no pescoço daquele playboy.

Ninguém sabe ao certo o dia. Essas coisas acontecem sem avisar. O banzo chega hora ou outra para quem procura afeto e só encontra luta. Onira adoeceu. Seu brilho apagou. Sua beleza forte, seu frescor da juventude, seu sorriso largo iam sumindo pouco a pouco.

Onira não conseguia mais se olhar no espelho. Um furacão de sentimentos desconectados estava instalado dentro do seu peito. O olhar apático e distante virou sua marca. Logo ela, conhecida por chamar atenção por onde passava com seu jeito espontâneo de vento e seu temperamento quente de dendê.

Obá percebeu. Mas a demanda para dar conta era tamanha que a mudança de Onira passou batida na correria do dia a dia. Até que suas forças esvaíram de vez numa quarta-feira rarefeita, quando nem mesmo uma brisa soprou.

Não dava mais para tapar o sol com a peneira. Foi preciso se preparar para mais uma batalha: os cuidados com a saúde mental. Só que psicóloga particular era um luxo ao qual ela não poderia se dar naquele momento.

— No CAPS tem ótimos profissionais – recomendou uma vizinha.

Mas a demanda da comunidade onde viviam era infinitamente maior do que a oferta do serviço.

Obá não aguentava mais ver o brilho de sua bufalazinha apagando.

— Nem brigando ela está mais! – desabafou ao telefone à sua tia Nanã, que logo a alertou: — Você bem sabe os caminhos de curar a menina desse banzo e quem pode conduzi-los.

Um raio de sol refletiu no espelho da parede da sala. Obá lembrou de sua prima do interior que, desde os tempos da juventude, rezava a vizinhança de Santo Antônio de Batalha. Só alguém que dominasse os segredos do amor e da guerra poderia trazer Onira de volta.

— Onira, arrume uma mala com algumas mudas de roupa. Vamos viajar amanhã cedo, já conferi o itinerário na rodoviária. Vamos atrás da sua cura!

Onira acatou. Confiava na sua tia-mãe de olhos fechados.

Foram sete longas horas de viagem, cruzando todo o estado do Rio.

A casa, cercada de lírios, ficava em uma gruta que abrigava a construção da queda da cachoeira e dos ventos fortes da região. A paisagem era tão bela que seus olhos não podiam acreditar no que viam.

Obá entregou a filha à prima que não via há anos e, mesmo tanto tempo passado, permanecia bela, forte, faceira e vaidosa. Depois de um cafezinho, se despediu de Onira:

— Fica em paz, minha filha! Ela é gente da minha confiança, você está em ótimas mãos. Opará vai cuidar de você.

Opará abraçou Onira com uma doçura que ela nunca havia experimentado. No sítio em Santo Antônio de Batalha, passou nove dias aprendendo sobre os fundamentos das águas doces, das abelhas, dos girassóis, da culinária de cura, do poder de ervas como artemísia, calêndula, malva, erva-doce, colônia e melissa.

Opará lavou os olhos de Onira ensanguentados de guerra e dela ganhou um abebé tão límpido que pôde voltar a se ver linda como sempre foi.

— Sua mãe me contou que seu apelido é bufalazinha....

Reticente, Opará provocou a resposta de Onira.

— Porque eu sempre fui brava como um búfalo!

— Pois aqui, você aprendeu a ser borboleta. Agora você sabe ser brisa além de vendaval. Sabe ser clarão além de trovoada. É hora de selecionar as batalhas e identificar o momento certo de usar seu alfange.

Todo dia oito de dezembro Onira volta para cozinhar para Opará o omolokum que aprendeu a preparar no sítio. Um gesto de gratidão à Mãe que a curou da cegueira da guerra.

Sua tia-mãe Obá, sua tia-avó Nanã e suas primas Jurema, Kayala e Iara vão juntas, levando um cesto de acará, para celebrar a dádiva de mais uma batalha vencida. Dessa vez, contra o sangue que pode vendar o nosso olhar.

OYÁ

ENTRE BÚFALAS, JORNALISTAS E BORBOLETAS

ANA PAULA NOGUEIRA
Orientada por Ana Paula Lisboa

Seria mais um sábado frustrante de plantão na porta da casa do ministro da Fazenda se Clarissa não tivesse recebido um telefonema de Severino, chefe da redação da sucursal do Rio de Janeiro de um dos maiores jornais do Brasil. Era janeiro de 1995, o Real mal completara seis meses e desde que assumiu a pasta da Fazenda, o ministro, que tinha residência em prédio de luxo no Rio, onde passava alguns finais de semana, era alvo de jornalistas que faziam plantão na porta de sua casa. A esperança era obter algum furo, uma pauta considerada estúpida e desnecessária por Clarissa, que obedecia muito a contragosto.

Clarissa era jovem, mas já era experiente na cobertura de eventos econômicos e acumulava prêmios de jornalismo. Se viva fosse, a mãe, que também foi jornalista atuante nas redações fluminenses nos anos 1960, se encheria de orgulho.

Ela cogitou não atender o telefonema; estava exausta, e não era subordinada à chefia do Rio. Mas Severino foi colega de trabalho da mãe, a viu crescer e Clarissa conservava uma relação de forte respeito por ele.

— Preciso de um favor. Assassinaram uma mulher importante do meio intelectual e como sei que esse plantão na porta do ministro não dá em nada, queria que você passasse em Botafogo pra fazer o registro.

— Mas essa pauta é de Polícia. Cadê a sua equipe?

— Totó está doente e o Felipe continua na repercussão do incêndio do navio Barão do Rio Branco. Quebra essa?

— Mas Sevê, tô desde cedo sentada no meio fio em frente ao prédio do ministro porque o síndico resolveu proibir que ficássemos na portaria.

— Eu sei, também sou totalmente contra esses plantões.

— Não tem como mandar um estagiário? Acabei de combinar com a Elvira de ir embora pra não correr o risco de tomar furo do concorrente porque ela não é fura olho.

— Ter, até tem, mas queria que alguém com mais experiência e sensibilidade fosse cobrir. A vítima é uma historiadora, feminista, ativista importante do movimento negro e, *off-the-record*, uma grande amiga.

Clarissa respirou fundo antes de responder a Severino. Tinha medo do impacto que a cobertura poderia ter nas emoções dela. Ainda tentava superar a morte da mãe, assassinada num caso de feminicídio que, na época, ganhou destaque na imprensa. No mesmo instante, contudo, ligou o nome da vítima ao seu documentário preferido. Se encheu de coragem e decidiu ir.

— Me passa o endereço. Já tem fotógrafo? O que já se sabe sobre o caso?

— Ouvi no rádio que ela estava bebendo num bar da zona sul e discutiu com o agressor, que era namorado de uma amiga. Parece que ela vinha aconselhando a amiga a terminar o relacionamento porque o homem era violento.

Clarissa partiu para o local, colheu depoimentos, voltou para a redação e escreveu a reportagem; um registro jornalístico sem muitos floreios sobre os fatos. Naquela noite, o sonho a lembrou de um certo itan iorubá: a lenda em que Exu transforma Iansã em borboleta. De manhã, mal deu tempo de curtir o domingo e o telefone tocou. Era Severino.

— Obrigado pela reportagem.

— Escrevi o básico.

— Eu sei, e ouso te pedir mais um favor: precisamos de uma *suíte.*

— Esquece, estou de folga, Severino, entrega a repercussão da matéria para alguém da editoria de Polícia.

— O editor está pressionando para que você escreva. Parece que a tal amiga deu um depoimento desqualificando a vítima.

— Como assim?

— Clássico, ela deve estar com medo do companheiro. Mas se os outros jornais tiverem acesso às declarações, e devem ter, vão estampar no alto da página.

— Mas a gente vai publicar sem provas? Você deve se lembrar o que alguns jornais escreveram sobre a minha mãe nos dias seguintes à morte dela, só por ela estar na praia, bebendo, tarde da noite...

Severino ficou em silêncio.

— Vou atrás, mas aviso logo que não vou manchar a imagem da vítima sem que as informações façam sentido para o caso e sejam checadas, ok?

No final da tarde, Clarissa voltou para a redação, sentou à frente do computador e escreveu. Severino gritou ao receber a matéria.

— Que isso? Você me enviou o arquivo errado. Clarissa, a matéria não vai para Cultura. De onde tirou essa história? Virou poetisa?

— É esse arquivo mesmo, Exu é a minha fonte.

— Moça, a página está parada aguardando só essa matéria para rodar, o jornal está esperando por você; podemos ser demitidos se publicarmos esse texto sem cabimento.

— Esse texto é o que temos de suíte. Se o editor não gostar, que coloque calhau, um anúncio, sei lá.

— Ele já foi embora, deixou com a gente a responsabilidade de encaixar a reportagem direto no espaço previamente diagramado.

— Então pode publicar, eu me responsabilizo; amanhã você explica que a matéria estava atrasada e, como sou repórter especial, o texto nem passou por você.

Severino ficou olhando sem ação para o texto no computador. Meio minuto depois, apertou a tecla "Enter" com peso. Antes de sair, passou pela mesa de Clarissa.

— Você sabe o que eu e a sua mãe passamos juntos na época da Ditadura, né, mocinha? Que fique registrado também que me revoltei com os textos machistas publicados pela imprensa após o assassinato dela; amanhã estreamos juntos as páginas do Jornalistas & Cia.

O jornal saiu com o texto de Clarissa em destaque na página policial. O título, "Já fui búfala, hoje sou borboleta":

Já fui búfala, hoje sou borboleta
Segundos antes do primeiro estampido,
Exu, pressentindo o perigo
Transformou meus chifres em asas
Já fui búfala, hoje sou borboleta
Como Iansã, questionei, surpresa: Mas por que borboleta?
Exu então recitou verso meu antigo, que dizia:
Porque ninguém fará eu perder a ternura.
Já fui búfala, hoje sou borboleta
Danço no jardim com o vento
Colorida como arco-íris
Passageira como o tempo
Já fui búfala, hoje sou borboleta
Atravesso o Atlântico, sou Atlântica
Mulher, negra
Livre
Já fui búfala, hoje sou borboleta
Descubro no Orun meu novo Quilombo
Porque meu espaço é meu quilombo
E onde eu estou, eu estou; onde eu estou, eu sou
Já fui búfala, hoje sou borboleta
Mas volto a ser búfala a todo instante
No peito de toda mulher
Que grita, que luta, contra a violência.

*

Naquele dia, ninguém foi demitido. Ombudsman do jornal ignorou a ousadia. O mesmo aconteceu com o editor da página, que saiu de licença médica e só voltou após alguns dias.

O assassino da historiadora foi preso duas semanas depois. Em abril de 1996, foi condenado a 17 anos de prisão. No mesmo julgamento, a amiga da vítima, namorada do acusado, foi denunciada pelo júri por prestar falso testemunho e passou a responder processo.

Laroiê Exu. Eparrei Oyá.

DENGO

Beatriz Francisco Cardozo
Orientada por Ryane Leão

Tinha quilômetros de Avenida Brasil para atravessar e eu descontava a raiva sentida pelas horas que perderia no engarrafamento nas bolsas, que sempre travam na catraca. Encontrei alívio num lugar vazio ao lado da janela, que mais parecia uma moldura para a obra de arte do sagrado: um entardecer hipnotizante em degradê coral rosado.

Naquela quarta-feira, a paisagem me absorvia, mas não trazia uma sensação reconfortante. A combinação das cores provocava uma tempestade dentro.

O barulho da trovoada do temporal interno tornava desnecessário o pedido de desculpas do camelô "por interromper o silêncio de minha viagem", já a(tormenta)da.

O estrondo maior se deu quando avistei ao longe os conhecidos prédios salmão e vermelho e Dengo me veio à memória.

Dengo é palavra Banta, vem de "*ndengu*", "doçura, carinho", na língua Quicongo. Indo mais fundo na busca pelo significado, me deparei com "um pedido de aconchego no outro em meio ao duro cotidiano".

Pra mim, Dengo é alguém. A pessoa mais imponente que já conheci. Irmã mais velha de minha mãe. Acho bonito isso de uma palavra ganhar vida. Quando ouço falar em Dengo, penso em quem me deu meu primeiro banho.

Quanta doçura e carinho cabem no ato: o afago das mãos que naquele momento deviam ter quase o mesmo tamanho que meu corpinho inteiro, o efeito lenitivo da água em contato com a pele. Sei ter tido sorte por ser banhada pelo próprio dengo. Ainda mais depois de aprender a importância do abô, de entender como os banhos são fundamentais pra gente.

Minha memória narra outro tempo, para além dos registros do livro do bebê em que anotaram alguns desses acontecimentos da minha infância. Nosso encontro tinha data e trilha sonora certas. Meus pais trabalhavam aos sábados. Como não tinha escola, aquela mulher que no meu dicionário estaria também na definição das palavras altivez e imponência, cuidava de mim.

Apesar de carregar mundos inteiros, nunca vi minha tia curvada. Ela andava tão erguida que parecia ser muito maior do que o que uma fita métrica diria sobre sua altura.

No rádio cinza antigo, sempre estava tocando Alcione enquanto ela cuidava, nos mínimos detalhes, de uma das casas mais cheirosas em que já estive. Minha mãe costuma dizer: quando Dengo areava as panelas, dava pra gente se ver nelas.

A casa foi erguida com suas próprias mãos de unhas grossas, possivelmente pintadas com seu esmalte Rebu. Fez até a escada que levava para a sua suíte, onde colocou banheira, penteadeira e tudo que tinha direito. Lá ninguém entrava.

No momento em que o vendaval de sua lembrança me invadiu, procurei no celular aquela foto e um novo estrondo se deu quando encontrei seu olhar-trovão.

A senhora que sentou ao meu lado percebeu quando estremeci.

Fazia tempo que os meus olhos não se encontravam com aqueles que pareciam sustentar toda marra e deboche do mundo. Ela os destacava com um lápis de olho preto, que costumava usar também para reforçar a pinta da bochecha. Aprumada, ombros largos e abertos, naturalmente mantinha sua altivez. A pele impecavelmente preta não continha ruga ou linha de expressão, embora já tivesse seus 50 anos, era como se zombasse até das marcas da vida. O cabelo preso destacava as argolas. Usava braceletes no punho, mesmo que estivesse cozinhando em casa. Não poderia deixar de notar também os adesivos de borboletas na parede ao fundo da fotografia.

Admirava extasiada até que minha companheira de viagem disparou com uma certeza convincente: "tem a postura das filhas de Oyá." No mesmo instante, senti o aroma fresco de ervas e sabão da costa. Foi quando me virei e reparei nos grossos fios de conta vermelho e branco pendendo por dentro do vestido da mesma cor.

Pedi a bênção e fui respondida por um "mãe Oyá abençoe".

A senhora pediu para que eu a chamasse de Gê Maravilha. Sua pele também era bem preta e tinha o mesmo mistério tempestuoso. Era mais velha, no entanto. Devia ter uns setenta e muitos. Tinha ido resolver umas coisas no Centro da Cidade. Notei a pastinha com todos os documentos possíveis e imagináveis, igualzinha à que minha mãe costuma levar quando precisa resolver qualquer burocracia.

Expliquei quem era tia Dengo e contei sobre como corria à boca miúda, pelos becos, que o apelido nada tinha a ver com a mulher temida por toda a gente da Serra Pelada.

– Tia passou alguns anos de vida na cadeia. Era de quebrar garrafas e ir pra cima de qualquer um que bancasse o esperto com ela ou com os seus. Teve uma vez que uma moça ficou meses escondida depois de brigar com a minha mãe. Estava com medo dela, que saiu disparada assim que soube do ocorrido. Gritavam pela rua: "a Dengo tá vindo aí", contam lá em casa.

– Ser da família da Dengo era como ter os chifres da búfala nas mãos para bater quando necessário, como fazem os filhos de Oyá, não é mesmo? – respondeu com aquele jeito de quem sabia do que estava falando.

Sorri, entendendo o recado.

– Para alguns o apelido não fazia sentido, mas a gente via que a mesma mão que era boa de briga, tinha o melhor dos temperos – acrescentei.

– Bobagem desse povo que acha que temos de ser uma coisa ou outra. Não tinha dengo na comida, no cuidado com a casa, na disposição para cuidar das crianças e até mesmo em guerrear pra defender os seus? – ela perguntou.

– É, aquele olhar audaz era certeza de proteção – respondi, concordando.

– Pois então. Oyá não tem isso de se apequenar para ser o que os outros esperam. Ela é tudo que ela quiser ser, transita de búfala a borboleta, é isso e aquilo também – complementou a senhora.

– Muito diferente do que esperam das mães, não é? – perguntei.

– E quem tem que esperar o quê? Nossa visão de mundo é outra. Conta o fundamento que são os Ibejis, filhos de Oyá, que reencontram a pele de búfala perdida e devolvem para a mãe. A maternidade restitui quem ela é em totalidade, não diminui. Se tornou mãe porque quis, fez ebó pra isso. Só que, para nós, toda a comunidade é responsável por uma criança e não um indivíduo sozinho.

Oyá sabe que primeiro tem que cuidar do próprio Ori para só depois cuidar do outro. Por isso, ela deixa os chifres, uma parte de si mesma, mas não deixa de seguir seu caminho.

– Nossa, Iya Gê. Me sinto uma mãe melhor agora.

– Não tem mãe melhor, não tem mãe pior. Tem a mãe que consegue ser, esse é o ponto.

Silenciei.

Só conseguia ouvi-la. Fazia o máximo de esforço para que aquilo tudo ficasse muito bem registrado em algum lugar dentro, que eu pudesse acessar sempre que precisasse.

Gê seguiu contando sobre as virtudes de Oyá até chegar ao Itã em que Xangô a mandou à terra dos Baribas a fim de buscar uma poção mágica que, uma vez ingerida, lhe permitiria lançar fogo pela boca. Oyá desobedeceu às ordens do marido e bebeu a poção, ficando dotada do poder de cuspir fogo, feitiço que Xangô almejava somente para si.

– Veja só, Oyá não segue ordem de ninguém, nem mesmo de seu grande amor. Em primeiro lugar é ela e em segundo, é ela de novo; é dona do seu desejo – ela disse com firmeza.

– Não conheci um homem que tenha passado pela vida da minha tia e permanecido, pensei alto.

– Ou foi ela quem não permaneceu na vida de nenhum? – retrucou. – Iansã é uma moça bonita, mas ela é dona do seu jacutá – entoou a Iyalorixá.

Concordei, constrangida.

– É verdade. Tia sempre nos ensinou a não abaixar a cabeça pra ninguém, muito menos pra homem. Dizia: "se algum homem tentar te bater, vai ser uma vez só. Espera ele dormir, esquenta a água na panela e joga dentro do ouvido."

– Essa é certeira – replicou, gargalhando – Oyá tem consciência de seu poder. Mas não é por isso que ama pouco não, viu? Se relacionou com muitos orixás, com cada um aprendeu uma virtude. Como expliquei, ela escolhe, não é escolhida. Se relacionou com quem a interessava. Tinha muito pra deixar também, já que tudo é troca. Esteve com Exú e aprendeu direitinho.

– Pensando bem, acho que lembro de umas histórias de amores antigos – eu disse.

A senhora fez uma pausa e cantou:

"Quando estou amando
Eu sou mulher de um homem só
Desço do meu salto
Faço o que te der prazer
Mas, oh! Meu rei
A minha lei
Você tem que saber"[1]

Não consegui conter a emoção. Disse com os olhos marejados como tia Dengo estava sempre ouvindo Alcione.

– A voz melodiosa da Marrom docemente traduz para quem não entende o que eu te digo. Tem forma de vida em que a complexidade pode morar, tem loba embaixo da pele de gata, tempestade e brisa leve, dengo atrás da marra de durona – acentuou o final, envergando a cabeça na minha direção.

Assenti.

– Me pergunto onde ela buscava aconchego em meio ao cotidiano.

– Oyá não abandona filha sem deixar um modo de ser encontrada, como te falei. Sua tia sabia a quem recorrer. Convenhamos que essa postura

1 ALCIONE. A Loba. Rio de Janeiro: Polygram, 1997. CD (4:24 min).

não deixa dúvidas, não é mesmo? Ela sabia quem era – Gê me respondeu com convicção.

Enquanto ouvia aquela mulher tempestuosa falar, tinha a impressão de que as fisionomias começavam a se misturar. Como se estivesse diante de tia Dengo anos depois.

– Te digo mais: tenho certeza de que sua tia carregava nesse apelido a mesma teimosia que usou para sobreviver. Ela jamais se conformaria em viver sem encontrar acolhimento. Se não vinha de mão beijada, ela tratava de construir. Não foi ela quem botou uma casa de pé com as próprias mãos?

Não me recordava de ter contado aquela parte para ela, mas não questionei – fiz que sim.

– Você sabia que o bambu é mais forte que o aço? – Não esperou minha resposta e prosseguiu: – Mas ele só não quebra porque sabe que às vezes tem de envergar, ser flexível. Tem essas manhas.

– Então ela sabia quando e onde repousar para seguir forte – eu concluí.

– Essa é a teimosia de que falo. Insistir em si mesma – disse ela.

– E não desistir de nenhuma de suas partes – respondi.

– Pronto. É isso. O vento de Oyá não é só furacão e destruição, não. Ele também transforma feridas em pipoca, como no itã com Obaluaê; levanta as palhas e mostra a beleza escondida embaixo delas; mantém acesa a chama da fornalha de Ogum. Só destrói o que precisa ser destruído. Oyá só age na hora certa.

– Que bonito, Iya Gê – Completamente encantada, aquiesci.

Ela me deu um abraço longo, acalmando as coisas do lado de dentro.

Chorei de novo.

– Bom, vou-me embora, que já tá na hora de saltar. Não esquece que ela quer te ver dona da sua vida, brincando tudo o que ela tem pra oferecer.

Segurando as minhas duas mãos, cantou a última vez:

"Ọya Ṣé ngbèlé àrá mu ṣa ṣiré (2x),
Oiá jambêlê jambêlê ara muxáxêrê (2x)"[2]

2 Cantigas de Oyá.

Proteja a nossa casa, senhora para quem brincamos.

Nesse momento tive certeza. Vi e ouvi nitidamente a minha tia. Estava estatelada enquanto a mulher descia. Antes que o ônibus partisse, nos olhamos mais uma vez. As sobrancelhas novamente arquearam, me trazendo a certeza de não andar sozinha.

Fiquei sentindo tudo aquilo. Quando dei por mim, tinha perdido o ponto, mas encontrado o caminho.

CORDEL DE OYÁ

Bruna do Prado
Orientada por Angélica Ferrarez

Taca tacataca tacataca ta
Nenhum outro som no ar pra que todo mundo ouça
Taca tacataca tacataca ta
Eu agora vou cantar a melodia dela

Fi níigbo Oyá
Ó geere ó ni mónlẹ láári ó
Se Oyá for a floresta
Ela a incendiará, pois Oyá é resplandecente como jóia de alto valor

Vem cá, senta um cadinho, tenho uma história pra contar
É a história de minha mãe, cujo nome contém o Mar
Martina, filha de Marte, deusa guerreira, filha de Oyá
Operadora de caixa de supermercado, cada dia uma batalha
Sua força era imensa, mas a dor não se espalha

Iansã, mãe dos ventos, tua força é revelada
No trabalho árduo e duro, tua vida é dedicada
Mãe guerreira, mãe valente, que sai de casa e vai lutar
Mas em sua batalha diária, o afeto deixou faltar

Meu pai me deu moedas, tesouro que guardei
Dois anos de esperança, em cada centavo coloquei
Mas um dia, sem aviso, mãe Martina resolveu,
Trocou todas as moedas em notas grandes e nada me deu
"Era pra comprar comida", disse ela, a bravejar
Pobres éramos, eu sabia, mas me doeu demais lembrar
Meu tesouro tão querido, fruto da minha paciência
Foi embora sem retorno, trouxe mágoa, sem consciência
Eu, criança, não entendia, a dureza dessa vida
"Teu tesouro, tuas moedas? Que ideia descabida!"
Mas tua luta, ó minha mãe, era além de trabalhar
Era sobreviver a esse mundo, e na dureza, me ensinar

Iansã, ventos que correm, minha mãe te representa
Em cada giro, em cada dança, sua força é que sustenta
Ela lutou, dia após dia, pra que nada me faltasse
Mas sem teu abraço, ó minha mãe, eu pensei que não me amasse

Ela criou no peito firme, uma muralha de dureza
E no lugar do carinho, a luta contra a pobreza
Cada nota, cada moeda, era um pedaço de pão
Mas o afeto, meu tesouro, ele nunca veio, não

Iansã, mãe dos trovões, tua história aqui é dita
No trabalho e na coragem, minha mãe se faz bendita
Que os ventos agora tragam, o abraço que me faltou
E que na força de Iansã, todo o amor se revelou

Agora venho honrar o ventre que me inventou
Das tuas águas, em mim, a correnteza se formou
Teu sangue suspenso é lua, tua carne em mim se fez
Te agradeço por tanta luta, tua força e altivez

No cordel deixo marcado, com respeito e devoção
A história de Martina, e da nossa relação
Que a mágoa se transforme em vento leve e passarinho
Que eu possa entender, mãe, teu duro caminho
Olho os teus olhos e todo amor vem me encontrar
E agora entendo que esse amor que não pôde dar
para me cuidar colocou onde não ia faltar:
DENTRO de mim,
agora sim,
finalmente eu posso voar.

Taca tacataca tacataca ta

AS ÁGUAS TAMBÉM VOAM (QUANDO O SEGREDO É A MISSÃO)

CLARA ANASTÁCIA

Orientada por Janaína Oliveira

Era meia-noite, e a lua estava em seu estado gestacional, cheia e vermelha. Parada em uma pequena encruzilhada de terra no meio da floresta, estava Luanda, já beirando os seus 103 anos. Ela portava, em suas pequenas e enrugadas mãos, uma cabaça, um dos tesouros de Osá Meji. Sabendo que aquela noite seria sua última, Luanda desejava cumprir sua última missão: encontrar, em meio à floresta, o segredo, a fonte d'água, para repousar na nascente o espírito de Oyá, yabá que a acompanhara ao longo dos anos e que residia intensamente na velha e sagrada cabaça.

Quando começou a sua peregrinação pela nascente, Luanda acreditava que conseguiria ouvir um ruído de água que fosse, mas o segredo é um silêncio que só é escutado pelo coração. Não existem obviedades no segredo, apenas o silêncio profundo do comprometimento consigo mesma e com o seu próprio destino. Luanda queria chorar e pensou em desistir, mas um grito vindo de dentro da cabaça, lá no fundo, do oco do ventre: "Oyá Onira Eparrei." O som a arrepiou da cabeça aos pés, e um raio cortou o céu ao meio, clareando a noite. A lua vermelha agigantou-se ainda mais, e a floresta toda se agitou: os galhos das árvores estalavam, as rãs coaxavam, e as corujas piavam.

Quando a claridão do raio se foi, a noite ficou ainda mais escura. Os olhos de Luanda se encheram de água. Quando deu por si, estava diante da Boca da Noite. "Você veio me buscar?", perguntou Luanda, com serenidade. Mas a Boca da Noite nada respondeu. Luanda então esticou os velhos braços, mostrando à Boca da Noite a cabaça: "Você veio buscá-la?"

Mas a Boca da Noite nada respondeu. As lágrimas escorriam pelo seu rosto. Ela já sabia o que fazer; precisava entrar Boca adentro, ser comida pela vida, pelo último suspiro de vida.

Seus pequenos dedos enrugados e negros apertaram ainda mais a cabaça. Luanda encarou a Boca da Noite, grande, imponente e faminta. E, de olhos fechados, entrou na escuridão.

"Abra os olhos", ordenou a Boca, e assim Luanda o fez. Quando abriu os olhos, uma tempestade se apresentou, com relâmpagos e ventania, embora não caísse do céu um pingo de água. Seus olhos, porém, choravam sozinhos, e cada gota que saía dançava com a tempestade. Luanda chorou tanto que um rio voador se fez de suas lágrimas e da ventania.

Impactada pela imagem do rio feito de choro, que sobrevoava sua cabeça, a velha Luanda perguntou: "É você, meu segredo?" E, do fundo da cabaça, Oyá respondeu: "Oyá Onira Eparrei!"

Imbuída de coragem, ela abriu a cabaça. O rio, que até então voava sem direção, mergulhou de uma só vez em seu interior, alagando toda a região e formando um rio imenso, negro e profundo. Quando tudo virou água, até mesmo Luanda, a tempestade passou. A lua vermelha dormiu, e o Sol despertou.

E, em um ciclo de vida, morte e vida, o último dia da velha Luanda se tornou o início de uma nova vida. Precisa-se de coragem para honrar o segredo e mais coragem ainda para entrar na Boca da Noite. Quando uma mulher negra entra na Boca da Noite, ela se torna uma ancestral.

BORBOLETA EM PELE DE BÚFALA

Cristiane Souza
Orientada por Luciany Aparecida

Eu fico feliz quando chega dezembro porque logo depois é janeiro. Aí chegam as férias da escola, eu vou pra minha Vó e a gente vai sentar na pedra que tem na frente da casa dela pra chupar manga. Às vezes, tem só laranja. Eu gosto quando é laranja, porque minha Vó me ensinou a descascar do começo até o final sem rasgar a casca e depois ficar rodando pra ver o quanto de giro ela aguenta. Mas também gosto quando tem manga, porque a gente faz um buraquinho e vai chupando o caldo, depois passa os dentes na casca para raspar tudo e ainda deixa o caroço lisinho.

Os dias na casa de Vó Maria começam cedinho. Quando eu abro o olho antes dela levantar, vejo um raio de Sol que entra pela janela bater num pedaço do braço dela e a pele pretinha, cheia de caminhos, fica brilhando. Ela se levanta sempre na mesma hora, sem se revirar muito e sem tentar enganar o relógio, como eu faço nos dias de aula. Eu pulo da cama atrás dela pra ir rápido sentar e ver a água esquentar pra passar o café. Eu adoro aquele cheirinho que sobe quando a água que faz fumaça cai pelo filtro de pano pendurado e vai enchendo o bule. Só depois ela vira na garrafa térmica grandona. Enquanto isso, eu e a Tia Arinda, que também já levantou, vamos colocando na mesa o pão, margarina e outras coisas, quando tem. De vez em quando, tem uma rosquinha sabor de coco que começa com M, mas esqueci o nome. Minha Vó gosta de mergulhar o pão no dedinho de leite que ela mistura com o café. Eu gosto só de café quentinho e pão. Eu nunca contei que aqui em casa minha mãe não me deixa tomar café puro, aí eu tomo com leite igual a ela.

Antes de acabar o café, ela fala: "tem que colocar feijão no fogo". Já vai dando as ordens pra Tia Arinda fazer o quilo todo e pergunta se ainda tem carne seca, porque pode chegar mais gente pra comer. De vez em quando não é que chega mesmo? Gente que eu nem conheço.

Quando a gente acaba de comer, a toalha surrada da mesa fica cheia de casquinha de pão e ela fica catando com a pontinha do dedo e colocando na ponta da língua. Eu acho isso engraçado. "Vamos esquentar o Sol?" É assim que ela diz que a hora do café acabou, ao mesmo tempo em que se levanta e vai buscar a bacia de plástico pra colocar as frutas que ficam numa tigela esquisita com desenho de bananas, que descansa o tempo todo na outra metade da mesa.

Todos os dias, ela procura por duas faquinhas de serra que somem, mas sempre estão no mesmo lugar. Uma fica perdida no meio de outros talheres de faqueiros diferentes que ficam secando num pote furado em cima da pia e a outra a gente usa para cortar o pão no café. Aí ela pega as duas e joga no meio das frutas na bacia e sai andando. Oba!!! Laranja! E vou atrás dela, carregando o potão quase pesado que escorre das mãos. A gente atravessa a porta de ferro um pouco enferrujada e vai se juntar à pedra, em frente à casa sem muros.

Enquanto isso, no vaivém do morro, ouve-se: "Bença, Vó Maria!"

"Deus abençoe!", ela responde sem tirar os olhos da laranja e sem saber ao certo quem vai passando. Pode ser algum menino que ela viu pequeno, indo atrasado para o trabalho, ou uma mãe apressada puxando as crianças para a escola.

Falando assim, vocês podem achar que minha Vó é calminha, mas quando ela sai do sério, parece que passa um vento e ela fica tão brava, mas tão brava, que parece que vai cuspir fogo pela boca e pelo nariz. Isso acontece quando ela ouve dizer que falaram mal de algum filho dela, ou ela fica sabendo de alguma injustiça com qualquer pessoa, ou quando algum filho faz algo diferente do que ela mandou, mesmo eles sendo adultos. Quando ela fica assim, brava, parece que ela fica grandona.

Eu já falei que Vó Maria teve nove filhos? Simmmm. Nove. Um montão, né? Eu sempre fico curiosa porque cada um dos irmãos e irmãs da minha mãe tem uma cor diferente e as caras deles não se parecem. Tem um bem pretinho e altão, tem outra de cabelos pretos e baixinha. Minha mãe tem a pele mais clara, o cabelo sarará e os olhos verdes. Todos são coloridos. Um dia eu perguntei sobre isso. Não me lembro que dia foi, mas acho que era um almoço e estavam quase todos. Acho que foi sem querer que alguém soltou que minha Vó gostava muito de namorar. Ihhh, minha mãe não gostou nada e fez "Xiiiiiuuuu". Eu não entendi, porque depois do "Xiiiiiuuuuu" alguém mudou de assunto e eu fiquei sem saber.

Minha Tia Arinda é a única que ainda mora com a Vó. Ela é tão bonitona. Sabe a Clara Nunes? Eu acho que parece com a Tia Arinda. Ela tem aqueles cabelos esvoaçantes, só que pretos e usa uns brincos bonitos. Quando ela vai sair, se perfuma toda e coloca um batom bem vermelho. Eu gosto porque ela sempre me dá os restinhos de batom quando vão acabando. Ela nunca se casou ou saiu de casa, eu não sei por quê.

Mas eu estava falando de esquentar o Sol, né? Sim. Quase sempre, a essas horas da manhã, Tia Arinda já está ocupada com o almoço e com a casa. Lembro que teve um dia que ela se sentou com a gente. Na mesma pedra? Nãoooo. Esqueci de falar que eram duas pedras. Uma maior e outra menor. Quando vai chover, minha Vó manda logo a gente entrar. Fala que pode cair raio por ali.

Nesse dia, ela se sentou com calma. Acho que o feijão já estava no fogo e começou a conversar, enquanto o pessoal passava e se abençoava com Vó Maria. Tia Arinda, então, perguntou para a mãe se ela já tinha me contado a história da Menina Preta. Ela balançou a cabeça, fez que não e disse para deixar para lá. Curiosa que sou, insisti para ela contar. Vó Maria, um pouco irritada, autorizou. Ela sorriu com tanta satisfação, que parecia que gostava muito de fazer isso. E começou:

"Era uma vez, uma menina bem pretinha. Depois do seu aniversário de sete anos, ela amanheceu um dia muito doente. A mãe lhe fez chás e algumas poções caseiras. Elas moravam num lugar distante da cidade e para ir ao médico era difícil. A menina só ia ficando cada dia mais amuada, a febre já lhe tomara o corpo e consumia seus poucos quilos. Ela sempre foi magrinha."

Tia Arinda dava pequenas pausas como se estivesse fazendo seus próprios comentários e seguia:

"Conseguiram levar a menina ao hospital, mas lá disseram que seu estado era tão grave que não poderiam fazer nada por ela e que a família só podia rezar. Sob o desengano dos homens de jaleco branco, voltaram para casa. No desalento de não saber o que fazer, lembraram que um tio distante, que pouco viam, tinha uma casa."

"Uma casa?", eu perguntei.

"Sim", respondeu a Tia Arinda. "Mas não era uma casa comum. Era uma casa em que acontecem coisas diferentes e o pessoal que não conhece tem medo. É uma casa que no alto do portão eles colocam umas louças de barro e o muro é pintado de branco. Esse tio também sempre vestia branco e todo mundo chamava ele de Pai."

Não entendi bem, mas pedi que seguisse a história.

"Descobriram o endereço certo da tal casa, porque nunca tinham ido lá e deram um jeito de levar a menina, já bem fraquinha. Chegaram pelo desespero de não terem mais o que fazer. O Pai, que era o tio, mandou que deixassem a menina com ele e que só retornassem dali a sete dias. Passados os dias acertados, sem notícias da menina, bateram palmas no portão."

Ah! Lembrei que o nome da louça que fica em cima do portão é quartinha. Ela falou também que nesse dia tinha flores. E Tia Arinda não parava de contar.

"A mãe entrou, acompanhada de algumas pessoas que foram ajudar e o Pai a levou num cômodo. A menina estava lá, ainda magra, mas tinha encontrado algum ânimo e já aguentava o corpo de pé. Ninguém sabe ao certo o que aconteceu, mas ela ficou boa. Já na saída, o Pai diminuiu os passos, como quem vai dar uma notícia ou fazer uma recomendação e anunciou: 'Ela já nasceu pronta! Ela não precisa dar a cabeça a ninguém e nem frequentar lugar nenhum. Ela conheceu a sede do fogo e foi ao poço do mundo dançar com os espíritos dos mortos. Ela já nasceu pronta e terá forças para sobreviver como um animal grande que festeja na fúria e com a delicadeza da brisa que sopra as asas de uma frágil borboleta. Não haverá mau tempo se ela sacudir os pelos e sua saia rodar. Todas as vezes que precisar movimentar o mundo, cuspirá fogo pela boca e pelas narinas. Ela já nasceu pronta.'"

Nesse momento, os olhos de Tia Arinda pareciam um lago bem cheio, mas ela continuou:

"Como, ninguém sabe, mas daí em diante ela aprendeu a ouvir os ventos, saber sua direção e o presságio que trazia. Passou a bendizer com sussurros que nunca ninguém ensinou. Rezava quebranto, mau-olhado, espinhela caída, moleira de criança recém-nascida, mulher parida. Dizem que sonhava encantos e balbuciava palavras mágicas de fazer a gente se sentir bem."

Com meu olho arregalado e queimando, minha Tia anunciou que a história tinha acabado. Olhei pra minha Vó e não vi nenhum abalo nela, parecia que não tinha tirado os olhos da bacia. Pegou a próxima laranja e voltamos ao que acontecia antes. Eu estava com a respiração parada. Suspirei e não tive coragem de fazer perguntas. Naquele dia, descobri como Tia Arinda contava histórias bem.

No pequeno quarto que a gente dorme, tem uma penteadeira que serve pra colocar tudo em cima. Tem uns frascos de perfumes, mesmo os já acabados, e quinquilharias espalhadas. Tem sempre um galho de arruda em algum canto com cheiro bem forte, um crucifixo grande que as bolas do cordão escapam e alcançam as gavetas, algumas imagens de santinhos (eu só conheço Santa Bárbara). Tem sempre um copo com água e uma vela pra acender quando alguém chega pra benzer. O fósforo fica por ali também. Eu acho que é uma penteadeira-altar, que cabe tudo. Eu descobri que tem uma garrafa de cachaça atrás da porta, mas minha Vó não bebe. Estranho! A casa da minha Vó é diferente e eu gosto quando chega janeiro.

Inspiro! Tomo fôlego e peço permissão para gingar o tom, dar uma meia-lua no tempo, propor uma armada ao ritmo e anunciar que a crisálida saiu do casulo. Sem emergência e vendo a casca deslizar aos poucos, a menina que sentava na pedra para esquentar o Sol olha para trás, num ato de escrita sankofa, e pede licença para contar e inventar um pouco sobre a vida e decantar memórias da infância. Me permitam, ainda, uma esquiva no proceder, para oferendar este outro tanto de palavras que me restam a ela, mãe da minha mãe, mãe duas vezes de tantas gentes. Maria Francisca Sodré. Para mim e para muitos, simplesmente Vó Maria.

Vó, eu queria dizer que a senhora ainda está muito viva por aqui. Seu corpo deixou de passear nessas terras quando eu tinha largado de ser criança há pouco, mas, ainda hoje, seu cheiro de alfazema inunda meu sentir e lembro da sua pele brilhando no Sol.

A senhora passou a vida assinando o nome com o polegar, mas hoje eu sou professora e posso ajudar meninas e meninos a escreverem os nomes e entenderem o valor de uma caneta em punho. Também sou artista. A senhora nunca foi ao teatro, mas tenho certeza de que iria adorar ver o show do Roberto Carlos e depois tomar um café preto com bolo. Agora, dei de escrever palavras sobre existências como a sua, que, de tanta simplicidade, tocam sempre no mais profundo, no que há de mais humano e misterioso. Vó, hoje eu também faço umas magias e sei que elas chegam daí, quando a senhora sopra um vento que ninguém vê e elas decantam no sonho ou na intuição.

Eu queria que a vida lhe desse mais tempo para repousar na grama e descansar os chifres afiados pelas lutas travadas nos dias de pouca tranquilidade e pouca fartura. Poderia uma búfala borboletear? Agora pode. Descanse. As estradas abertas pelas suas sabedorias, mesmo com seu corpo exausto de tanto confrontar a sobrevivência, deram frutos. Te honro por abrir os caminhos.

Eu não entendia por que a senhora era Vó de todo mundo também. Acho que eu sentia ciúmes, mas pressentia que era grande demais, no seu metro e meio, para ser só minha. Hoje eu entendo. A senhora nunca parou para me ensinar a rezar, mas eu sei que, ao me levar para esquentar o Sol, acendia minha luz e colocava dentro de mim sabedorias que vêm de longe. Às vezes, sou bravura, outras, sou asas, como a senhora.

Lá em casa nunca se falou de Yabás, mas ouso enxergar a mais bela Oyá à sua frente. Por aqui, Oxum me chamou e banhou minha cabeça. A que trago, vem cheia de tempestades. Em uma das mãos o espelho, na outra, adaga, disposta à luta se for preciso. Mas tem estratégias de vencer sem desembainhar armas e a coragem de convidar o inimigo à mesa, enquanto se mira no reflexo de sua espada. Água e fogo podem caminhar juntos? Sinto águas e transbordo, mas também danço com o fogo, flutuo com o vento e finco os pés no profundo da terra para lembrar que não é de broto novo tudo que em mim está grafado. Vó, continue a cegar o aço das armas de quem queira comigo guerrear e inunde de paixão e magia meus rios.

A borboleta está pronta para voar. Bença, Vó Maria!

O TEMPO DA JUSTIÇA DE OYÁ E A MILENAR RESISTÊNCIA TRABALHADORA NEGRA

Elisiane Santos

Orientada por Luciana Diogo

Peço licença às minhas Mães para contar essas estórias

Este conto é uma homenagem a todas as mulheres negras que, a partir de suas lutas, fizeram nossa existência possível. Celebrar é viver. É preciso conhecer e reverenciar nossas histórias. A partir de fragmentos de memórias de trabalho e de vida de mulheres negras, reconstruo uma caminhada espiralar por vezes real, por vezes imaginária, trazendo passado e presente encruzilhados, onde a Justiça de Oyá comanda, persiste e revela mundos possíveis num futuro ancestral.

Maria Mirtes, o luto

Olhar o sol nascer é para aqueles que querem.[3] Maria Mirtes saía cedo todo dia. Sequer via o sol nascer. Olhava para o céu. Pedia bênção. Levava o menino

3 Fala de Mãe Flávia Pinto em uma postagem no Instagram no dia 14/08/2024, que compôs o diário de escritas para a elaboração deste conto.

para a casa da sinhá. Limpava janela, fazia comida, passava roupa, carregava lixo, arrumava as louças finas em perfeito alinhamento, estendia os lençóis estáticos, levava o cachorro pra passear. O menino olhava tudo o tempo todo, acompanhando a mãe em cada canto da casa. Aprendia o trabalho com os olhos, ia pensando em como fazer tão bem quanto a mãe. Nem imaginava que podia estar brincando, na escola, jogando bola, aprendendo letras. Só pensava em fazer igual sua mãe com os lençóis da cama, que ficariam ainda mais esticados, sem dobra nenhuma, quando tivesse altura suficiente pra isso.

– Cadê mãinha? – disse o menino pra sinhá.

– Ela foi ali, passear com a Lulu.

– Ah....eu quero mãinha... por que ela não me levou?

– Menino, não enche. Você quer a sua mãe, então vai...pode ir atrás dela.

Abriu o elevador e apertou o 9° andar.

Maria Mirtes sentiu uma chama em seu peito, uma vontade de correr, vomitar, uma tontura na cabeça... começou a ventar. Queria voltar correndo pra casa da sinhá. Ainda tinha que recolher as fezes de Lulu no saquinho, fechar bem, jogar no contêiner laranja na esquina do prédio. E, por exigência da sinhá, passar um lencinho úmido no bumbum da cachorrinha.

Mas o vento veio tão forte, que não deu tempo de finalizar o trabalho. Maria não limpou a cachorra e voltou correndo para aquele prédio onde trabalhava desde muito cedo, onde acompanhava sua mãe no trabalho, desde menina, ainda quando não sabia falar as primeiras palavras, nem escrever letras. Maria só sentia vontade de abraçar sua cria. Meu filho, o que fizeram com você?

Luzes vermelhas. Polícia. Ambulância. Pessoas correndo. Um pequeno corpo no chão.

– Dona Maria, seu menino...

O ódio atravessou os olhos de Maria Mirtes. Um filme passou em sua cabeça, misturando cenas da tragédia com o abuso que tinha sofrido com a mesma idade de seu filho. Quando se é uma mulher negra, não se morre apenas uma vez.

Uma espada atravessou sua cabeça. À medida que adentrava seu corpo, a dor ia se transformando em força. Uma força estranha, imensa, de uma búfala. O sol nasceu como fogo, ardendo em chamas em meio aos ventos daquela manhã revolta.

Às vezes é preciso morrer para viver de novo. Ninguém mais mata um de nós. Luto.

Maria Elis

Eu sou uma mulher negra que atua na Justiça. Uma mulher negra mãe. Uma mulher mãe negra solo. Uma mulher negra que carrega a história de uma menina negra atravessada pelo trabalho doméstico. A história de muitas meninas e mulheres negras no Brasil. De vez em quando a menina abre caixinhas do mundo livre que construiu secretamente no quintal de casa e dança com as palavras que disputam sentidos de vidas. A batalha se faz ao mostrar a injustiça pelas histórias vividas. Uma mulher jurista negra é uma mulher negra, não é só uma jurista.

Maria Elis, criança

Naquele dia, eu pensava que queria ser cantora. Balançava num movimento circular e desencontrado meus braços, me sentia livre, em movimento. Queria voar, queria ser uma borboleta. Falava com anciãs que alegremente me acompanhavam num jardim, onde, sozinha, inventava perfumes de rosas vermelhas. As minúsculas rosas abriam em galhos cheios de espinhos, mas que não machucavam meus dedos finos e compridos. Logo, dezenas de borboletas azuis rodeavam meus cabelos negros enrolados, que balançavam como ondas no vento. Mesmo de olhos vendados, eu colhia as pétalas vermelhas, cheirosas, sem dor. Tudo se traduzia em música, melodia e perfumes. E eu cantava no meu quintal.

PARTE I - MARIA BEATRIZ E MARIA CONCEIÇÃO: O ENCONTRO

Quando Maria Beatriz encontrou Maria Conceição naquele dia de luta, de disputa, de reconhecimento, de reivindicação, de reverência às nossas, ambas sabiam que à noite não adormeceria um sono tranquilo. Um vento soprava forte nas árvores na Cinelândia. O ano era 1993, apenas cinco anos depois da promulgação da Constituição Federal, que tinha reconhecido direitos mínimos às trabalhadoras domésticas.

Saindo do Centro Cultural José Bonifácio, sentaram-se no Boteco da Dona Maria, na Central. Fazia 42 graus naquela tarde infinita. A primeira cerveja desceu como inspiração, como um rio que segue a correnteza, atravessando a garganta, o peito, a barriga, e até as partes íntimas, que se sentiram acariciadas pelo frescor do líquido relaxante.

Risadas. Sem-ver-go-nha.

Alegria é resistência na luta. Batom vermelho. Uma olhada para os lados. Sentir-se bela é sentir-se viva. Transgredir. O quilombo persiste no encontro de mulheres negras, no tecer a história pelo afeto, pela beleza e pelo enfrentamento das opressões, na poesia, na teoria, no estar no mundo.

Eram seis horas da tarde. Trabalhadoras circulavam pela Estação apressadamente. Algumas paravam no Bar da Dona Maria, refrescar a alma e o corpo cansado da rotina do dia. Outras dançavam alegremente na roda de samba que se formava no Bar da Esquina. E muitas seguiam para suas casas ao fim do dia. As casas onde trabalhavam estavam limpas, organizadas, cheirosas, refrescantes, para quem chega depois de um dia de trabalho repor tranquilamente suas energias. As suas casas eram um encontro com mais trabalho e quase sempre com tensões.

MARIA MIRTES, A LUTA

Maria Mirtes transpirava a ira e a determinação da busca por Justiça. Passou a ler todos os códigos, as Leis, enfrentou homens brancos e a luta por uma decisão na Justiça que condenasse sinhá e toda a sua linhagem. Pelo menino, por ela, por sua mãe, pelas suas ancestrais que fizeram a travessia. Era o sentido de sua vida. Nada mais seria como antes. Olhava o sol nascer queimando todos os dias. A chama se alimentava do vento que a acompanhou durante dias. Nada poderia parar Maria Mirtes, agora consciente de que havia morrido duas vezes, talvez muitas mais. No renascer pela dor, Maria Mirtes não tinha mais medo e com a coragem que lhe tornou liderança na comunidade em que vivia, assumiu a missão de lutar por seu menino, e por gerações de trabalhadoras que perderam seus filhos e parte de suas vidas.

Parte II - Da Central à Urca

A lua estava alta, atenta e carregando memórias de nossas lutas. Naquele dia a lua era mesmo brilhante e quase ofuscante. Não era possível dormir, o sono não existia para tantas trabalhadoras domésticas, mulheres encarceradas, em situação de rua, catadoras de recicláveis, trabalhadoras autônomas, com tantas preocupações na labuta e no sustento diário.... muito mais olhos que sono naquela noite vulcânica.

Como dormir com fome? Como dormir com dores? Como dormir com revolta? Maria Beatriz e Maria Conceição, no nono copo, agora no Bar de Dona Maria Ciata, pensavam em estratégias revolucionárias pela poesia, pela nossa história viva. Vamos reencontrar a origem. O tempo não nos pertence nem nos dá respostas exatas. É preciso reverenciar a nossa história e saber respeitar o tempo. É preciso compreender as mensagens que se desvelam nesse senhor infinito, sem início, meio ou fim. A sabedoria ancestral nos ensina que cada Orixá tem seu tempo. O tempo de Oyá pode parecer atônito, impulsivo, estridente, mas é constante, sedimentado, consistente, permanente.

Eram duas mulheres que estavam conversando não sob efeito da bebida, mas sob efeito da vida que carregavam.[4]

4 Fala de Conceição Evaristo na Flup de 2024 durante a mesa "A noite não adormece nos olhos das mulheres".

Maria Lélia

Amiga de Maria Beatriz e Maria Conceição, assistia a tudo atenta. Era antropóloga, uma lutadora, filha de uma mulher preta trabalhadora doméstica, amefricana, como se definiu. Também cuidou de criança quando era criança, como sua mãe. Como a mãe de sua mãe. E de sua avó. Como a primeira de suas ancestrais, arrancada de sua terra-mãe, sobrevivente à travessia e à perversidade da violência colonial.

Naquele ano, intelectual, ativista, segue hoje referência máxima na produção intelectual feminista negra no Brasil e no mundo. Saiu pra luta muito cedo e enfrentou grandes embates para fazer valer seu pensamento fundado na crítica à exclusão das mulheres negras, trabalhadoras, que tiveram essa condição de sujeitas políticas negada na história contada pelos homens brancos nos espaços institucionais. Mas não só. Também confrontou a militância de esquerda de homens brancos e mulheres brancas dissociados da realidade racista.

O silenciamento sentido na pele não a impediu de fazer ecoar a voz insurgente de uma grande massa, um aldeamento-quilombo de mulheres, de gerações, que na luta cotidiana pela sobrevivência atravessou o oceano, sobreviveu e permaneceu vivo para mostrar ao mundo anos depois que a força-trabalho que sustenta esse Estado-nação é das mulheres negras.

Maria Esperança

O ano era 1778. Maria Esperança, tomada por uma força invencível, cortou o próprio indicador e com a tinta vermelha de suas entranhas exigiu retornar ao local onde vivia com a sua família e denunciou as violências a que estavam submetidas as mulheres de sua comunidade: "há grandes trovoadas de pancadas em um filho meu", "em mim não posso explicar que sou um colchão de pancadas", *"estou eu e mais minhas parceiras por confessar há três anos*", "me mande para a fazenda de onde me tirou para eu viver com meu marido e batizar minha filha".[5]

Não se tem notícias do seu paradeiro. Dizem alguns que ela retornou e foi liberta. Outros defendem que Esperança morreu de tristeza. Nós sabemos que ela abriu caminhos para escritas por liberdade. Depois de Maria Esperança, foram Maria Pretildes, Maria Josefina, Maria Carlota, Maria Catarina, tantas mulheres escravizadas, que, imbuídas da estratégia da escrita, se utilizaram habilmente de argumentos e desejo de Justiça para reclamar humanidade. A base principiológica do direito humanitário reside na escrita das mulheres negras escravizadas. Até hoje mulheres encarceradas escrevem cartas fazendo pedidos aos magistrados. Cartas são instrumentos para contar histórias, estórias e pedir por Justiça. É o pensamento compartilhado, lugar de voz, lugar de luta. É a possibilidade de dizer o não dito, de gritar em silêncio, de denúncia, de despedida. A Carta de Maria Esperança é um instrumento de luta jurídica. A primeira brasileira a clamar por Justiça é uma mulher negra escravizada. A Justiça é uma mulher negra.

Maria Carolina

Não teve infância. Desde sempre sua vida foi o trabalho pela sobrevivência. Primeiro, nas casas das mulheres brancas por um pouco de comida. Depois, revirando lixo, buscando objetos descartados pela sociedade paulistana, como ela mesmo dizia, da "sala de visitas", que se transformaria num pedaço de carne pras crianças no "quarto de despejo".

As crianças sempre ocuparam um espaço de prioridade na vida de Maria Carolina. Tudo que girava ao seu redor era em prol dos seus filhos Vera, João e José, as crianças que não teve possibilidade de ser. Mesmo vivendo num universo tão hostil, em meio a brigas, dejetos, álcool, fome, o mundo das palavras colhidas nos ventos, nas tempestades, nos raios e trovões era o mundo da vida possível, do afeto, da família. Era a vida diária contada

5 Trechos da carta de Esperança Garcia, escrita em 1778, encontrada no arquivo público do Piauí pelo historiador Luiz Mott (1979). Foi reconhecida primeira advogada do Brasil pelo Conselho Federal da OAB em novembro de 2022.

em pedaços de papel, que se tornariam uma esperança a cada mulher preta, mãe, trabalhadora na luta pela sobrevivência e por um lugar de humanidade. Salve, Maria Carolina.

Maria Helena

Menina sonhadora, tempestuosa, habilidosa, artista, literária, jurista, comunicadora. Teve uma infância feliz, cercada de letras, poemas, canções, militância. Estudou nas melhores escolas. Primeira mulher negra filósofa. Amiga de Maria Beatriz. Trouxe os ensinamentos do axé para a escrita na academia. Os aprendizados de cozinha, com sua avó, e a paixão pelo samba se tornaram uma trajetória de memória da resistência das mulheres negras, trabalhadoras, que construíram a cultura e a beleza desse país. Enfrentando todas as adversidades de adentrar nos espaços da universidade permeada de homens brancos, enfrentou a dor da despedida de seu erê, levado pelas águas de mãe Iemanjá, e de sua amiga Maria Beatriz, em defesa da liberdade das mulheres negras. Sua força descomunal, mulher búfala, que traz os ensinamentos de sua mãe em cada vento lançado, a mantém em constância, segura, tecendo e reatando fios de resistência numa grande rede que traz à superfície nossas memórias atlânticas.

Maria Flávia

Ela transborda felicidade, poder, amor, paixão, rebeldia. Num dia de festa, ela gira, bebe champagne, recebe com alegria. Na Casa que recebeu de Oyá, protege e reverencia os segredos de nossas mães ancestrais, um lugar de afeto e de cura. Um lugar de luta por direitos, que revisita todas as Marias, recebe as Marias encarceradas e celebra as Marias que estão por vir. O terreiro é espaço sagrado, ancestral, de cura, e do fazer Justiça, coletivo.

Parte III - Amanhecendo

Depois de percorrerem memórias de molhadas lembranças, Maria Beatriz e Maria Conceição, inebriadas pela força ancestral das que vieram antes e pelas vibrantes possibilidades de transformação pelas novas vidas chegadas naquele tempo, amanheceram o dia sedentas de revolução. Eram palavras em ação. Maria Conceição tecendo versos. Maria Beatriz conectando a transformação aos quilombos. A noite nunca mais adormeceu. Os versos de Maria Conceição se tornaram imortais quando Oyá acolheu Maria Beatriz em sua caminhada ancestral. Depois dela, seguiram tecendo o fio milenar muitas Marias, na filosofia, na história, na política, na economia, no Direito, na literatura, no teatro, na música, nas artes, no terreiro.

Amanheceu garoando. O Sol está elevando-se. Mas o seu calor não dissipa o frio. Eu fico pensando: tem época que é Sol que predomina. Tem época que é a chuva. Tem época que é o vento. Agora *é a vez do frio. E entre eles não deve haver rivalidades. Cada um por sua vez.*[6]

A Justiça de Oyá tem o seu tempo.

*Texto inspirado no poema “A noite não adormece nos olhos das mulheres”, de Conceição Evaristo, que a autora revelou na Flup 2024 ter sido escrito a partir de um encontro com Beatriz Nascimento numa noite que atravessaram juntas percorrendo bairros do Rio de Janeiro, e adaptado pela autora. Inspirado também nas histórias das “Marias” referenciadas no texto, adaptadas pela autora: Mirtes Renata, Beatriz Nascimento, Conceição Evaristo, Lélia Gonzalez, Esperança Garcia, Carolina Maria de Jesus, Helena Theodoro, Mãe Flávia Pinto. A todas elas peço licença e reverencio suas histórias e existência. E na minha própria história, em primeira pessoa. Ao meu Ori, peço licença.

6 JESUS, Carolina Maria de. *Quarto de despejo*. 2ª ed. Editora Edibolso: São Paulo, 1976, p. 35.

OYÁ É MULHER FORTE, MULHER BÚFALA

PENHA DA SILVA
Orientada por Mãe Flávia Pinto

Dois mil e onze foi um ano de alegria e um ano de tristeza: fui presa no tráfico de drogas. Estava grávida de uma filha, a Viviane, e eu tinha tudo para sair, mas infelizmente o destino me fez ficar para conhecer muita gente, mulheres maravilhosas, mulheres sofridas, mulheres guerreiras, mães de família. Elas foram presas através de alimentos para os filhos. Quase todas se envolveram com o crime para dar de comer aos seus. Criança abandonada pelo pai só pode contar com a mãe para comer e sobreviver. Então eu conheci uma mulher sofrida, guerreira e essa mulher escondia o artigo dela. Pior é que quando essa mulher vai presa, é aí mesmo que o filho chora, porque se já não tinha pai, agora nem mãe tem, ela tá presa, não pode mais alimentar as crias, e o pai não quer saber delas. E aí nos sentávamos sempre para conversar e essa mulher me falou do sofrimento que a levou para lá, ela foi parar lá pelo amor que não lhe deu valor. E aí essa mulher ficou comigo na delegacia, nós dormíamos sentadas tinha dias. E essa mulher, o nome dela é Marisa, uma mulher de Iansã que tinha acabado de fazer o santo e tinha sido presa e aí a Marisa me contou a história dela, me contou que ela arrumou um cara e esse cara tinha botado a Marisa envolvida em um sequestro. A gente dividiu a mesma cela, no primeiro ano dela lá, ela virou no santo. Então teve muita gente que dizia: *Poxa, por que que ela virou na Iansã aqui dentro?* Muita gente não sabe o segredo, não sabe o fuxico, né? Que Iansã também tá naquele lugar, né? E aí eu disse: *Gente, cada um com seu cada um.* Marisa virou no santo e aí me pediu desculpa por estar virando no santo e aí eu disse para ela que eu era uma mulher de Xangô, ekedje suspensa por Oyá. Nós unimos nossas forças, eu e a Marisa ficamos juntas. Até nos separarmos e irmos para o presídio, e a Marisa teve uma sentença muito dolorosa. Foi aí que eu ganhei neném e eu fui para unidade materno-infantil. Mas eu e a Marisa nunca deixamos de nos perguntar uma pela outra, querer saber, escrever carta para amiga, perguntar e dizer: *Fala pra Marisa que eu mandei um abraço.* Marisa teve uma sentença dolorosa, ela não aceitava pelo indivíduo da história que ela foi enganada e aí por esse cara, a Marisa é a mãe de três filhos, né? Mãe de três filhos. Ela não sabia com quem as crianças estavam, ela não sabia o que tinha sido feito das crianças e ela chorava muito comigo, né? Ela chorava muito comigo. A minha história não era igual à de Marisa porque eu tinha uma família, mas a Marisa não tinha uma família que ia lá visitar. Então eu falei para a Marisa: *Aqui é a lei da sobrevivência.* E a comida diariamente chegava estragada, a gente pegava o arroz e lavava. Olha só, nós lavávamos. E aí a gente dava um gosto no arroz, a gente acabava comendo aquilo ali, mas a gente comia e chorava, a gente comia e chorava, aquela comida estragada, aquela comida pisoteada, aquele pão que parecia que o diabo amassou com o rabo, como falam, né? E eu comi assim mesmo, junto com a Marisa. Ela foi minha amiga de sofrimento por muitos e muitos anos, né? Só que nos separamos, mas na rua é certo que iremos nos reencontrar. Eu sempre achei a história de vida da Marisa muito grande, porque além da gente reclamar da gente, eu era uma pessoa que parecia com ela, porque eu queria ver todo mundo bem, eu queria ver todo mundo fora daquele lugar. Só de lembrar me dá vontade de chorar. E aí eu disse: *Marisa, só se você não é filha de Iansã. Ela vai te dar herança, essa cadeia vai cair, ela está em ação com você, do teu lado, ela vai dar uma reviravolta na tua vida.* E em todo momento ela não desistiu da religião porque mesmo a gente estando no lugar que a gente estava, a gente acreditava nos nossos catiços, a gente acreditava nos nossos orixás e assim a gente foi indo. Eu dizia: *Ah, meu pai Xangô, me tira desse lugar, meu Deus do céu, eu sei que eu errei, mas eu preciso sair.* Ela dizia: *Minha mãe Iansã, vem para o seu vento me levar para bem longe desse lugar.* E assim foi indo até que chegou o dia da gente ir embora, aí eu deixei a Marisa porque ela tinha uma sentença mais alta. Ela é a figura que eu não esqueço.

IEMANJÁ

UM BOCADO DE FÉ E DUAS CONCHAS DE ÁGUA SALGADA

Carla Arouca
Orientada por Luciany Aparecida

Dolores despertou de um susto-sonho na madrugada em que completaria seis décadas. Na rua, a buzina do padeiro e o motor das motos acordavam o bairro enquanto no céu um degradê roxo-alaranjado anunciava o festejo-dia. Mesmo com o despertador bradando a chegada de mais um 2 de fevereiro, Dolores sabia que o único barulho ressoando em sua cabeça era o assombro do sonho.

Tocou a ponta dos dedos nas pálpebras ainda fechadas e sentiu a textura fina do excesso de pele envelhecida. Seus indicadores subiram para o cabelo, crespo, curto e revel. Os fios não aceitaram o acordo do tempo e permaneciam na cor castanho-escuro. Aos poucos percorreu o rosto inteiro com as mãos, reconhecendo os novos contornos da cidade-sexagenária. Dolores despertou antes que o sol.

Correu para a cozinha, abriu a porta dos armários e revirou todas as gavetas do cômodo em busca de suas conchas. Sonhou que sua casa havia sido invadida no dia de seu aniversário, e que toda a comida e utensílios de cozinha tinham sido roubados.

Mesmo de pé, Dolores não acreditava que estava acordada. Deu alguns beliscões no próprio braço, desejando ainda estar aprisionada ao pesadelo. Diferentemente do sonho, os talheres permaneciam intactos e todas as panelas estavam em seu devido lugar. Ainda era possível sentir um vestígio do aroma das cebolas cozidas no dia anterior. A cozinha não denunciava nenhum sinal de intrusão, mesmo com uma infeliz coincidência: as conchas-herança de Dolores haviam desaparecido.

Vó Ilda presenteou a neta naquela mesma casa, anos atrás. Dolores completava quinze anos quando ganhou as conchas de prata, ainda muito moça mas já com boa mão para a cozinha. Passava horas aprendendo a fazer comida com a vó, desde o preparo até o jeito de servir. *"Comida é coisa sagrada, Dolinha. Já curei muita barriga mirrada com farinha e arroz. É na fé que o pouco vira muito. Tem que rezar com água salgada e oferecer um bocadinho pra santa antes de pôr na mesa."*

Os olhos marejaram um pouco ao lembrar das palavras de vó Ilda. Uma velha pescadora muito sabida. Ensinou Dolores a pescar e a brincar com o mar ainda criança. Criou metade dos netos, mas a única que levava no barco era Dolores. Dizia que a neta era metade sereia. Aprendeu a nadar antes mesmo de andar. Só dormia segurando uma conchinha, e abria o berreiro se caía a noite e não achavam a bendita pela casa.

O dia já começava a se revelar na janela quando Dolores ouviu a risada dos gêmeos ecoar na varanda. Aniversário era sinônimo de casa cheia, e a cada ano a família crescia mais. Jorginho e Betinho corriam e batiam palma ao mesmo tempo enquanto cantavam um parabéns desritmado. Luiza, a filha mais nova, chegava atrás com um bolo nas mãos e a testa suja de glacê.

– Esse bolo já morreu e reviveu para chegar aqui. É o milagre de Maria. Viva você, Dolores Maria! – disse a menina enquanto embalava a santa mãe em um abraço.

Em poucas horas a casa já estava transbordando um mar-de-gente. Na varanda, três afilhados amontoavam latinhas de cervejas num isopor. Na cozinha, duas sobrinhas fritavam generosas porções de aipim. Cada cômodo tinha um cheiro que beijava a barriga e o coração. Dolores ficou ali, debruçada na janela da sala observando a família e o que eles faziam com as mãos. Cortavam carnes, abriam garrafas, espremiam frutas e remexiam panelas. Era um bailado de dedos assustadoramente bonito e sagrado. Lembrou de quando ensinou à neta travessa, Dandinha, o canto que acordava os grãos. *"Não se tempera feijão sem cantar. Diz minha vó que ele fica emburrado e não pega gosto."*

Dolores sentiu o rosto serenar e já quase não sentia o cansaço de um sono mal dormido. Foi só quando avistou Roque adentrar às pressas na cozinha que o estrondo do pesadelo voltou a invadir seu pensamento. O filho mais velho estava tomado por uma alegria molhada, seu corpo estava encharcado de sal e bonança. O mar é que estava nele, e não o contrário. Segurava um peixe robusto e brilhante em uma mão. Lembrou de quando levou o menino à praia pela primeira vez, franzino, miúdo. Tinha pouco mais de quinze dias de nascido, um choro agudo e muita fome de viver. Roque fora largado num barco antes mesmo de abrir os olhos para o mundo. Seu corpo era pintado por feridas da cabeça aos pés. Vó Ilda dizia que ele veio com a graça dos anjos e por isso essa terra o fazia sangrar. Ensinou a neta a rezar o menino e perto do fim da vida, ainda o ensinou a pescar.

Dolores parou os olhos na escama prateada do peixe e lembrou de suas conchas. Das sopas, caldos, canjicas e misturas que elas carregaram. Dos filhos, netos, sobrinhos e afilhados que alimentaram. Das dores, sonhos e rezas que elas sustentaram. Sentiu vontade de brigar e estapear a cara daqueles ladrões. Sorrateiros, ardilosos. Roubaram-lhe o seu instrumento de cura. Conchas que serviram a comida que matava todas as fomes. Todos os males.

Da esquina, uma gargalhada forte reverbera as janelas de sua casa. Um riso escancarado resgata a atenção de Dolores e todas as outras pessoas para o portão. Uma moça de sorriso arteiro, cabelos armados e uma pele preta--cintilante segurava uma panela gigante com as mãos.

Gotas de água salgada temperaram os lábios de Dolores enquanto seu peito saltava no ritmo descompassado da risada de Dandinha. A neta adentrou a casa correndo afoita para a cozinha com a panela de feijão quase despencando de seus braços.

– Fiz uma oração pra ele chegar inteiro até aqui! Vó Ilda passa à frente.

Dolores sentiu cada partícula do seu corpo se abrandar à medida que olhava a casa repleta de gente e as panelas cheias de comida-memória. Tudo aquilo era herança, ensinamento passado de mão em mão. Dandinha deu um beijo demorado na testa de Dolores e passou os dedos nas lágrimas da vó.

– Cantei a noite toda mexendo esse feijão. Do jeitinho que a senhora ensinou.

Ali, Dolores compreendeu que não existia nenhum ladrão. Sua herança não havia sido roubada. O presente de vó Hilda sempre esteve ali, de carne e osso. As mãos que cozinham a cura. As mãos que alimentam a vida. As mãos de Dolores e de todos aqueles alimentados por ela.

Poucos minutos depois, um amontoado de mesas recebia um enorme banquete no quintal de Dolores. O bolo de Luiza com várias marquinhas de dedos, o peixe de Roque ainda com as marcas da grelha atiçando os gatos do vizinho... Uma verdadeira orquestra de sabores. Dandinha estava terminando de ferver o feijão quando perguntou para a vó com curiosidade.

– Onde estão suas conchas de prata?

Dolores chegou bem perto da menina, como quem está prestes a revelar um segredo:

– Não sei. Devem ter ido alimentar outras bocas.

IEMANJÁ, EMI NI OMI[1]

CAROLINE FERREIRA

Orientada por Ryane Leão

No xirê[2] de minha existência, a presença da aldeia toda gira. No xirê do meu ser, todas elas brincam. Revezam entre os passos das cantigas e é tão bom perceber. Quem aparece primeiro chega com a demanda de agora e nesse movimento entrega o alimento necessário da vez. Do teu manjar de arroz e coco, o aroma e a doçura do teu colo-ninar. Em tuas ondas-braços o aconchego e nas espumas o afago do teu beijo borbulhante-mar.

Na mão direita, o frasco da seiva de alfazema para lhe ofertar, no marejo da entrega do perfume sinto-me em teu congá. Ooodoyá.[3] No florido balaio, angélicas, rosas e margaridas sorriem ao lhe encontrar. À nossa Iyalori,[4] todo amor, todo canto. Entrelaçadas palhas formam cestas que levam, além de flores, palavras em força e expressão de sentimentos, silenciosas preces firmadas no peito e corações agradecidos por bênçãos alcançadas. Toda sorte de fé imbuída e *arrudiada*[5] de mar. Se adensam com sorrisos e lágrimas, oferendas

1 Traduzido o yorubá, *emi ni*: eu sou; *omi*: água.

2 Roda entoada por cantos e danças para os Orixás.

3 Saudação a Iemanjá. *Odo*: rio; *Iya/Yá*: mãe. Na Nigéria, Iemanjá é reverenciada no Rio Ogum.

4 Uma das formas de se referir a Iemanjá. Iyalori é a junção das palavras Iya: mãe; ori: cabeça. Mãe das cabeças.

5 Arrudiada: que está rodeada de alguma coisa ou de pessoas.

cantadas para lhe mimar. À Mãe das águas rendemos toda nossa graça, pois todo dia é dia de saudar a Rainha do mar. Ooodoyá.

A moça senta na beira e conversa serena. Saúda e pede licença. No entremeio do caminhar é o desejo de sua menina que chega. É ela quem se diverte e se banha na transparência das águas rasas em que se vê a areia. Para a menina, todo tempo é pouco no colo de Iemanjá. Para a moça, quase sempre o pensamento é dosado por um constante tic-tac que insiste em lembrar o amontoado de prazos, labutas cotidianas e um tanto de contas a pagar. Quem dá o ar da leveza é a recordação de que ao seu lado caminha o companheiro Beira-mar. Na brecha de um respiro, a velha aparece em sua cabeça e com cara de sussurro, fala:

fica como a menina.

O semblante da moça mudou. Ficou parecido a uma pluma quando paira no ar. A voz da velha é como o macassá em seu ânimo:

perfuma, limpa e acalma.

Quem *arreparou*[6] contou que, por alguns instantes, viu uma ciranda de três em uma, e entre elas, miradas de fascinação.

De passeio vive sua cigana, mas o coração da moça é um porto onde sempre volta a atracar. Amiúde, nas águas de cá vem girar. Ao longe, se ouve o toque das castanholas que anuncia seu raiar, mas é no entoar da gargalhada que se confirma sua chegada. Como brisa ou ventania, seu rodopiar modula a frequência do corpo-lar e clareia as vistas para melhor enxergar. De onde quer que esteja a observar as ondas, a moça tem aprendido com elas que as marés dançam entre cheias e vazantes e permanece sendo mar. Assim somos:

um cardume furta-cor de velhas-ciganas-moças-caboclas-meninas.

De toda orla é possível admirar a sutil comunhão entre o céu e o mar. O horizonte é a ponte do precioso segredo. Doce Iya, foi na cabeça que vi:

6 Arreparar: observar, prestar atenção.

suas mãos feito janelas abertas no alvorecer a devotar amor ao oceano.

Das tuas palmas saíam:

pétalas de rosas brancas, pipocas e pérolas que delicadamente tocavam a superfície. Resplandeciam sobre suas águas como estrelas diurnas a flutuar com o frescor de sua maresia.

Em tons azuis intercalados, miramos uma linha tênue que parece separar:

verdes-mares, espumas-brancas-nuvens e amarelos-rios.

A fonte de tua presença profunda é o todo.

No barco

Despertei sem ao menos cochilar. Vagarosamente, ao passo que abria os olhos, me dei conta que estava no barco quando ao fundo escutei:

"Eu vou pra Pedra da Baleia, eu vou pra Pedra da Baleia,
Iemanjá é sereia, eu vou pra Pedra da Baleia."[7]

Vinha do ori-okan,[8] a ponte-tesouro que resguarda o que aos olhos não se mostra e ao que a vista se apresenta. Era como assistir o vivido desde outro tempo-espaço. A viva memória do experienciar é tatuagem d'alma. Assentar em Cachoeira no leito áureo do Paraguaçu foi atender ao suplício dos filhos e filhas que foram arrancados para as terras de cá.

Doce Iya, vós nos acolhe com cafuné e segue seu fluxo ao encontro da Baía de Todos os Santos. Translúcida por grandiosa natureza, reflete encanto

7 Cantiga comum em diversos terreiros da cidade de Cachoeira-Ba. Muito cantada nos festejos dedicados às Yabás, as festas das águas e na entrega dos presentes na Pedra da Baleia (local consagrado a Iemanjá).

8 Cabeça-coração.

a cada fitar. Mãe, tu és presença em todo lugar, mas também fizestes morada nas águas douradas que abriga a Pedra da Baleia.[9]

O encontro do rio com o mar é perene. Há comadrio entre eles, assim como há entre vós e Oxum. A misteriosa multiplicidade do ser e de ser estar no sentir, talvez, seja esse o motivo que apequena o repertório da explicação. Essa se esvai como gotículas que evaporam com o vento. Se nas bandas de lá do Continente Mãe és um rio, não há empecilho que se ponha a ti por aqui ser considerada mar.

Fostes o caminho da hedionda travessia para o desembarque nas bandas de cá. És o porto-colo que ampara toda sorte e toda mágoa que sua prole ecoar. És território de correnteza sagrada que não aprisiona e nos deu permissão para aqui ancorar. Paristes Tokunbos[10] e abrigas em ti os que não resistiram às atrocidades cometidas nos porões e permaneceram no meio do caminho.

Ao descer do barco vi: "*Oko oju omi*". Grande foi o encanto de ver aquelas palavras, maior foi a vontade de entender e traduzir. Sabia que *oju* é olho e *omi* água é, mas *oko* é palavra desconhecida para mim. Ainda. Quando atentei, dei por mim. Tamanha surpresa ter entrado no barco sem ao menos saber seu nome. Voltar a ele foi preciso. Remei até o epicentro para o mergulho retomar.

Tsunâmi dentro

Ooodoyá. A sede de banhar-me em tuas águas renova a alma, regula as marés deste okan em desespero. Palavras-doburu[11] recebo com seu bafejo, palavras-doburu entrego por lhe sentir. És o mar de forças que não me abandona. Permaneço a navegar como moça-menina que continua a catar conchas na praia.

9 Dentre muitas explicações, a mais contada na cidade de Cachoeira é que, Iemanjá, por querer estar perto dos filhos e filhas escravizados que foram trazidos para cá, transformou-se em baleia para atravessar o Atlântico e permanecer perto deles. Para isso, transformou-se em uma pedra (otá). Em 1912, construíram sobre esta pedra o farol que leva o nome da mesma (Pedra da Baleia).

10 Nome dado a filho nascido fora do país do pai ou filho que veio através do mar.

11 Doburu é o milho estourado (pipoca), também chamado de *Flor do Velho*, por ser um alimento ligado ao Orixá Obaluaê.

Teus dedos tocam meus pés, peço agô[12] e me entrego por inteira. Renasço. No peito carrego o mar, tem horas que ele não tá pra brincadeira. Estronda como quem vai transbordar, é a força da ressaca que salgam os olhos. Nos dias em que o coração amanhece maior que eu, sinto-me engolida. Fecho os olhos, escuto vossas cantigas e deixo-me embalar em tua calmaria.

A moça bambeia como, quando menina, caminhava na balaustrada e temia cair na areia. Nessa hora, a velha aparece com o gesto do olhar de canto e a cara em lento movimento de subir e baixar. Em silêncio fala em sua cabeça. Tudo diz sem uma palavra pronunciar. Tua presença certeira é ponta de lança que se arremessa como um ofá.[13] Ooodoyá, doce Mãe. Odoyá!

De olhos abertos, a memória traz a menina que escutava no peito o chamado da concha do mar. Encostar no ouvido era o começo da passagem para mergulhar no âmago de suas águas tranquilas. Na casa da vó, ela andava na estante da sala. Grande era a concha, maior era a vontade de fazer dela uma morada. As mãos eram os passos que o peito traçava para alcançá-la. Mãe, tu és o abrigo onde sempre quero estar.

De olhos abertos corri adentro, tudo em mim transbordava a emergência de recolher-me em tuas profundezas e tardar. No fundo sei, precioso é o tempo, casa de refazer-me pérola, para em boa hora à superfície retornar.

De olhos abertos com o ori no mar, me permiti aliviar, o peito desabafar, minhas águas nas tuas mesclar. Recebi teu acolhimento num ato de abraçar-me como um feto na casa da grande Iya.[14] Com o corpo em tuas águas salgadas, despertou o corte que não se viu na carne. Reacender as feridas a partir de ti é odu[15] de cura para emergir. É preparo para desembarcar.

Vós és mãe que dá, vós és mãe que recebe. Soubestes o momento certo de usar o presente de Olokun[16] para poder se salvar. Que vós nos ensine a ser como a essência da folha da Colônia, que tem sabor macio e cheiro marcante.

12 Pedir licença/permissão.

13 Flecha. Nas religiões de matriz africana é considerado, principalmente, como o arco e flecha de Oxóssi, assim como representação dos candomblés da nação Ketu.

14 Mãe.

15 Caminho.

16 Olokun, orixá que aparece como Mãe e/ou Pai de Iemanjá. Em yorubá, Olo significa proprietário e Okun significa mar.

Que tanto age como Água de alevante, mas também Brada-mundo. Com tua bênção, grandes cabeças se firmam. Palavras-doburu são flores do seu ofertório, palavras-doburu vem para nos curar.

"Receba, receba, oh Mãe Iemanjá, receba."[17]

No cais

Submergi, entrei no barco e segui. Em ti, Iemanjá, permaneço navegante. Tuas águas são constantes, como continuamente devemos ser. Desembarquei. De longe alguém gritou:

Segura o barco aí!

Havia muitas pedras naquele trecho da enseada próxima à baía. Lembrei de uma tarde setembrina em que Vovó Cici me contou:

> *"Yá Oguntê é muito guerreira, minha filha. Ela usa um obe.*[18] *Sua cor é o verde-água. É ela quem habita as pedras que ficam na beira do mar. É a única orixá feminina hermafrodita. Você sabia disso?"*[19]

Atlanticamente naveguei em novos mares de antigas palavras-rios. Adentrei um pouco antes da primavera chegar. Vi a passagem da estação exalar seu frescor. Recebi os oju-cauri[20] em Ondina, na praia da Bacia das Moças. Ali compreendi a essência desses olhos que falam. Pois é também na caída do jogo de búzios, que nossos ancestrais nos orientam. Vem do teu ventre, assim como o sol e a lua. Ali, onde desembarquei, esperei o pôr do sol nascer. Foi então que tive a oportunidade de ver chegar pela orla o dono do barco Oko oju omi. Ele caminhava suavemente na direção em que eu estava.

Perguntei seu nome e ele respondeu com um sorriso brilhoso:

17 Na cidade de Cachoeira é muito comum escutar esta cantiga no trajeto e na entrega do presente das águas na Pedra da Baleia.

18 Obe significa faca.

19 Fala da "baianoca" Vovó Cici de Oxalá. A mesma disse que fora do terreiro gosta de ser chamada assim. Os encontros com ela ocorreram durante o mês de setembro de 2024 em Salvador-BA.

20 Conhecido como búzio, o cauri foi utilizado como moeda. Contudo, é mais conhecido por ser utilizado milenarmente em consultas divinatórias em religiões de matriz africana.

Martim. Qual a curiosidade da moça?

Ligeiramente respondi: Amei o nome do seu barco. Qual o significado?

Novamente ele sorriu. Desta vez, ainda mais brilhoso, respondeu:

Barco.

Retruquei: Isso eu sei! Quero saber o significado desse nome aí, ó: Oko oju omi.

Novamente ele respondeu:

Barco.

Rimos como se estivéssemos gastando[21] um com a cara do outro. Quando de relance percebemos que a noite já havia estampado o firmamento. Então ele me disse:

Moça, um barco batizado de barco se sabe barco. Navega em outras águas por saber de si.

Seus olhos brilharam tal e qual seu sorriso prateado. Virei o rosto para olhar mais uma vez. Desvirei logo em seguida para agradecer a Martim e já não o avistei.

As águas, suas falanges e seus mistérios.

"*Iya ori a pé re.*"[22]

21 Gíria muito utilizada na Bahia, que pode significar brincadeira, zoeira, perturbação.

22 Tradução: Nós te chamamos de mãe da cabeça.

O PAI DAS ÁGUAS

Evandro Luiz da Conceição
Orientado por Mãe Flávia Pinto

Quantos nomes tem a rainha do mar?
Dandalunda, Janaína,
Marabô, Princesa de Aiocá,
Inaê, Sereia, Mucunã,
Maria, Dona Iemanjá.
Como se saúda a Rainha do Mar?
Alodê, Odofiaba, Minha-mãe, Mãe-d'água,
Odoyá!
(Iemanjá, Rainha do Mar - *Pedro Amorim e Paulo César Pinheiro*)

Certa feita, ainda no tempo de sua meninice, Mucunã, nascido Ayodele, foi indagado sobre o que seria ao crescer. Respondeu de pronto: "pai!" Na infância, o pescador largava a bola, o pião e as coisas que diziam ser de menino para se juntar, escondido dos outros garotos, às brincadeiras de casinha com as meninas.

Naquele universo de faz de conta, onde todo mundo poderia ser o que bem entendesse, ele sempre escolhia a figura paterna. Como pai, cuidava dos afazeres da casa e dava, com jeito e cuidado, banho nas bonecas como se suas filhas fossem. Depois de vestir e pentear os cabelos delas, ajudava a preparar a comida de suas crias imaginárias.

A pequena Imani, cujo nome significa "fé", achava graça e fazia dele o seu príncipe encantado. Na inocência, ela já planejava futuro com o aprendiz de pai e marido, que, alheio ao devaneio da criança enamorada, não lhe correspondia a esperança de um dia a brincadeira virar coisa séria. Mucunã também não dava trela ao ser chamado de maricas pelos outros meninos, sempre repetindo em tom de zombaria que cuidado com o lar e filhos era coisa das mulheres. Das incumbências de macho, ditas tantas vezes pelos homens da família e por outros do vilarejo de Adetokunbo, que quer dizer a honra que veio de além dos mares, Mucunã não dava atenção a nenhuma delas.

Só abriu os ouvidos para um mandamento aprendido com as matriarcas de seu seio familiar, do qual não se esqueceu: jamais desrespeitar o sagrado feminino. Se ousasse levantar a mão para uma mulher, acertaria as contas com cada uma das Yabás, a começar por Oxum, que lhe secaria os rios, cessaria as chuvas e até mesmo as águas do mar com licença de Iemanjá. Com a terra seca, nada mais na vida de Mucunã seria fértil e, apodrecido em vida, morreria aos poucos.

O pescador era formoso de aparência, dono de semblante doce, de ar viril e tinha cheiro de brisa do mar. De longe podia-se sentir seu aroma que, cercado de mistérios, causava calor e delírios cada vez que ele surgia. Mucunã tinha corpo esguio e braços fortes, ostentava pele preta reluzente feito óleo de dendê, cabelos queimados de sol e um par de olhos que, de tão firmes e castanhos, eram capazes de atravessar a alma de quem o encarasse.

Apesar de despertar desejo e cobiça em muita gente, Mucunã não atinava o quanto de rebuliços ele causava nas cercanias onde vivia. Seus banhos nu à luz da lua eram acompanhados por olhares curiosos, escondidos no anonimato das cortinas, atrás das frestas de portas e de janelas entreabertas dos casebres do vilarejo. Pouco se sabia sobre sua intimidade, parecia ser segredo com quem ele se deitava e o que lhe dava prazer. Nunca tinha sido visto na companhia de homens ou de mulheres, e por isso, era motivo de chacotas e maledicências, ditas sempre pelas costas.

Pela frente, ninguém se encorajava em assuntar sobre o que se dizia respeito a Mucunã. Era de adoçar os olhos avistá-lo no momento em que o azul-celeste e as águas-marinhas pareciam ser uma coisa só e Mucunã aparecia altivo e de pé na proa de seu barco, que carregava nome de Yabá: Iya Sobá.

A embarcação à vela, soprada por ventos que pareciam assobiar canções de ninar em iorubá, o devolvia à costa são e salvo. E, ao mesmo tempo, a chegada do barco anunciava o fim de tarde com o sol se pondo e um céu cor de sépia, aos poucos se tornando de Onira, enquanto a tábua de maré subia lentamente.

Sem demoras, depois de distribuir os peixes que abarrotavam e quase arrebentavam as redes em sinal de boa pesca, Mucunã regressava ao mar, onde passava mais tempo do que na companhia de sua parentela. Saudoso do oceano, apressava-se em se juntar logo aos outros pescadores, que diferentemente dele, deixavam em terra firme seus filhos, esposas e amantes.

Só Foluke, a mãe e único laço consanguíneo de Mucunã, esperava por ele. O caiçara nunca quis ser marido, companheiro, nem metade da laranja de ninguém. Porém, o fato de não querer o enlace matrimonial, fosse com mulher ou com homem, não o impediu de desejar ter a própria família.

Esposo mesmo, só foi de Iemanjá Mucunã, que o escolheu a dedo nos tempos da adolescência e num dia de louvação às Yabás, quando o suspendeu a ogã e o assentou num trono de rei. Tempos depois, confirmou-lhe o cargo, saindo de braços dados com o seu escolhido de dentro do roncó, ataviados de branco e prata feito noivos. Como numa cerimônia de casamento, o menino Ayodele foi perguntado diante do ebé se aceitava os compromissos daquela união. Ao dizer sim num leve e tímido balançar de cabeça, todos os orixás em terra deram os seus ilás e os ilús se dobraram em sinal de boas-vindas ao novo membro do edilê das águas.

A filha de Olokun deu-lhe nome e sobrenome e, daquele dia em diante, o pescador passou a se chamar Ayodele Mucunã. Iemanjá fez dele um homem de estimado valor e um grande alabê. Agradecido pela coroa que foi posta em seu ori, Ayodele Mucunã em vida ofereceu lealdade de filho, muitos balaios de flores, enamorados madrigais e as mais lindas cantigas à Senhora dos Barcos. Toda vez que vinha ao ilê, em atendimento ao chamado de seu amado ogã, a mãe, cujo seus filhos são como peixes, parecia não ter pés. Iemanjá Mucunã bailava suave ao som dos atabaques, leve feito pluma flutuando no vento.

Nesse dia, até Iemanjá Sessu, a senhora respeitável e moradora das profundezas do oceano, deixou os seus aposentos, a companhia das velhas Yabás e seus muitos afazeres de rainha para ter com seus filhos no Aiye. Tomou a cabeça de Oluremi, iyalorixá avançada em idade e lenta como sua mãe. Fazia tempos que a Elegun, iniciada criança, não dava santo. Iyá Sessu adentrou o salão vestida de branco e azul-claro como as águas-marinhas.

Carregava colares de búzios, um adê lhe cobrindo o rosto de mistério em cascatas cor de cristal e, adornando os braços, braceletes que não se conseguiam contar, de tantos que eram. Acolhia no colo um buquê de flores e numa das mãos, um abebê em formato de estrela da mesma cor das pulseiras: prata, que aparentava resistir ao tempo, de tanto que brilhava.

Não demorou muito, Oluremi, cujo nome quer dizer "Deus me consola", ancestralizou e é sempre lembrada com boa memória e sorriso no rosto dos que ficaram. Enquanto teve força e suas pernas o permitiram ficar de pé, Mucunã ofereceu banquetes à Rainha do Mar.

Para fazer gosto à senhora de todas as cabeças, o ogã preparava toda sorte de comidas funfuns como manjar, peixe no milho branco, mungunzá, arroz branco, canjica e acaçás embrulhados com capricho na folha de bananeira, um a um, sempre do mesmo tamanho. Habilidoso cozinheiro que era, Mucunã tinha consciência de seu lugar de homem e sabia a quem pertencia a magia do ajeum.

O ogã jamais cruzou a porta da cozinha do ilê sem antes pedir agô à iabassê e principalmente a Oxum, a dona da colher de pau, que faz pequenos guisados em panelas formidáveis.

Num desses fins de tarde em que Mucunã retornava da Calunga Maior após dias gloriosos de pesca, Mãe Iemanjá, tão acostumada a receber presentes do alabê que era o menino dos seus olhos, decidiu lhe retribuir com grandeza os agrados. Enquanto rendia adupé em silêncio e ancorava a embarcação tomada de cestos com peixes de toda espécie, o pescador avistou uma pequena canoa à deriva.

Se equilibrando na força das ondas, o pequeno barco, jogado de um lado ao outro, parecia procurar um porto para fazer de ancoradouro. Por um instante, a neblina se desfez, o mar se pôs em absoluto silêncio, as águas se acalmaram e até as sereias, que costumavam cantar naquelas horas noturnas para enfeitiçar os marujos, se calaram.

E assim, instigado com o que seus olhos tinham acabado de ver e diante daquela calmaria oceânica, Mucunã pôde ouvir, mesmo de longe, um choro vindo daquele barco sem leme e sem direção. Guiado pelo instinto, o ogã se lançou no mar e, quando alcançou a embarcação depois de muitas braçadas, deparou-se com dois meninos recém-paridos, envolvidos num pano da costa azul, cujas placentas ainda lhe cobriam partes do corpo.

Num ímpeto, tomou os remos que repousavam bem no canto direito do barquinho, empenhou todas as forças que restavam em seus braços quase vencidos pelo cansaço e remou rumo à terra firme. Mal pisou na areia, Seu Ogum Beira-Mar tomou em transe a Foluke, que esperava aflita depois de horas sem saber do paradeiro de seu único filho. Em terra, o general de Umbanda bradou pela chegada do pescador com os dois ibejis no colo.

De tão pretinho que era, Mucunã deu ao primeiro menino o nome de Ébano. O segundo, idêntico ao irmão, também tinha a cor da noite, mas era diferente do temperamento de seu companheiro de barriga.

Calmo como mar de almirantes, ele dormia no balanço daquela velha jangada em noite de luar e ressaca, enquanto Ébano roxeava de tanto chorar. Ao menino de semblante risonho, Mucunã deu o nome de Sereno. Na primeira noite, os ibejis foram alimentados por Janaína, mulher de seios fartos de tanto amamentar os filhos que ela colocou no mundo e os de outras mulheres com peitos escassos de seiva. E no tempo que seguiu até o desmame, os meninos se sustentaram de leite em mamadeiras que Janaína preparava com afeto e fazia chegar até os gêmeos todos os dias, no romper da aurora.

Para vestir os seus filhos, Mucunã aceitou de bom agrado as roupinhas feitas pelas rendeiras do vilarejo e, ao completar um mês de nascidos, Ébano e Sereno foram batizados por Vovó Joana de Angola. Na medida em que eles cresciam, o pescador remava até o meio do mar para dar satisfações à Mãe das águas.

Na primeira reza, o alabê bateu paó e lançou os umbigos das crianças nas águas do oceano. Os passinhos dos dois rebentos, quando se colocaram de pé, foram dados à beira-mar, sob os olhares atentos do amoroso pai e com as bênçãos de Iemanjá, toda orgulhosa das pegadas que aqueles dois pares de pezinhos iam deixando na areia.

Tempo à frente, enquanto cantava um oriki a Iya Sobá na solidão de sua canoa, Mucunã arremessou mar adentro o primeiro dente de leite de cada um dos irmãos. E assim, os ibejis foram crescendo felizes, bem nutridos, saudáveis, vivendo a infância debaixo de sol. Ébano e Sereno amavam a vida praieira como quem ama o colo da mãe que eles sequer conheceram e por isso sempre queriam voltar para a beira-mar, pois sentiam-se em casa, feito seres marinhos.

Ressabiado, Mucunã atendia de pronto e com o coração apertado o desejo de seus filhos em pôr os pés na areia e banhar-se na água salgada. O pai carregava temores de quem o presenteou com aqueles ibejis, que o enchiam de tanto amor, se arrependesse e retornasse para levá-los de volta à grande calunga. Os meninos eram tão enamorados do oceano, que nos primeiros anos de escola, quando perguntados de quem eram filhos, respondiam: "Iemanzá" Mucunã.

Quando aprenderam as primeiras letras, escreviam cartas que ganhavam formas de barquinhos. Depois de perfumados um por um com a essência de alfazema feita por Dona Inaê, a erveira de Adetokunbo, as cartinhas em forma de embarcação eram arremessadas rumo ao seu destino: o reino encantado da Princesa de Aiocá.

Ébano e Sereno acreditavam que, ao chegarem a Iemanjá, seriam prontamente lidas e respondidas por ela. Pescador como o pai Rafiki, o avô Chinedu e seu bisavô Bandele, um dos primeiros a chegar no vilarejo, Mucunã jamais quis que os irmãos gêmeos herdassem o mesmo ofício de seus antepassados. Receava que seus filhos, ansiosos desde a infância em conhecer a Mãe dos Peixes, enfim a encontrassem e, depois de ouvir o canto da sereia Iara, virassem cardume e fossem morar com ela no fundo do mar.

Com o passar dos anos, enquanto muitos nativos deixavam Adetokunbo, outros moradores chegavam e nenhum deles se parecia com quem pisou naquelas terras antes. Os novos habitantes iam ocupando os casarões, os velhos sobrados enquanto erguiam casas aos lotes que faziam da beira da praia um quintal particular.

O oceano não era o mesmo de antes e estava longe da época de pescas fartas que garantiam o sustento de seus trabalhadores. No tempo que segue, os pescadores que ainda resistem à destruição disfarçada de progresso, depois de dias e noites sem fim, retornam de olhos marejados de tristeza com suas redes vazias de pescados.

Mucunã desejava ver seus meninos formados, de anel de doutor nos dedos, mas aos pés de Iemanjá. Esse era o maior presente que ele podia dar à Iya Ori e, apesar de todos os esforços para manter os ibejis longe de qualquer ofício no mar, de nada adiantou.

Sereno, dono de calma que causava encanto, virou prático de navio e sua paixão por grandes embarcações começou nos tempos idos de menino. Uma vez, na beira da praia, ouviu um apito. Ele avistou de longe um navio cruzando o mar de uma ponta à outra bem devagarzinho, carregado de contêineres coloridos que lembravam caixinhas de brinquedos amontoadas umas sobre as outras.

O caçula dos ibejis ficou curioso em saber o que estava guardado dentro de cada uma, matutando como aquelas caixas minúsculas diante de seus olhos cor-de-jabuticaba tinham sido colocadas ali. Se encantou com o jeito suave como aquele barco deslizava sobre as águas, feito os barquinhos de papel que ele, junto com Ébano, depositavam no mar com escritos de amor a Iemanjá.

Enquanto erguia seus castelos de areias, sempre enfeitados de pedrinhas miudinhas, conchinhas e estrelas do mar, Sereno sonhava ter um navio como o que encantava a sua visão, pois queria depositar naquelas caixinhas de muitas cores tudo que lhe viesse à cabeça.

Ébano se transformou num mergulhador de águas profundas, só para se embrenhar no fundo do mar. E até hoje, quando não está em expedição em busca de tesouros, é lá que ele se esconde nas horas vazias, ou quando quer buscar conselho. Quando criança, Ébano não achava graça em super-herói como seus amigos, porém imaginava ser homem-peixe igual Erinlé-Batá, orixá que vive na terra e na água.

Muito amigo de Iemanjá e cheio de superpoderes, a divindade fascinava aquela mente fértil, que a cada hora queria ser uma coisa quando crescesse, desde que ligado ao mar. Os itans de Erinlé-Batá, o pequeno Ébano ouvia falar pelos lábios do babalawo Irososá, um homem muito sábio, profundo conhecedor dos mistérios de Orunmilá e das ervas que ele chamava uma a uma pelo nome.

Irososá era uma figura tomada de mistérios, ninguém sabia ao certo quando ele havia chegado no vilarejo. Houve quem dissesse que, nas noites de lua cheia, o babalawo se transformava num vistoso pássaro e ia ter com as grandes senhoras e cruzava os céus numa revoada de corujas que não podia olhar nos olhos.

Ao contrário do irmão Sereno, Ébano era dado às aventuras e peralta como só, gostava de desafiar o perigo. Subia nas árvores, escalava a palmeira, o coqueiro e o dendezeiro como se tivesse asas e, por tantas vezes, despencou lá de cima feito fruto maduro.

E assim, o moleque ia colecionando ossos fraturados pelo corpo inteiro. Mal acabava o resguardo, lá estava ele pendurado em alguma copa de árvore à espera de mais um tombo, para desespero de Mucunã. O mais velho dos ibejis tinha urgência em viver. Parecia anunciar repentina partida do Aiye, como se fosse reencontrar alguém no Orun, fazendo Mucunã por vezes desconfiar de que seu rebento era Abiku.

Nunca consultou os oráculos por receio de que seu pressentimento se confirmasse e, assim, tivesse que conviver com a angústia da morte prematura de Ébano. Os ebós, para afastar Iku de seu filho, eram constantes e sempre aos pés de Iroko, o Orixá Tempo. A Nanã Buruquê, a mais velha das Yabás, Mukunã implorava que a vagarosa senhora não apertasse o passo em recolher o primogênito ao pó da terra, se fosse o destino de ibeji. A Oya Igbale, jogou palavras de socorro ao vento para que ela espantasse qualquer egun que ousasse se aproximar de seu filho.

E, por fim, firmou compromisso com Obaluaiyê, eledá do Ibeji, oferecendo doburu em abundância ao senhor das Palhas todas as segundas-feiras no exato instante em que o sol se recolhia. Por sete anos corridos, aos domingos de agosto, o ogã e seus gêmeos se vestiram de branco e se juntaram ao sabejé, o cortejo que tomava as ruas do vilarejo em busca de doações para o banquete servido ao dono da terra, o Olubajé.

No fundo, fosse qual fosse o odu do filho mais velho, ele sabia que não poderia mudar o curso do rio da vida de Ébano e nem os caminhos de Sereno pelo mundo. Só desejava que a ordem natural da vida se cumprisse e ele, o pai, partisse antes dos ibejis.

E assim se cumpriu a vontade de Mucunã. O pescador já era velho, ainda conservava boa cabeça e memória quando seus olhos sensíveis se fecharam para repousar e nunca mais se abriram. Despedindo-se da vida terrena que aos poucos pesava e carcomia o seu ará, no passar dos anos, o alabê retornou à massa ancestral aos pés do Baobá. Foi embora enquanto se refrescava à sombra da árvore sagrada, dos dias quentes.

Desde a partida do homem que os criou e findo o axexê, Ébano e Sereno sempre voltam ao velho baobá em sinal de saudades sem fim. Os irmãos gêmeos passam horas entre risos e lágrimas trazidas pela lembrança do pai, cujos ossos, misturados à terra, transformaram-se em sementes e raízes de frondosos arvoredos que parecem tocar o céu.

Reencantado em água salgada, Ayodele Mucunã foi recebido com festa por sua noiva Iemanjá no fundo do mar. Da profundeza do oceano, ele olha pelos seus filhos.

"Conto dedicado ao meu filho que está por vir."

Rio de Janeiro, Primavera de 2024.

MATERNAGEM GUERREIRA

HÉRCULES LUZ COELHO

Orientado por Angélica Ferrarez

"Para ser Lama
É preciso ser Lume
Sem qualquer vestígio de Limo
Sem qualquer dúvida sobre o Leme
Diante do Infinito que sopra,
Saber,
Quer dizer SALUBA"
(Yaya Zumba - *Tiganá Santana*)[23]

Era 13 de maio do ano de 1901, o Povoado de Cuitezeiras foi totalmente inundado por uma das maiores enchentes do Rio Grande do Norte, o Rio Curimataú transbordou de maneira surpreendentemente rápida. Ao cessar o fluxo das águas, o que se viu foi a lama, Senhora de toda a paisagem; Fazendas de Criação de Gado, dois engenhos de açúcar e todas as casas próximas encobertas pela lama.

Os sobreviventes buscaram abrigo na Capela Santa Rita de Cássia, uma das poucas instalações que resistiram à enxurrada. Além da Capela, o Cemitério, o Cruzeiro e a Árvore Samaumeira não sucumbiram à catástrofe.

A Samaumeira, árvore sagrada para os indígenas Paiaguas, da etnia dos Potiguares; a árvore é da família dos Baobás e por isso também considerada

23 Álbum Mama Kalunga, de Virgínia Rodrigues (recita Ruth de Souza).

sagrada pelos descendentes de negros e negras escravizados. Na Amazônia, sua terra originária e casa, é considerada a Árvore da Vida, a Rainha das Matas. Diz a tradição mitológica indígena que uma serpente circunda a árvore à noite e a tradição africana ensina que a Árvore também é morada das Iyamis – Mães ancestrais – e que suas aves lá residem, como é o caso das corujas-orelhuda tão frequentes na região.

Esse contexto de 1901 em Cuitezeiras-RN poderia ter a referência de 2010 no Morro do Bumba, em Niterói, no Rio de Janeiro; em 2011, na região serrana da cidade, ou em 1979, nas incontáveis enchentes do Estado de Minas Gerais; tragédias onde os cidadãos pobres, em sua maioria negra/parda, ribeirinhos e moradores de encostas, são as maiores vítimas das reações da Natureza a desequilíbrios de condutas humanas.

Refazer a vida material e emocional dessas vítimas é uma forma de Maternagem da Natureza, superando a lama que soterra e ao mesmo tempo gerando ideias de sobrevivência, criação e existência, atuando nos ciclos de vida/morte/vida e criação de realidades. Essa maternagem de ideias e reconstrução dos povos oprimidos é expandida e criada de forma heroica e incansável pelas mulheres-mães-Iyabas.

Na mitologia Afro-Brasileira, a Orixá Nanã é a Senhora dos primórdios, das águas paradas, da lama, dos pântanos e lagoas, das areias movediças e das poças de água; nos mitos ela cedeu a Obatalá (Oxalá) – o criador dos seres vivos – a sua lama primordial para a criação da humanidade, mas exigiu que a lama retornasse à origem no fim da existência dos seres. Dessa forma, Nanã também é autora da criação. Oxalá (vida) e Nanã (vida e morte) caminham juntos.

A maioria dos habitantes do Povoado que residiam nas margens do Rio retornaram à lama primordial de Nanã. Um dos poucos casais de pequenos agricultores sobreviventes foi João Coelho e Jerônima Nascimento. Ele, negro, descendente de escravizados e ela, uma das poucas descendentes da tribo Paiaguas. O casal se abrigou na Capela antes de a lama invadir sua moradia.

Também conseguiram sobreviver Claudino Martins Delgado, maior proprietário de terras da Vila Cuitezeiras, e seus familiares; quando as águas baixaram, cinco dias depois, todos subiram dois quilômetros e formaram um novo povoado lá em cima. João e Jerônima conseguiram se fixar em um terreno com uma pequena casa, à margem da estrada de ferro, que chamavam de Sítio São João. Ali estavam se formando os alicerces de uma nova cidade, que se chamaria Vila Nova e em 1908 ganharia um novo nome, Pedro Velho.

A lama da inundação gerou movimento, pois as plantações de algodão e cana foram totalmente perdidas e as possibilidades de plantio em Vila Cuitezeiras seriam demoradas. Não sobreviveram nenhum parente ou amigo próximo de João e Jerônima, inclusive a Tia das Dores, que criou os dois antes de retornar à lama primordial.

Passado o tempo, os sobreviventes começaram a trabalhar no campo. João relutava com a ideia de ter filhos, já que os dois se dedicavam totalmente à lida diária, que exigia muito tanto por ser o começo das atividades em terras novas quanto pela exploração do preço do algodão pelos fazendeiros, já que tinham que produzir muito para ter o básico. Além disso, João se achava velho para ser pai. Contudo, essa solidão familiar fez com que a ideia de gerar filhos e criar uma família ficasse cada vez mais forte em Jerônima. Duas corujas, que permaneciam sempre no alpendre da casa ao anoitecer, acompanhavam Jerônima em seus pensamentos.

Jerônima sempre sonhava com seus antepassados ou com animais, que traziam mensagens para ela. Certa noite, acordou um pouco assustada, pegou seu travesseiro forrado de capim e alecrim e foi ao quintal, ao Tempo, para entender o que tinha sonhado. Quando dormia, viu claramente que uma das corujas dava um copo de água para João beber e depois ela aparecia grávida.

Sempre que João saía da "Fazenda dos Azevedo" após a venda do algodão, passava pelo Armazém do Silva e bebia sempre umas bagaceiras com seu único amigo pelas redondezas. A afinidade com Silva remonta às origens de seus antepassados, do antigo Daomé. A mãe de Silva era Tia Maria Conga, negra livre, trabalhava na Fazenda Alcobaça, de propriedade do Coronel Antônio, antigo proprietário também do Armazém do Silva. Viúvo e sem filhos, deixou o Armazém ainda em vida para Silva, que ele criou como o filho que não teve.

Sobre as origens familiares de João e Jerônima, o que se sabe é que foram criados por uma negra, Tia das Dores, filha de escravizada, que nasceu na Fazenda dos Martins Delgado. Tia das Dores tinha muitos filhos de criação e declarava que João era o seu mais velho. Nunca deu maiores informações sobre suas origens. Na época da escravidão, inúmeras origens como a de Silva e João só foram reveladas – algumas – tempos depois, pois muitas foram frutos de violências, de pactos de sobrevivência e de silenciamentos. Quanto a Jerônima, ainda criança, perdeu seus pais, da Tribo dos Paiaguás. Uma febre dizimou vários indígenas da região, levando a Tia das Dores a assumir a criação de Jerônima, pois era amiga de seus pais. Nas comunidades de escravizados as mulheres-mães-Iyabas maternavam de forma coletiva as crianças que haviam sido separadas de suas mães ou pela doença/morte ou pela violência do Comércio Escravagista, que separavam as famílias.

Silva – que se chamava Pedro – e João conversavam sobre as histórias que ouviam as origens dos ancestrais africanos de suas "Mães", Tia Maria Conga e Tia das Dores, e sabiam das histórias de Oxalá, de Obatalá e dos Orixás. João e Silva carregavam em seus pescoços guias de contas brancas parecidas. Foi o que os aproximou.

João chegou já de noite em casa e, um pouco sonolento, foi dormir. Jerônima já sabia que ele tinha passado no Armazém do Silva e bebido suas bagaceiras. Quem sabe se não é essa a "água do sonho"? Foi deitar também.

Dois meses depois, enjoos frequentes e uma certa sonolência despertam suspeitas em Jerônima, mas ela só confirma a gravidez um mês depois. Desde jovem aprendera a cuidar de sementes, de germinar, de semear a terra, de afastar as pragas, da maneira como foi ensinada pelos seus antepassados e pela Tia das Dores. Agora cuida de uma semente sua, integralmente sua, que será o Primogênito ou Primogênita da Família Coelho.

Jerônima era procurada pelos moradores de Vila Nova para rezas de saúde, aconselhamento e remédios naturais. Aliás, Tia das Dores, lembravam alguns moradores, contava que Jerônima havia desaparecido por quase dois dias quando tinha apenas sete anos. Viram-na saindo em direção ao Rio Piquiri – nome de origem da língua Tupi Guarani, que significa "Rio dos Peixinhos" ou "Pequeno Rio" – e no entardecer do outro dia, Tia das Dores e outras mulheres a encontraram dormindo aos pés da Samaumeira. Ao acordar agitada, Jerônima descreveu sua caminhada pela savana e pela caatinga da região, sempre acompanhada de mulheres de pele azul, que não paravam de cantar. Contou vários sonhos, onde se misturavam seres azuis, cipós, corujas, e a visão de várias crianças. Ela estava com três pequenas linhas verticais na parte superior do braço esquerdo.

Nas tradições da Pajelança, esse fenômeno é chamado de "Corrente de Fundo", que acontece quando algumas crianças/jovens indígenas começam a apresentar seus dons espirituais. Tia das Dores e as Rezadeiras da Comunidade cuidaram de Jerônima, que nunca mais se afastou sozinha. A Jovem Jerônima passou a acompanhar as Mais Velhas nas suas rezas e preparos de folhas para curas. Jerônima materna o conhecimento da medicina e sabedoria ancestral. Seus sonhos continuaram, mas de uma forma serena.

A existência das mulheres-mães-Iyabas em Diáspora, mesmo com a violência desumana da Escravidão, que lhes negava a maternidade, suas existências pessoais e em muitas vezes o convívio com seus familiares biológicos possibilitou a continuidade do seu povo, de suas tradições e de seus saberes. Elas estavam sempre com o olhar voltado para o futuro, maternando seus iguais.

Em 6 fevereiro de 1902, Jerônima lavava roupa no Rio Piquiri quando começou a sentir as contrações, sendo levada para sua casa instantes depois. Nascia Maria Luiza (Nenzinha), primeira filha de Jerônima e João. Duas corujas pousaram em cima da janela em que nasceu Nenzinha, a primeira criança de Vila Nova. Estava sendo atualizado o Mito de Nanã e Oxalá na criação de famílias pelo movimento da Lama.

Nos próximos cinco anos, Tia Jerônima – pois tornou-se também uma conhecida Rezadeira e Benzedeira da região, atendendo moradores das cidades próximas como Canguaretama, Espírito Santo, Várzea, de Natal e de outros estados do nordeste — teve mais três filhas.

Noca e Rita não se casaram, permaneceram ao lado da mãe, Tia Jerônima, auxiliando nos afazeres da Casa, da agricultura e nos atendimentos de Rezas e Benzeduras; Severina (Biló) casou-se e foi residir em Mamanguape, na Paraíba. Noca, Rita e Nenzinha (Tia Nem) mais velha seriam as Mães Criadeiras dos oito irmãos que nasceram nos próximos quinze anos a partir de 1910. Todas as filhas mulheres nasceram com as três pequenas marcas, três linhas verticais na parte superior do braço esquerdo; nos nascimentos delas, as corujas se colocavam em cima da janela e piavam.

Os oito filhos nasceram de 1910 a 1925 e todos constituíram família; Antônio (Totonho) foi trabalhar em Recife; Manoel (Neco) foi para Natal; Salustiano (Salu) permaneceu em Pedro Velho, trabalhando na Ferrovia; José e Raimundo foram para Natal; Ramiro foi o único filho que permaneceu no Sítio São João, continuando o trabalho do campo; Geraldo mudou-se para o Rio de Janeiro e trabalhou como produtor rural em Petrolina-PE; Miguel, o mais novo, nasceu em 1925, foi para o Rio de Janeiro e ingressou na Marinha.

No nascimento de Miguel, em 1925, Tia Jerônima, com a saúde um pouco abalada, não tinha leite suficiente para amamentar. Sua filha mais velha Nenzinha (Tia Nem) tinha sido mãe há pouco tempo e amamentou também seu irmão Miguel, se transformando em sua Mãe de Leite, tal qual Iemanjá, que maternou não seu irmão, mas o filho de Nanã, Obaluaê.

As filhas Tia Nem, Tia Noca e Tia Ritinha cuidaram (maternaram) seus irmãos até quando eles permaneceram no Sítio São João; depois não era raro que os irmãos, já com famílias constituídas, fossem visitá-las para se aconselhar, tomar a benção ou simplesmente tomar um caldo de cana da velha moenda e agradecer a suas irmãs-mães-Iyabas. As tias chamavam seus irmãos de filhos.

Tia Jerônima, quando em vida, fazia uma Romaria com preces todo dia 13 de maio na Samaumeira com toda a Família Coelho, com os outros Sobreviventes e seus descendentes da Inundação do dia 13 de maio de 1901. Era para reverenciar aos que naquele momento retornaram à lama primordial e para celebrar os que sobreviveram, conseguiram criar famílias e povoar Pedro Velho, criando e renovando o ciclo vida/morte/vida de Nanã.

Jerônima e João foram criados por Tia das Dores e foram o núcleo da família Coelho, um Clã com doze filhos, dezenas de netos, bisnetos e tataranetos de várias profissões, ramos, histórias, conquistas e lutas. Nada disso existiria se não fosse a ação de MATERNAR de Tia das Dores.

Como a estrutura perversa do Escravismo e do Colonialismo impedia as mulheres escravizadas, como não tinham direito à pessoalidade, tiveram a consciência coletiva para perpetuar a sabedoria e o legado do seu povo. Cultivaram e ensinaram a cultivar a Maternagem Guerreira, olhando somente o tempo-perpetuar, Guerrear no tempo-presente e Maternar o tempo-futuro.

Ter o cuidado maternal é mais que uma necessidade: é uma condição divina do ser humano.

MATERNAR

Mulheres míticas, ancestrais
Humanas, filhas, irmãs, sobrinhas, tias
Amigas, mães, avós
Ialorixás, pajés, rezadeiras
Matriarcas
Benzedeiras
Orixás, Nanã, Ewá, Oba, Yemanja, Oxum, Oyá
Encantadas Pomba-giras, caboclas, pretas-velhas
Janaínas
A Lua
Estrelas
As águas, mar, rio, chuva, lágrimas, poço
Todas elas
São mães
A reconhecemos
Em algum momento existencial
Seu cuidado
Seu alívio
E nós como filhos, filhas.

O MISTÉRIO DAS ÁGUAS DA CABAÇA

Joyce Rangel
Orientada por Ana Paula Lisboa

"Não sei se é conto de areia ou se é fantasia
Que a luz da candeia alumia pra gente contar."
Toninho Nascimento

— Dia de lua grande é quando o véu entre os mundos se torna mais fino, minha filha. As vozes das águas podem ser ouvidas claramente, até pelos ouvidos de nossa gente.

Kayá sentia saudade. A ausência de sua avó deixava um vazio tão vasto que não havia mar imenso o suficiente para preencher esse lugar. Era uma saudade doída, de suas histórias, de suas *sa-benças*, de suas mãos enrugadas que acariciavam o rosto da neta e, por mais que o tempo passasse, insistia em enxergá-la como menina.

A velha sempre dizia que palavra era feitiço, sabedoria que alimenta, e repetia, quase em tom de bronca, que "palavra é fundamento!" Para ela, a tecnologia ancestral não se limitava a saber ler as letras — era preciso ir mais fundo, aprender a ler o mundo. Dizia que, assim como Yemanjá alimentava seus filhos, as palavras se encarregavam de alimentar nosso ori, guiando nossas histórias e firmando um compromisso com nossa própria cabeça.

As histórias da avó eram sua companhia desde pequena. Uma mulher de olhos sábios e mãos que pareciam conter os segredos do mundo. A avó adorava contar sobre Yemanjá, a famosa "mãe dos peixes", guardiã dos ciclos da vida, cuja essência estava em tudo que era água. Contava por horas sobre os causos de seu tempo e falava com saudade das festanças no terreiro, lá em Amaralina, onde sua mãe, uma respeitada Iyalorixá, conduziu rituais e xirês sob o olhar atento do sagrado. As palavras da avó ecoavam dentro dela, como a maré que sempre retorna.

Era difícil se desvencilhar dessas memórias, pois Kayá carregava consigo as lições da avó como um baobá que sustenta o conhecimento e o tempo. A velha fez questão de ensinar de um tudo: desde o cantar das folhas até a escuta atenta do silêncio. Só não mostrou como era possível dançar para fora da dor. Essa lição, Kayá teria que aprender sozinha.

Era noite de lua cheia. Um céu bonito, daqueles que fazem a gente sentir até o vento dançar. Céu encantado. Uma lua grande, iluminada... onde cabia Ogun, Mariô e até cavalo de Jorge, o guerreiro. Kayá andava pela praia deserta, enquanto as ondas quebravam suavemente em seus pés descalços. Pensava em sua avó. Aquele era o momento em que sua *voínha* sempre lhe divagava sobre os mistérios que correm nas ondas.

Sentiu o gosto amargo e doce de suas lágrimas-lembranças. Andava como se fosse movida pela urgência de um encontro. Carregava seu *Caderno de Mergulho* debaixo do braço e escrevia, palavra por palavra, como se nelas pudesse encontrar um lugar para repousar essa dor.

"*Como a gente desabita os fins? Como os fins podem dançar mais leves em nossos contornos?*" Desde nova, fazia desse ritual sua prece — não para esquecer, mas para brincar com o tempo passeando pelas suas memórias vivas.

Kayá parou na margem e, ali, no vaivém das ondas que pareciam saudar seus pés, avistou uma cabaça flutuando. Sentiu um arrepio, o coração em desalinho, e, simultaneamente, a presença, o encontro. Era como se sua avó ainda estivesse ali, sussurrando ao vento, cantando ao tempo, presentificando aquele exato momento. Como se o canto das águas, que antes soava como um murmúrio distante, agora ressoasse dentro do seu *okan*, seu coração.

Ao segurar a cabaça, Kayá soube que não era apenas um objeto, mas um fragmento dos segredos do mundo. A avó sempre dizia que o universo nascera de uma cabaça, e agora, com ela entre as mãos, Kayá sabia que estava ali para testemunhar esse parir de um novo ciclo. Cada gota de água dentro da cabaça era como uma memória líquida, guardando milhões de histórias nunca contadas. Ao abri-la, sentiu o peso e o alívio de segurar o início, o meio e o início de todas as coisas. Ali estava seu encontro. Yemanjá confiava-lhe os segredos das águas profundas — águas de um começo, águas de um reencontro, águas de chegada, de partida; águas da kalunga, águas dos mistérios da cabaça.

Kayá reconhecia aquela energia tão íntima que sentia, no intrínseco, o pulsar da Yabá, que não era apenas o colo suave das águas que enlaçava corpos cansados, como ouvira, mas também a testemunha das dores mais profundas, dos gritos sufocados pelas travessias no Atlântico.

Guardiã dos ciclos da vida, Yemanjá acompanhara seus filhos rasgarem os mares, levando na pele as marcas de um destino imposto. Mãe feiticeira, guerreira, Iyalodê — título de grande Senhora de sua comunidade — não acolhia apenas os lamentos; ela os moldava, pois água molda barro, humanidade, mundo. Transformando lágrimas em goles de vida, permitia que seus filhos se banhassem nas águas onde ela reside, as mesmas que abrigam memórias e contam a história dos seus.

Yemanjá não era apenas a mãe dos mares; era a mãe de seu próprio ser. Kayá entendeu que o ciclo não se fechava — ele apenas continuava, infinito e envolvente, como as marés. Naquele instante, soube que as palavras de sua avó eram também suas, um eco ancestral de algo muito maior. Fazia parte da magia essa travessia. Sentia como se o mar a envolvesse e até a saudasse, num abraço antigo, abraço-concha, abraço-casa. Era o colo que sempre buscara, o mesmo que sua velha descrevera em suas histórias, mas agora pulsava intimamente dentro de si. Casa de começo é água dos ancestrais.

Kayá emergiu das águas, o brilho da lua ainda refletindo em sua pele, como se tivesse sido tocada por um fragmento da própria rainha, dita mãe dos peixes. Sentou-se na areia, o *Caderno de Mergulho* ainda nas mãos, e começou a escrever com uma fluidez que parecia vir diretamente do coração das águas.

Até hoje ela não sabe se as notas que escreveu em seu caderno são um relato de um sonho, um conto de areia, um momento real ou uma fantasia, mas sua avó a ensinara que a luz da candeia alumia pra gente contar. Entendia a experiência desconhecida como uma manifestação dos mistérios da cabaça.

As palavras fluíam com uma verdade que parecia se entrelaçar com o próprio ritmo e sentido da vida. No meio da dança dos ciclos e dos mistérios revelados, Kayá começou a entender o verdadeiro significado do que havia vivido. O mistério estava em conseguir ler a miudeza com os olhos sensíveis do rodo-santo-cotidiano, os detalhes que frequentemente passavam despercebidos pelas histórias espiraladas que insistem em serem contadas.

As palavras, que sua avó havia lhe ensinado a valorizar, faziam parte dessa magia ancestral. Elas não eram apenas um presente ou uma herança, mas o seu Odu — sua própria missão como guardiã das palavras. Tudo se alinhava como um mergulho profundo, dentro de si, como uma dança embalada e marejada pela correnteza das águas.

Kayá não sabia o que a esperava, mas compreendia que fazia parte desse legado de Yemanjá. Era como se o véu, que sua ancestral descrevia, fosse tão fino quanto uma película de água. Orixá, ancestral, Kayá, água, cabaça — tudo se con-fundia. Anotou em seu caderno: *"No final — ou no começo — tudo é kalunga grande. Colo de mãe é água."* Mergulhou em si.

Entrou em transe.

Eruyá Mi, Odociaba! Odoyá!

CORRENTE

RACHEL MARQUES CARVALHO
Orientada por Janaína Oliveira

Havia muito tempo que o peso dos mundos se impunha sobre seus ombros e costas e cabeça. Materializava-se de tantas formas que a fazia sentir que seus joelhos e calcanhares já nasceram dobrados. Não era possível pôr-se de pé, muito menos olhar o céu. Perto do chão, tudo o que ouvia era o seu arrastar de mãos-joelhos-dedos em conjunto, como se buscassem socorro para um corpo inteiro, e um murmúrio contínuo que lhe escapava por entre os dentes num querer-não-querer ser ouvida.

– Eu não aguento mais!

– Eu, não, aguento mais.

– Eu aguento.

– Aguento mais.

– Eu?

Uma estrutura esguia de linhas semifinas davam corpo àquela existência que pouco alcançava olhares por entre lugares, e sua pele marrom ora clara ora escura ganhava disfarce quando coberta pelos fios ondulados que precipitavam de sua cabeça. Depois de um longo tempo, eles passaram a pesar sobre seus ombros e costas, como se quisessem unir sua fronte ao solo, numa busca de fazerem-na não ser mais só. Aquelas ondas-tecidos nasciam dela para tecerem-na em outras curvas – essas vindas de outro lugar. Indefinido, ainda desconhecido, mas ao mesmo tempo embrionário. Inseparável.

Das escolhas que nunca pudera fazer, a que mais a emaranhava era o cuidar. Sem dúvidas, ela jamais deixaria de ter certeza de que não queria viver para cuidar – dos outros, para os outros, sozinha, sem a ajuda dos outros. No entanto, parecia que quanto mais ela buscava direcionar seus ouvidos aos lamentos alheios, mais se dobrava. E sem testa no solo. Ou contorcia-se? Era uma escuta que a ensurdecia para si mesma: quanto mais audível o externo, mais silêncios a preenchiam. Por mais que suas cordas vocais vibrassem, não havia ar nem força capazes de fazê-la ouvir o seu som. De forma forçosamente voluntária, levava as duas mãos à boca, quando precisava ver-ouvir vivências limítrofes.

– Não há limites?

Nem imaginários nem concretos. Estar no mundo era um exercício contínuo de fazer-se invisível diante do espelho. Cega para si, mas enxergando por lentes estrangeiras.

Afônica.

Como uma ostra que se fecha ao menor sinal de ação externa, sentia sempre que poeiras e pedras convergiam contra sua casca e, às vezes, adentravam-na sem ao menos pedirem licença. Nessas horas, considerava-se fraca demais para conseguir manter-se fechada, e, então, qualquer sopro a desequilibrava a ponto de quase partir suas costelas-valvas.

Por outro lado, nem sempre o problema eram as partículas outras e doutras. Pelo contrário, o que a recalcava, também, era a concretude do que não verbalizava. Tão palpável! Eram "eus", "nãos" e "queros" de vários tamanhos e datas. Alguns dos quais, inconscientemente, até tratava de esquecer-se. Não havia um padrão, porém não lhes faltava volume – eram imensuráveis, insuportáveis. E, justamente por não serem poucos, mas concretos e plurais, o passar do tempo os tornou fortes, deu-lhes tônus o bastante para que rompessem o elo único que a fechava em concha.

Como um quebrar de correntes, de repente, tudo aquilo que jamais tivera tom pareceu ser alto ao ponto de gritá-la para fora de si mesma. Expulsa! Sentia-se projetada ao mundo, em queda livre, sem fôlego e órfã de algo infinito. Mundo afora, pulsante.

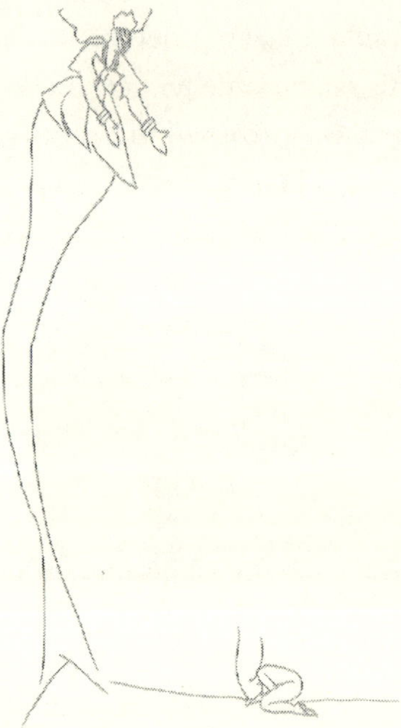

Infante.

Afundava-se num mergulho quase infinito, liderada por uma face que submergia mais e mais sua cabeça onde não havia mais chão. Sentia-se envolta, mas não conseguia segurar o que a envolvia, pois era incontrolável e fugia de suas articulações ao passo que embalava seu corpo inteiro, num vaivém cadenciado e sereno. Seus braços se abriam e o peito se expandia, transformando seu coração em uma seta que seguia uma só direção. Os olhos ardiam quando tentavam abrir-se, porém, àquela altura, ou melhor, p r o f u n d i d a d e, não queria mais ver nem ouvir nada além de si mesma. Assim, entregava-se ao único som que tapava seus ouvidos. Não sabia dizer se era alto demais ou se, na verdade, sutil ao ponto de permiti-la ouvir-se. Na realidade, aquela água que a abraçava a libertava de tudo o que lhe era alheio; parecia devolvê-la à sua origem, como se voltasse ao abrigo de sua casa-útero, onde foi gestada, nutrida e protegida.

Chegar ao fundo, de agora em diante, significava chegar ao começo. Ou recomeço?! Ela poderia mesmo voltar ao seu próprio início? Poderia mesmo reaprender a ser-se, olhar-se e dizer-se de outra forma? Foram perguntas que deixara à deriva, quando percebeu que toda a voz que tanto guardara não havia perdido o som, como tanto temia. Ela estava guardada, bem lá dentro, esperando o momento em que seria despertada para entoar as palavras que a fariam sentir-se genuinamente viva:

Ìyémọja, àwa ààbò a yó, Ìyémọja
Ìyémọja, àwa ààbò a yó, Ìyémọja
Ìyémọja, àwa ààbò a yó, Ìyémọja

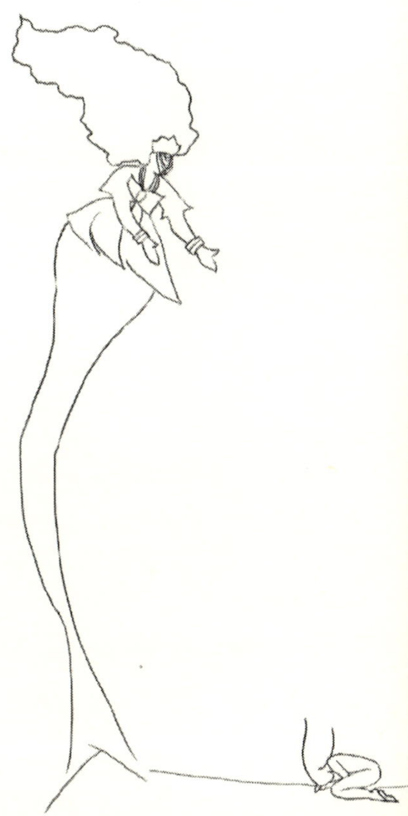

Quanto mais alto repetia, mais seu queixo se erguia, levando-a a reconhecer-se através do abebé que a Aiyabá lhe apontava. "A partir de ti, posso me ver e me conhecer!", ela agradecia a Ìyémoja. Sentia-se como uma onda que, apesar de parecer violentamente forte e destrutível, volta ao mar, depois de arrebentar-se contra a praia e perfumar o ar de sal e frescor ao transmutar-se em bruma. Ela voltava, então, ao seu lugar – de onde nunca saíra, mas onde, até então, nunca percebera estar. O oceano era o seu ilé, e seu ará era livre, irrepresável. "Eu sempre estive na sua cabeça, cuidando de você", dizia-lhe a

Aiyabá, fazendo-lhe compreender por quê. Finalmente, encontrou alívio ao bater sua fronte no chão. "Odoyá!", ela bradava de olhos fechados para enxergar o sorriso luminoso que encontrava dentro de si "Àwúre!", exclamava, deixando-se marejar pelo reencontro.

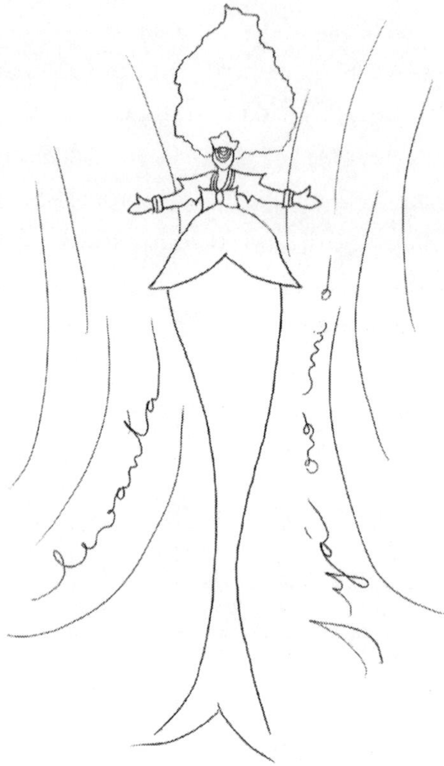

Por todos aqueles anos, vivera acreditando que corrente era o que a aprisionava e que sua cabeça existia somente para manter-se baixa, junto ao tronco, para carregar o que lhe impusessem. Tão logo se viu refletida em sua Aiyabá, entendeu que seu reflexo não representava apenas as ondas do tempo presente, mas também todo o fluxo que agitava e movimentava as águas que a antecediam. Nem afônica nem infante: percebia, então, que era abiyan e, por isso, sempre tivera voz-vozes e que nunca fora solo nem só. Aliás, jamais só! Aquele ori que parecia pender-se ao chão, na verdade, pesava para chamá-la a algo mais profundo, ancestral e que rompesse a firmeza que limitava seus pés. Não nascera para convergir planta contra o chão. Seu destino era outro, sem limites: como água-infinidade-mar, sem início nem fim, mas continuidade.

C o r r e n t e z a.

NA CURVA DO RIO ESTAVA O MAR

Sylvia Arcuri
Orientada por Luciana Diogo

Para meu pai, Ivo de Carvalho.

Logun deixou os ilèkès despencarem do pescoço até o chão, a trajetória foi longa e, naquele momento, aconteceu o entendimento da história que o levara de volta até ali, naquele congá.

"A maré tá cheia
Eu vou navegar
...
Eu sou remador de Iemanjá..."

Os fragmentos daquele ponto, que ouvia como dengo quando era criança, não saía de sua memória. Cantarolava sem interrupção, mas não lembrava de toda a letra. Estava exausto.

– Logun! Chegou, foi?

– Parece que sim, mamãe.

A cabeça do filho foi tomada pela energia da calunga, pela divisão entre vida e morte nas contas esparramadas que rolaram até o infinito do mar, que também era rio, lodo e tempestade.

Ele se ajoelhou, cobriu o ori, bateu cabeça, pensou nos possíveis odus, mergulhou dentro das contas, das lágrimas, do torço. O que pensou, sentiu, presenciou, ninguém soube, apenas Manja, mãe do seu ori, estava presente na caminhada e testemunhou o seu olhar de entrega, coragem, cansaço e arrependimento.

O odu estava dado.

Não sei onde estou com a cabeça, me sinto tão atordoado. Por que fiz o que não queria ter feito? Agora pode ser tarde para consertar. Preciso entender, continuar, perdoar, encontrar, viver mas, essa travessia está sendo doída, pesada demais. Como posso sonhar? A brisa se foi.

Muitas vezes, penso que tudo aconteceu e acontece porque perdi a fé em mim, na humanidade, na vida e nos Orixás. Eu, que era tão presente no terreiro, tão inundado de fé, quero reencontrá-la, porém as dúvidas me atordoam, será que Mãe Manja me aceitará de volta? Será que sou digno desse retorno?

Vocês estão percebendo a confusão que se instalou dentro de mim? Ori feito, mas transtornado. Nunca imaginei que passaria por essa encruzilhada de questionar a minha fé, a minha feitura, o meu compromisso com minhas entidades, com a religião, com a vida. Por outro lado, sei que sou humano, falho, mas justifica a humanidade como desculpa?

No dia que me encontrei sozinho, sem mais ninguém para me dar apoio, minha cabeça deu um revertério. Passei a não acreditar em mais nada e nem em ninguém. Deveria ter buscado consolo no terreiro, colo de mãe, mas pensei no abandono. Quando mais precisei eles sumiram, ou fui eu que sumi deles? Afinal, Orixá não abandona, não é?

Perdi os laços, deixei a família, os amigos, o trabalho e não compreendia o porquê. Deixei-me levar pela preguiça, vaidade, depressão? Talvez. Ou seria com certeza?

Escrevo esse diário dentro de mim mesmo, não sinto vontade de colocar as palavras no papel, pois a caneta pesa, os sentimentos e pensamentos também. Nessas horas de tormenta, as palavras escritas não dão conta do meu desespero.

Qual seria a saída? Teria uma? Voltar, sair do emaranhado de dúvidas e desilusões? Bater cabeça, pedir a bênção e recomeçar tudo de novo? Dizer agô, maleme, meu pai? Pedir com a força do coração, da cabeça, do espírito e compreender, de verdade, por que cheguei nesse estágio de não saber o que fazer e para onde seguir?

Levantarei meu corpo, pedirei permissão a Exu e às minhas Entidades, juntarei minhas guias rotas, ajoelharei aos pés de minha mãe pedindo perdão pela demora, pelo atraso, pela não vida, pelo não entendimento. Vou sim gritar por socorro. Afinal o mar está aqui na curva desse rio que eu batizei como meu canto de reflexão. Vocês assistirão a trajetória de um pedido de agô.

Maleme, meu pai!

Deitado em frente ao congá, Logun, inerte, percebeu a chegada da mãe. Tinha certeza de que era ela, pois sabia decifrar cada passo dado e a sua respiração amorosa. Não se mexeu, ficou paralisado diante da fortaleza materna. Não bastasse Manja ser sua mãe no santo, ela era filha de Iemanjá, por isso recebera a dijina de Mãe Manja, uma corruptela da Senhora de todas as cabeças. Pediu a bênção. A mãe o abençoou e o fez levantar.

– Chega, Logun! Até quando vai ficar assim? Tem que reagir, meu filho.

A firmeza e também a calmaria na voz da mãe chegavam até ele como o dengo que faltava.

– Não consigo! Tudo pesa, a ausência pesa e ainda machuca. Pedem que eu entenda, mas não quero. Foi tudo tão ligeiro, sem nexo e eu não pude fazer nada. Nada! Elas se foram e me deixaram com a culpa de as terem largado...

– Você não podia ter feito nada, esse era o destino das duas.

– Mãe, por favor! Me diga quando essa dor vai passar? Por que Iemanjá me abandonou?

– Pare com isso! Orixá não abandona, Orixá mostra caminho e acolhe, você que não consegue perceber porque está cego de você mesmo. Já faz sete anos que o acidente aconteceu e você tem que entender que a sua vida e sua missão devem seguir. Recolha essas contas do chão e vamos juntos prepará-las para refazermos suas guias! A menos que não queira seguir.

– Agô, minha mãe, eu quero, só não sei como. A senhora é aquela que me mostrará o caminho, que irá me preparar para que eu possa conquistar minha fé de volta, retornar ao terreiro e cumprir com minhas obrigações.

– Pois é isso, as obrigações começam neste momento. Vamos?

Mãe Manja me pediu para que colhesse sete folhas do nosso jardim encantado, que seriam usadas no preparo do meu amaci e servidas para banhar meu corpo, meu ori e meus ilèkès.

Preparei o roncó, esteira, lençol, roupas e pano de cabeça bancos. Depois da limpeza do meu corpo, mamãe com o mar de ervas nas mãos, banhou meu ori, amarrou o pano, mergulhou as contas nas ervas. Deitei, ela me cobriu e deixou as contas ao meu lado. Entrei em transe e revi as minhas meninas. Nuria apareceu com as vestes de Oxum, trazendo pelas mãos o abebé e nossa filha, Amaralina, que pulou de alegria e encantamento quando me viu. Fui ao encontro delas, as toquei, beijei, abracei. Estava, naquele momento, dentro do abraço do mundo, das águas calmas. Nuria pediu para que tranquilizasse o meu coração e olhasse o espelho que refletia a minha alma, pois não devia viver dentro da culpa. A escolha de serem tragadas pela revolta da calunga grande foi delas.

Já tinham definido esse destino durante as entrevidas das duas. Escolheram o mar para que pudessem encontrar com os seus ancestrais que tinham vivido a mesma sina, só que de modo forçado, em uma travessia atlântica que ninguém havia escolhido. Nessa travessia entre mundos, puderam reconhecer e se reconectar com as dores comuns que se tornariam alegria e regozijo. Entenderam que a luta fora e será constante e que não se pode desistir diante de nenhum obstáculo. Amaralina, enquanto a mãe falava, me olhava com muito afeto e ao final me disse:

– Papai, sabe a pedra onde você se senta lá na curva do rio? Eu que coloquei lá, com a ajuda de mamãe e de Iemanjá, que me disse que ela seria nosso ponto de força e de encontro. Nosso altar sagrado. Por isso, na curva daquele rio está o nosso mar, o nosso amor, papai.

Um clarão se abriu e Logun ouviu, com o abebé na mão, o chamado de Mãe Manja.

– Meu filho! Já acabou o tempo, sete horas se passaram desde que se deitou. Vamos! Não temos todo tempo do mundo. Coma esse arroz de coco com acaçá, com calma e respeito, metalize o que deseja. Traga seus ilèkès, coloque-os no pescoço, renasça diante do abebé porque temos muito trabalho. A gira de hoje já vai começar e o terreiro está cheio. Logun mirou-se e viu a imagem do coração das suas mais queridas e não olhou para trás.

E assim, em um dia 2 de fevereiro, Logun entendeu que a sua vida continuaria ali naquele chão de fé, junto com Mãe Manja e seus irmãos de caminhada. Também estaria no mar que era rio e no rio que era e sempre seria mar.

E, naquela noite, quem passasse por aquela estrada remota, ouviria o toque dos atabaques e o cântico entoado pela voz de Logun que lembrara de cada verso...

"Minha rainha
Sereia do mar
Não deixa o meu barco virar
A maré tá cheia
Eu vou navegar
Com a minha mãe
Sob as ondas do mar
Ele não virou
E nem vai virar
Eu sou remador
De Iemanjá"

NANÃ

LEMBRA-TE, EU SOU ARLETE, FILHA DE NANÃ

ADRIANA ROLIN
Orientada por Mãe Flávia Pinto

Toda vez que eu conto essa história, enxergo-me dilatada, como se eu pudesse ser a avó, a mãe, a filha e a neta. Esse meu eu fica repartido, fragmentado, o tempo navega no ontem, no antes de ontem, no milênio atrás, no mergulho da terra, **nas raízes das árvores**, nas conexões ancestrais. Grudam em mim vidas já vividas, e aqui, no hoje, eu refaço a narrativa, eu recrio o mito. Aqui dentro, no âmago de mim, mais um espelho estilhaça. Enquanto remendo, re-olho-me, vários olhos eu tenho de uma só vez. Eu sou as avós, as mães, as filhas e as netas... e num rompante de dor, me amo. Me amo assim tão quebrada, tão partida. Fui partida há milênios e ainda não me recompus. Choro lágrimas de 346 vidas, 346 mulheres, mas eu mergulho. Lágrimas de águas brancas invadem minhas feridas, folhas já não escondem cicatrizes de meu corpo estendido, elas ganham contorno de uma gigantesca vagina, onde eu mergulho fundo, de cabeça, até estalar os ouvidos. Sem fôlego, desmaio, tiro um cochilo sob a **mãe-terra**. Sinto-me despertando um mulherio rebento, sedento, são muitas mulheres aqui dentro. Envolvida, embalada, ninada, tocada, invadida. Já sonhei ser barro, lama, lodo. Já fui árida, fétida. Eu sou a faca afiada, o grito cuspido, a garganta arranhada, o peito ferido. Fizeram de mim a abertura na montanha, a lasca, a fenda, o rasgo que jorra, cospe, fere e goza. Sou o movimento das **camadas mais profundas**, carrego a missão de eclodir o fogo do leite. Mamei nas tetas da erupção oriundas da rejeição. Hoje acordei, acordei com sede danada de mundo. Acordei sagaz e úmida. Me tornei a **terra molhada**, banhada no gorfo. Sou o rio que enche. Sou o motim das águas. Sou a força, a queda e a explosão. Sou a enchente e a inundação. Tantos nascimentos de mim que as águas-placentas se tornam espessas. Entre mortes e vidas minhas, **morre o medo de habitar eu mesma**. No ódio de mundo que também era ódio de mim, renasço. Aceito-me inteira. Uma mulher com um tipo especial de dor, de solidão, de pavor, uma classe fantástica da loucura. Subjugada pelo colonialismo, encarcerada pelo patriarcado. Mulata boa de bunda, doméstica boa pro lar, mãe preta boa de colo. Casei-me com um homem branco, empresário, europeu, uma tentativa de embranquecer a família, de provar que tenho barriga limpa, de dar aos meus filhos o cabelo bom de passar o pente. Racismo, machismo, violências múltiplas. Num ato de fúria, loucura, coragem, dei-me uma nova imagem e para meus ascendentes. Não suportando tamanha instabilidade afetiva, não aceitando tamanha escravidão velada, tranquei minhas três proles no banheiro, banhei-os de água ardente, banhei-me também. Raiz de 7 anos, Caule de 5 anos e Galhos, de apenas três. Risquei o fósforo. Ele estuprou minha subjetividade. Eu, violentada, discriminada, enlouquecida, fizeram-me negra. Ele atravessou o atlântico para me ver nesse holocausto, perambulo por essas perturbações de minha cabeça, meus olhos, minha boca, seca... tenho sede. Sede de mim, do que eu sou, do que eu posso ser. Morro e vivo essa angústia, engravidei dela. Eu só queria amamentá-la de minhas terras áridas, do jorro de meu leite. Tomo a vida em movimento profundo, em pulsão e em potência. Sou fogueira por dentro da terra, queimo e faço arder. De intensa luz, ilumino a ofuscar, faço esconder, cavar. Os olhos: fogem-fascinam. Os corpos: queimam-transformam. Eu viro isca, ascendo. Percorro todo o deslocamento. Eu tiro tudo do lugar, a luta está aqui agora, eu estou pronta. *Restaurando a grande mãe, deito e renasço. Visto a minha cura, volto a viver.* Toda vez que eu conto essa história, vamos pretamorfoseando de dor para amor, de sofrimento para cura. Sou neta do sol, **prima da lama**, moldada do barro de **Nanã Buruquê**, caminho há milênios por terras desérticas e só descanso tendo o último grito da mulher humilhada, dilacerada, morta, aqui no ayiê. Sou a última da linhagem, primeira a romper o silêncio e digo: Não ousem estuprar nossa subjetividade porque eu apareço das montanhas, o meu murmúrio tem a vida de 346 mulheres. **Sou a dona da vida e da morte**, navego no entre dois, eu mato, não me curvo diante de patriarcado nenhum e não permito que vagina nascida de meu ventre amamente o falo cortante. Nós fomos subjugadas por tempo demais e vocês pensaram que não iríamos nos reerguer, não é? Mas agora eu estou aqui, elas me movem e me pedem para fazer isso. Eu sou a imagem que chega em mim, me derreto assim, em rios. Eu moro nas margens do **mangue profundo**, tenho um abismo à beira de meus olhos e o cajado está comigo. Lembra-te, eu sou Arlete, filha de **Nanã**. Eu queria ser árvore, mas nasci mulher.

AdrianaRolinhoLopesOliveiraRibeiro

AS ÁGUAS DE AMINATA

CAMILA CARVALHO
Orientada por Janaína Oliveira

Na madrugada do dia 24 de junho de 1920, quando o céu escuro ainda guardava as estrelas, uma pequena vila de Alagoas se iluminava com as fogueiras de São João. Foi nesse cenário de luzes dançantes e cantos alegres que Aminata nasceu, envolta no calor das celebrações juninas. Os cânticos ecoavam pela noite, trazendo promessas de um futuro incerto, porém brilhante. As pessoas cantavam sobre como o céu estava lindo e olhavam para as estrelas. Reparavam no céu escuro e límpido, sobre como os balões multicoloridos desapareciam no céu.

Ainda menina, se destacava por sua sabedoria e conexão profunda com as tradições de seu povo. Aminata descendia dos iorubás, que foram sequestrados da Nigéria para o Brasil, durante o período da escravidão. Herdou, além de traços físicos marcantes, uma fé profunda, ligada às raízes africanas que pulsavam em suas veias e que a conduziram a abraçar e ser abraçada pela umbanda, encontrando no culto um dos seus muitos caminhos. Seus olhos, sempre atentos, absorviam os segredos das plantas medicinais e as histórias contadas, transmitidas pelas vozes dos mais velhos ao redor da fogueira. Sua beleza, serena como a lua, refletida nas águas tranquilas, e seu espírito resiliente fizeram dela uma figura central na comunidade. Ela era a mulher dos sonhos inquietos e dos passos firmes, porém lentos, quase calculados, a tempestade serena e o refúgio acolhedor, uma "frevo mulher" que encantava e provocava ao mesmo tempo. Desde jovem, desafiava as convenções, sonhando com liberdade e autonomia em um mundo que tentava aprisionar suas aspirações.

Casou-se em idade tenra, seguindo os costumes da época, e trouxe ao mundo um casal de filhos. Seu marido, inicialmente encantado pela força e pela sabedoria de Aminata, foi aos poucos tomado por um ciúme ardente. Com o passar dos anos, os ideais políticos e sociais que outrora o encantaram passaram a ser vistos como ameaças à sua autoridade de homem. As tensões dentro de casa se intensificaram, como nuvens carregadas antes da tempestade. As águas de seu pântano, que viveram um longo período de calmaria com ventos leves ou ausentes, tornaram-se turbulentas. O que era uma superfície serena e menos turva, agora se agitava com ondas de conflitos e ressentimento em seu relacionamento marital, criando um caos crescente e quase inescapável. A casa de três cômodos não comportava tamanho caos, o que se estendia para o vilarejo, também pequeno para qualquer tentativa de rompimento da situação.

Com a turbidez que acompanhou a tempestade, sua água misturou a lama, deixando-a por instantes com a sensação de estar em uma areia movediça, sem conseguir se locomover. Logo as lembranças das noites de São João, quando o céu estava em festa e o coração se abria ao amor, transformaram-se em memórias distantes enquanto as nuvens escuras do ciúme obscureciam seu lar e paralisavam seus passos, deixando-os mais lentos, porém não menos calculados.

Aminata era uma mulher de ideias claras – como as águas de outrora – e gestos precisos, que dançava na chuva e enfrentava os ventos contrários com a mesma graça e determinação, não se resignou nem mesmo com a tempestade que a freou por instantes. Rememorar a tragédia que vitimou sua irmã, morta pelo próprio marido em um ato de feminicídio, faziam-na sentir o perigo rondando sua própria vida e a de seus filhos. Tal como quem dança devagar um ijexá, decidiu partir com o coração apertado, mas com uma coragem e uma determinação inabaláveis.

Mãe de dois filhos, sua vida não era fácil. O casamento com um homem violento fez com que sua luta se tornasse ainda mais acirrada. Sabendo que era apenas uma questão de tempo até que ele pudesse levá-la ao limiar da vida, Aminata optou por uma decisão ousada, mas corajosa: desquitou-se, um ato revolucionário para a mulher de sua época. Com seus filhos em mãos e um coração aflito, mudou-se em busca de abrigo, segurança e a chance de recomeçar.

Em 1950, partiu para o Rio de Janeiro de madrugada, assim como o horário em que nasceu, levando consigo seus dois filhos e uma bagagem cheia de saberes ancestrais e esperanças renovadas na mala, poucas roupas e objetos pessoais. A viagem foi longa, marcada por incertezas e desafios, mas sua força interior manteve-se firme. Na estrada, lembrava-se das noites de São João, com a fogueira queimando, batata doce assando e as danças animadas, como se essas memórias a guiassem e fortalecessem.

Chegando ao Rio de Janeiro, a cidade de tantos contrastes, Aminata buscou refúgio para os filhos na Ilha de Paquetá. Lá, encontrou colégios internos que acolheram seu casal de filhos. Deixar o cuidado dos filhos a outros não era ausência de amor, mas sim um excesso de cuidado, um desejo profundo de garantir que eles tivessem um futuro seguro e promissor. Aminata sabia que entregar seus filhos a mãos seguras era uma expressão suprema de proteção, que parecia não existir mais na pequena vila em Alagoas.

Assim como na história de Nanã, que deixou seu filho Omulu na Praia para ser curado por Iemanjá, Aminata sabia que seus filhos precisavam de cura para superar a violência física e psicológica sofrida dentro de casa. Apesar de terem que ficar separados fisicamente, a mãe manteve-se em constante contato com os filhos, visitando-os sempre que possível e trazendo consigo o calor do lar, relembrando-os do passado em sua terra natal e inspirando um futuro promissor. Ela se instalou no continente, perto da ilha, assegurando que seus filhos estivessem sempre dentro de seu alcance protetor. A separação física não significava um distanciamento emocional; pelo contrário, reforçava a ligação profunda entre eles, semelhante à história de Omulu, em que Nanã, ao ver seu filho coberto de chagas, deixou-o na praia, e Iemanjá o resgatou e curou com as águas do mar. Da mesma forma, Aminata procurava garantir que os filhos recebessem a cura que precisavam, não física, mas espiritual. Essa necessidade de proteção e cuidado era uma realidade constante para retirantes nordestinos de pele escura, que enfrentavam diversas formas de violência ao longo da vida. Às vezes, o cuidado e a proteção exigem confiar os filhos aos cuidados de outros, sem que isso diminua o amor materno, mas sim o amplie.

Mesmo em terra estranha, rapidamente a mulher integrou-se à nova comunidade. Com a força de seu espírito e a profundidade de seu conhecimento, tornou-se uma líder respeitada, como estava predestinada. Suas mãos, que em Alagoas colhiam plantas medicinais, agora semeavam solidariedade e união no hospital em que trabalhava como auxiliar de serviços gerais em plantões intermináveis para acumular dinheiro e poder fornecer aos filhos o sustento. No lugar em que passava a maior parte de suas horas, continuou a ensinar, a curar e a inspirar, apesar de não ter a certificação dos conhecimentos, Aminata contribuía com seus tratos aos vivos e aos – quase – mortos, físicos ou espiritualmente, ajudando, sobretudo, outras mulheres a encontrarem suas vozes e a lutarem por seus direitos. Em seus momentos de reflexão, pensava em Nanã, que gerava a vida e acolhia a morte, e sentia-se protegida pela velha deusa das águas que quer mugunzá. Aminata tinha fome de justiça.

Como nos itans de criação, a vida e a morte aparecem como parte natural da existência. Nanã, com sua conexão profunda com a terra e as águas, é reverenciada como a orixá que nos lembra da transitoriedade da vida e da necessidade de honrar nossas raízes e ancestralidade. A ligação de Aminata com Nanã transcendia o fato de a yabá ser seu orixá de cabeça. Para ela, todo caminho era um caminho, carregando em si a possibilidade de transformação. A morte, em suas várias formas, parecia sempre presente: no cotidiano exaustivo do trabalho, nas lembranças de familiares que permaneciam vivos apenas na memória, ou na ruptura causada pela partida de Alagoas para iniciar uma nova vida no Rio de Janeiro.

As experiências, que poderiam ser vistas como "mortes", não simbolizam apenas fins, mas também uma oportunidade de renascimento. Para

Aminata, cada perda ou mudança era parte de um ciclo que precisava continuar, uma nova vida a ser construída a partir das cinzas da anterior. A ligação com a yabá que carrega em sua essência a vida e a morte a lembrava constantemente da necessidade de dar continuidade à vida, mesmo em meio a tantas dores e despedidas.

As ruas da metrópole vibravam com a energia da vida moderna, mas Aminata carregava consigo o peso de sua história e, acima de tudo, a força que apenas uma pessoa capaz de gerar a vida é capaz de nutrir. Se lembrava da sua irmã, com a vida interrompida sem a chance de continuar o legado da família, e se desvencilhava da tristeza com a noção de que esse cargo ficara para ela. Rememorava o aprendizado das sementes em que um grão precisa morrer para a planta germinar. Cultivava, assim, dentro de si o desejo de preservar as tradições de sua terra natal, os cultos de Umbanda que lhe foram ensinados por sua avó e outros mais velhos da Vila. Em pequenos encontros secretos, sempre com cautela, reunia vizinhos de pele alva e corações pulsantes como os seus para celebrar e honrar os orixás.

O tempo avançava e o cenário político do Brasil começava a mudar de forma inquietante. As sombras da ditadura militar, instaurada em 1964, espalhavam medo e incertezas. O temor de perseguições políticas, prisões arbitrárias e a censura pairava sobre todos, especialmente sobre aqueles que ousavam sonhar com um país mais justo.

Foi nesse cenário turbulento que Aminata recebeu uma notícia que trouxe luz em meio à escuridão: o nascimento de sua primeira neta, Adanna. Filha de seu primogênito, Adanna chegou ao mundo com uma promessa de renovação. Seus grandes olhos curiosos e seu sorriso inocente reacenderam em Aminata a esperança em tempos difíceis.

A chegada da neta não era apenas motivo de alegria, transmitia também preocupação. Aminata sabia que seu papel ia além de ser apenas avó. Em um Brasil dominado pela opressão, ela carregava a missão de manter viva a ancestralidade de sua família. Ensinar a Adanna as histórias, o legado de resistência, os valores e a força das raízes africanas eram o escudo que ela erguia contra os tempos sombrios que atravessavam. O cuidado com

Adanna era uma das formas de resistir à ditadura e afirmar a continuidade de sua linhagem, mesmo diante do que parecia tentar silenciá-la.

Nas noites quentes da cidade, quando o silêncio era interrompido pelas batidas dos atabaques e o aroma de incenso se espalhava pelo ar, Aminata contava histórias de orixás, de coragem e resiliência, enquanto olhava nos olhos da neta e via o reflexo de sua própria alma. Era a maneira de ensinar a Adanna a respeitar e valorizar suas raízes, a não ter medo de ser quem era, para que a menina crescesse com orgulho de sua identidade mesmo em um país que tentava apagar as marcas de sua história negra.

Durante os tempos da ditadura, as reuniões clandestinas se tornaram uma tradição, quase sagradas. Aminata e seus amigos se reuniam em um terreno baldio, disfarçado de um simples quintal, com uma mangueira ao centro e um galinheiro ao fundo, onde as vozes da resistência ecoavam como os cânticos de sua terra. Entre sorrisos e lágrimas, dançavam e cantavam pontos, ora ao som de tambores, ora a palmas, porém sempre a pleno pulmões, invocavam proteção e força, e teciam uma rede invisível de apoio e amor.

No entanto, a vigilância do regime era rigorosa. Em uma dessas noites, a batida da polícia soou como um trovão. O pavor tomou conta do grupo, mas Aminata, com olhos firmes e espírito indomável, tomou Adanna pela mão e a levou para um esconderijo nas sombras. “Nunca esqueça quem você é”, sussurrou enquanto os gritos da repressão ecoavam ao longe. Os homens eram proibidos de atender a polícia, essa função ficava a cargo das mulheres, sobretudo as mais velhas, afinal, quem desconfiaria de uma senhora firme, ranzinza e franzina na aparência?

Após aquela noite, apesar de toda a certeza em carregar em seu corpo a missão de manter o legado, a dúvida e o medo passaram a rondar o coração de Aminata. Seriam capazes de continuar mantendo viva a tradição? A força das águas que a acompanhou desde sua juventude parecia fluir de suas veias. A memória de seus antepassados pulsava em cada batida de seu coração. E foi nesse momento de desespero que Aminata percebeu que a luta pela preservação de sua cultura era apenas um reflexo de sua própria busca por liberdade.

O momento da coragem se apresentou quando, numa manhã ensolarada, Aminata decidiu que parar não era uma opção. Em um ato de bravura, organizou um grande ritual à luz do dia, convidando sua comunidade a se reunir, celebrar e resistir à opressão. Enquanto dançavam e cantavam, as águas que por vezes eram enlameadas, fluíam nas almas presentes, fortalecendo a união e a luta por um futuro mais justo.

Com o passar dos anos, Adanna cresceu cercada pela força de sua avó e o amor pela ancestralidade. Aminata sabia que sua batalha não havia sido em vão; a chama da Umbanda ardia em seus corações, tornando-se um legado que transcenderia gerações. As águas de Aminata, portanto, não eram apenas um símbolo de fertilidade, mas também de coragem e resistência. Ela ensinou que, mesmo em meio à repressão e ao medo, a essência da vida e da ancestralidade nunca poderia ser silenciada.

A festa dos orixás continuaria a ressoar através das veias das futuras gerações, e Aminata permaneceria eternamente viva nas histórias contadas ao pé da fogueira na noite de São João, como na noite que nascera, com batatas doce assando, nutrindo a alma de histórias e o corpo de quem as ouvia. E assim, com o olhar firme e o coração valente, Aminata perpetuou seu legado, lembrando a todos que a verdadeira essência da liberdade é a capacidade de ser fiel às próprias raízes, sempre.

A história da mulher, nascida em um dia de São João e marcada por fogueiras de fé e resistência, é um testemunho de coragem. Em meio às adversidades, ela plantou as sementes de um legado que floresceu, mostrando que a força de uma mulher que acredita na ancestralidade, igualdade, justiça social e na educação como ferramentas de transformação pode transformar o mundo ao seu redor. Sua narrativa é contada e recontada, não apenas como memória, mas como guia para aqueles que buscam na história a força para construir um futuro melhor. E assim, na mente de todos que a ouvirem, que ecoe a canção que parece narrar sua vida quando diz: "Ela vem no som da chuva, dançando devagar seu ijexá. Senhora da Candelária, abá, pra toda a sua nação iorubá."

Nas águas de Nanã, como nas de Aminata, repousa a história de todas as vidas que existiram. Aminata, que atravessou tempos e resistiu às forças que tentavam apagá-la, era como o barro de Nanã: resiliente, moldável, carregando em si as marcas de tudo o que viveu. Ao passar adiante suas tradições, Aminata não apenas perpetuava a vida, mas alimentava o ciclo eterno do qual Nanã é guardiã.

ÁGUA E LODO

CARMEN MACEDO
Orientada por Luciana Diogo

Chegou na porta da vila e ainda era dia. Andou um bom caminho até ver gente pra pedir informação. Ela lembrava da casa, mas não de como chegar até lá. Foi recebida por um rosto familiar, mas que não sabia identificar de onde a conhecia. Uma senhora toda de azul-anil, de cabelos grisalhos e sorriso aberto, a instruiu como chegar ao lar. Seguiu reto, virou à direita e depois à esquerda. Estava ali, a casa de suas lembranças, mas essa estava bastante afetada pelo tempo. Com mato alto em volta, sem relógio pra luz, mas com todo o silêncio que precisava. Como ainda era dia, ela conseguiu ver um panorama da casa, se tinha onde dormir, leiteira pra fazer café e alguma caneca. Saia água do chuveiro, achou toalhas e um lençol no armário. A casa parecia com o que ela se lembrava, mas também já não era a mesma. Ainda assim, voltou pelas ruas até a vendinha de onde pediu informações na chegada à vila, sendo recepcionada pela mesma senhora sorridente.

Comprou café, açúcar, vela, fósforos e desinfetante. Voltou pra casa e foi faxinando. Depois de tudo bem limpo, abriu a porta pra ver o quintal. Lá estava o mangue que ela bem conhecia da infância com pescarias e brincadeiras com os irmãos. Ele também estava diferente. Encarou a areia preta e os galhos, sentiu uma leve presença, mas achou que era coisa da cabeça: arrumou como achou que deveria ficar e entrou. Passou um café, acendeu uma vela e se sentou na porta dos fundos, encarando o mangue e acionando as memórias. Até que ouviu barulho de chuva, daquelas de lavar a alma no fim da tarde.

Depois de anos se permitiu tomar banho de chuva, chorar junto com cada gota que percorria o seu corpo, se aliviar como uma nuvem carregada. Ela caiu no chão depois de tanto pular e rodar, seu corpo era inteiro lama. Mais uma vez sentia que não estava só, mas não sabia explicar. Olhou para o céu e pediu luz para os seus caminhos, calmaria nos pensamentos e sabedoria pra seguir. A chuva continuava a cair e lavar seu corpo. Ainda no chão, escutou passos, como se alguém estivesse se aproximando. Não teve medo. Apesar de a vela já estar apagada a essa altura, viu uma silhueta iluminada a uma certa distância. Sentiu paz. Era a mesma senhora, dessa vez mais envergada, vestindo roxo, com o sorriso largo e braços abertos para recebê-la. Em um movimento instintivo, também abriu os braços para recebê-la. Não disseram nada, não era preciso. Mas teve o colo que só uma mãe pode dar.

Quando deu por si, já estava amanhecendo. Acordou como se tivesse dormido na cama mais confortável, apesar de ter dormido sentada e encharcada. Acordou sozinha, quase sem vestígios da visita inesperada. Estava suja, com lama e lodo do quintal, do mangue. Não se recordava de a senhora estar do mesmo jeito e riu como se fosse criança. Parecia os caranguejos que pescava com os irmãos pra vender na entrada da ilha. Entrou em casa levando lama pra toda parte, mas também renovação, vida.

Pegou a toalha no quarto e caminhou até o banheiro. Abriu o chuveiro e deixou cair água fria por todo o corpo. Pegou o sabão e precisava se esfregar. Tinha que se sentir limpa. Mas não havia água e sabão no mundo capazes de limpar o que ela queria. Não se limpa o coração com água e sabão. E o que ela precisava era de muito mais do que isso. Se secou, vestiu uma camisola lilás de sua mãe e se encarou no espelho da penteadeira. Quem era essa? O que ela merecia? O que ela precisava fazer pra ser feliz?

De repente, sentiu cheiro de café sendo passado. Aquele cheirinho de bom-dia. Devia ser dos vizinhos porque ela ainda não tinha colocado água pra ferver. Sentou em um banquinho e pensou por quanto tempo ficaria ali.

Mais um dia, uma semana, um mês, alguns anos. O tempo que precisasse, dizia para si mesma.

Vasculhou o quintal, andou até a vendinha pra buscar pão e conversar um pouquinho, para agradecer a visita. Foi recebida pela mesma senhora, que também vestia lilás. Ela puxou papo, se referindo à chuva da última noite. Choveu muito, né? E ouviu em um tom sereno que choveu pra banhar a dor e choveu por dias. Ela não entendeu, mas não perguntou. Agradeceu a visita da noite passada e seguiu seu caminho.

Talvez essa senhora estivesse certa. Choveu o que tinha que chover. Choveu pra lavar o chão, pra lavar a alma. Mas será que a sua estava tão limpa assim? Sentiu pingos de chuva e foi apressando o passo. Quando fechou a porta, choveu forte. Fechou as janelas e correu em direção aos fundos da casa. Ali se sentou e observou o vento e o barulho da chuva no telhado.

Chovia forte, pra lavar a alma. Mais uma vez, sentiu vontade de tomar um banho de chuva. Era o segundo depois de anos. Ficou encharcada. Dessa vez não rodou e nem se sentou no chão. Apenas sentiu as gotas tocarem seu rosto, braços e cabeça. Começou a cantar uma canção que vinha de dentro, não se recordava de tê-la ouvido antes, mas estranhamente alguém parecia soprar em seus ouvidos:

> *"Quando eu for pra Aruanda, sei que vou te encontrar rodeada de crianças ao lado de Iemanjá. Vou pedir a Omolu e aos sagrados orixás pra chover chuva de rosas quando eu for te abraçar. Perdoa, Nanã. Perdoa. Perdoa que eu vou chorar. Quem amava foi embora. Está nos braços de Oxalá."*

Não sentia vontade de controlar nada, nem de entender quem lhe soprava aos ouvidos. Só precisava colocar pra fora toda mágoa. Era como se a chuva lavasse também por dentro. Ela também fazia chover com todas as lágrimas sentidas que deixou cair. A chuva parou. Entrou em casa e tomou outro banho. Dessa vez, abraçou a barriga como fazia quando estava grávida. Conversou consigo mesma sobre precisar entender aquela perda. Fechou o chuveiro e pegou a toalha. Depois, lavou a louça e decidiu andar alguns minutos. Foi até a venda e perguntou se havia alguma rota até a praia por dentro do bairro. Encontrou mais uma vez a mesma senhora, agora vestida com uma saia rodada e uma camisa branquinha.

Prontamente respondeu que podia fazer companhia pelo caminho, porque não sabia explicar, mas sabia seguir. Durante a caminhada, lhe perguntou o que ela procurava ali. Esquecer. Mas o que ela precisava esquecer? O que ela tinha feito que precisava disso? Respondeu que tinha perdido o filho e o marido. Que não soube segurar nem o casamento, nem a gravidez. A senhora interrompeu e gentilmente perguntou se havia alguma coisa que ela pudesse ter feito diferente. Não tinha. Perguntou então se mais alguém sentia a culpa do fim do casamento e da perda do bebê. Ninguém mais. Ela estava sozinha, longe da própria casa, do trabalho, dos amigos. Do quarto do bebê que ela tinha decorado com tanto carinho. Chorou. Chorou porque não tinha mais nada. Chorou porque estava sozinha. Chorou porque se sentia sem coragem de sair dali. Já tinha um ano desde o procedimento de curetagem. Não era pra ter sido assim, dizia para sua acompanhante. Foi surpreendida por outro abraço apertado. Ela sussurrou em seu ouvido: Salubá, Nanã.

Sentadas na areia, era como se fosse criança. Ouviu que de saudade também se chora e tudo bem. Mas depois do choro seria preciso se recompor e seguir em frente. Ela ainda sentiria saudade, ainda choraria de vez em quando, mas não carregaria o peso da morte, apenas da vida. Bastava pedir ao sagrado para que as estrelas iluminassem seus caminhos. E que à noite ela receberia uma visita da santa. Ela nunca tinha sido muito religiosa, mas assentiu com a cabeça e continuou olhando para o mar. Já estava na hora de voltar e foram seguindo o mesmo caminho. Ao chegar à venda, foi convidada pra entrar e comer um bolinho de laranja. Começou a reparar nos quadros e enfeites da casa. Fotos de crianças e adultos com roupa de festa. Viu que precisava voltar e ao se despedir ganhou um prato de sopa e um casaco porque faria frio nessa noite.

Voltou pra casa e encarou a mochila. Pensou em voltar, talvez na manhã seguinte. Enquanto arrumava as coisas, olhou pra janela e avistou uma coruja suja de barro no meio do mangue. Ouviu a mesma voz que soprou aquela música, dessa vez dizia que ela é de Nanã e que tudo ficaria bem. Ouviu que bastava confiar naquela senhora e a avistou toda de branco, encurvada e com seu ibiri enfeitado com fitas de búzios. Na beira da janela, ela chorou ao ver que seu bebê estava nas saias de Nanã. Salubá, linda senhora, viva o seu poder!

LADEIRA DAS FLORES

Kerol Enny

Orientada por Luciany Aparecida

A água que deságua no rio, o silêncio de quem não ousa falar, na imensidão contida e desalinhada, eu senti e me desfiz, corri tentando encontrar caminho, eu precisava despertar as vagas memórias de um corpo cansado. É como se eu escutasse o barulho do vento ecoando no cheiro amadeirado que preenche as lacunas do barraco, que me fazem doer o peito. Eu mergulho nas memórias, nelas eu vi minha porta se abrir e dela o cheio do desespero, gritei me tira daqui, mesmo querendo ficar, eles estavam quebrando tudo, levando tudo, o redemoinho que se formou em meu peito não teve forças para segurar o que estava por vir, não teve forças para segurar o que é ver ruir cada linha; cada curva que em meu corpo carregava uma vida, era ali que inícios e fins se misturavam. Nesse momento, respiro e repenso se eu vivi para contar as lágrimas que banharam meu corpo. O movimento dos lamaçais que criou o universo que se faz terra fez tudo perder o sentido de se deixar cair nas ambições e fraquezas que corrompem a vida; pra mim, força tem significado de fé. No dia que meu peito gritou para o desconhecido, eu clamei alto, pois sabia que outras pessoas também rezavam, riam, escutavam, batucavam na intenção de se curar, mas o que é cura?

Mãinha dizia que eu e Vovó Amina nascemos uma para a outra. Desde quando eu estava na barriga que ela dizia "Essa menina veio para governar".

Mãinha dava risada pois não entendia muito bem o que ela dizia e insistia ser puro delírio de vovó, que subia aquela ladeira noite e dia, mas Vovó sabia. Dona Amina, a velha rezadeira da ladeira, boatos diziam que a reza dela era feito remédio, qualquer um que chegasse na Ladeira das Flores e tivesse boas intenções, saía inebriado e curado com as flores que enfeitava a ladeira até nos dias ruins e eu, sendo a garotinha dela, acreditava que ela carregava toda a sabedoria do mundo; era só ela conversar com as plantas que todas se curvavam para ela feito dança em noite de lua cheia. Era dia de chuva e de bolinhos que vovó preparava e fazia a gente se reunir na varanda de casa que eu escutei a frase pela primeira vez:

– Sabe, Eli, às vezes eu sinto o cheiro das aproximações e das escolhas. Um dia você vai se questionar sobre o que irei te falar, mas você vai sentir aí dentro de você qual será o caminho. Quando tiver dúvidas, lembre-se disso, garotinha: você nasceu para governar e fazer coisas extraordinárias.

– Mas eu não sei o que é esse negócio de governar, vovó.

– Um dia você vai saber, minha pequena. Mas esse papo a gente pode deixar para depois. Agora sente-se aqui pertinho de mim e vamos sortear qual erva estudaremos hoje.

– No outro dia aprendemos sobre melotoma... não sei falar muito bem, vovó.

– Melastomatácea belúcia – Sorriu. – E ela faz a gente lembrar o quê?

– Que nos dias ruins também podem nascer coisas bonitas que fazem a gente esquecer as dores e as tristezas e assim, curar o que tem dentro.

Era sobre isso que vovó falava nesse dia, o peso de quem vem primeiro. É como deixar as partidas para lá. O que seria governar?

Ladeiras das Flores, foi aqui que cresci escutando as histórias de vovó, que plantou tudo que ali se faz morada, assim como o jardim de trás de casa que eu herdei. Tudo que sei sobre flores, ela que me ensinou, assim como fez Mãinha, que sempre cuidou muito bem junto com a vovó. Só a gente podia adentrar e cuidar do jardim: madrinha dizia que nossas mãos tinham magia, daquelas que curam feito o Ibiri que vovó teceu antes de partir dizendo que era predestinado a ser meu.

– Que tanto você fica por dentro desses matos, hein, menina?

– O que você quer aqui, Aren? Já falei que é proibido.

– Saber o que tem aí!

– Ervas e flores, Aren, nada além disso.

– O que é isso em suas mãos?

– Nossa, mas como você está curioso hoje. É um Ibiri, você nem sabe o que é, agora chispa daqui.

– Mas para que serve?

– É tipo uma porta de entrada e saída que você não pode usar, a vovó fez só para mim. Agora chega de papo, pegue o remédio de sua mãe e vá embora.

Saí para comprar potes para repor o estoque dos remédios e, quando cheguei em casa, muita coisa estava fora do lugar. Eu já sabia quem havia levado o Ibiri. Corri entre os corredores que habitavam as flores e o avistei usando minhas vestes. Desafiando a força do meu rio e o poder das magias contidas em minhas mãos, lembrei de quando vovó falou sobre governar e sobre coisas extraordinárias. Ali, pela primeira vez, me dei conta da minha responsabilidade de proteger aquele solo sagrado. Aren ia ter que pagar por sua curiosidade.

Um punhado de barro deu início. Você sabe o que são escolhas? Era dia feito menina que acha graça de tudo, não cuida e não impede ela passar; às vezes passa por cima feito ladeira em dia de chuva, que não respeita a colheita e vê tudo desandar. Eu tinha a alma livre e o corpo efêmero, Mãinha vivia dizendo que teimosia vinha de berço. Dona Consuelo, nossa vizinha, dizia que eu era igualzinha a minha vovó quando chegou aqui, menina arredia que nem parecia sentir as dores da vida. Quando teve Mãinha, se virou sozinha, vivendo em um quarto de um casebre abandonado, ela junto com Mãinha foi dando jeito nas coisas até ver as primeiras flores brotando e tudo se ajeitando; a casa abandonada de repente virou lar. Aí eu cheguei e minha vovó dizia que tudo ali com meu primeiro sopro de vida fez a dela ter sentido, ela amava me ensinar sobre tudo. Eu arregaçava as mangas, prendia o cabelo, Mãinha já me olhava de esguelha: "Essa menina não tem o juízo certo". Madrinha, que lhe fazia companhia na cozinha, chegava da porta e gritava:

– Eli, venha aqui, menina! Olha comadre Eli descendo a rua com placas escrito "Justiça para a Ladeira das Flores". Deu risada.

– Essa menina, não sei, não, viu... não sei a quem puxou, essa mania de querer estar enfiada em tudo, protestar por tudo.

– A comadre não se faça de rogada, ou já esqueceu como nos conhecemos?

– A revolução.

– A revolução – Sorriu.

– Meu medo é esse, Nandi. Melhor deixar ela longe dessas confusões, melhor tu ir atrás dela enquanto vou na dona Consuelo tirar esse henê e passar o pente quente.

– Você não sente remorso de se aproveitar dessa senhora, não?

– Ela que insiste em fazer, diz que esse foi o trato com a minha mãe, que cuidar dos meus cabelos deixa ela se sentir viva e a faz recordar o passado. Agora deixa de papo e vá buscar aquela menina.

– Fazer o quê, né, comadre? Fazer o quê?

Saí em rumo à descida da ladeira, atrás de Eli, que, acompanhada de Aren, parou no meio da rua principal gritando e falando sem parar: "Lá vem madrinha esbravejando!", "Eli, venha já aqui!". Mesmo sabendo que sem juízo era meu nome primeiro, fingi não escutar enquanto Aren segurava a escada. No alto dela eu gritava: "O mangue é o tecido vivo da existência, é como o ventre de mãe, é como nosso corpo e castigar nosso corpo é castigar onde nosso orixá habita." Ninguém entendia, mas eu sentia. Madrinha fingia brigar, mas no fundo, sentia orgulho. Ela também sentia que aquela obra que os ricaços queriam fazer era uma enorme perda, não só para a gente; e pela primeira vez eu senti dentro de mim: "Eu não escolhi governar, mas eu governo".

Era dia em que eu duvidaria que poderia ver. No meio da dúvida e da descida feito água, eu esboçava sorrisos e rezava para não ser mentira ou, mesmo sendo, madrinha dizia que o amor de moça vinha do coração e do sorriso; já o dos moços, vinha da cabeça. Alertava que era bom eu ter cuidado com Aren, filho mais novo de dona Consuelo, que era feito vó, que às vezes gostava de contar histórias de como ela veio parar aqui na Ladeira das Flores com seu ex-marido, que a resgatou de uma vida cheia de dores, receios e medo. Nem tinha acreditado que um dos "donzelos" que ela servia um dia se apaixonaria por ela. E depois de entregar oito filhos, Aren veio, fruto de um amor que ela jurou que nunca ia acabar. "Eu precisei ser forte, minha menina, até precisar deixar de ser." Era essa forma como ela encontrava de dizer que o conto havia terminado. Depois daquele dia em que ele adentrou o jardim proibido, passou a fazer alguns trabalhos para mim, não por escolha própria; ele tinha mesmo era muito medo. Nos aproximamos conforme o tempo. Aren amava minha ideias mirabolantes e minha forma de ordenar e ir contra tudo que eu achava errado. Tínhamos que defender o que era nosso por direito, pelos que chegaram primeiro. Ele me ajudava em todas as ideias e protestos e as pessoas achavam que ele não era inteligente, só me seguia, mas Aren era muito diferente. Mãinha tinha receio da nossa proximidade, dizia que depois do primeiro beijo, tudo desandava; foi na capoeira que ele me pediu em namoro, e mesmo com medo, Mãinha abençoou. Eu sentia que Aren era diferente. Enquanto ele dormia, eu rezava para que seu cheiro, cor e tom permanecessem diante dos meus olhos, mas parecia que ele não pertencia só a mim. Era como se eu sentisse que teria que reparti-lo com o mundo e isso o tornava ainda mais meu. Era como os pratos servidos, o banho compartilhado e os beijos escondidos. Eu lembro da nossa última noite, a noite que por inteiro ele se repartia em mim. Eu ia fazer 25, meu corpo já não era mais de moça. Aren saiu por uma porta e na outra, com um chute dentro do meu ventre, eu senti você chegar. A despedida doía, eu queria deixar ele ir, entrei no meio do jardim, deixei o sol tomar minhas vestes e dentro de mim, Akin fazia festa. Ele tinha nome, mas em mim não existia coragem. Desci a ladeira depois de beijar a testa quente de Mãinha, que ardia em febre e nem as ervas faziam mais efeitos. Eu estava deixando de acreditar; olhei a Ladeira das Flores como um presságio, desci correndo feito os sete meses que haviam se passado. Senti o desespero tomar conta de mim, eu precisava de coragem, precisava acreditar novamente, eu precisava de mar, o mar me chamava. De alguma maneira, senti que ali seria o recomeço. Não importa qual deles seria. Peguei um táxi e desci em frente à orla; enquanto caminhava pela areia e me achegava na beira-mar, pensando sobre tudo, eu senti as águas que desciam sobre minhas pernas se misturarem com o movimento das ondas que banhavam meu corpo, e ali, no ninar das águas, te trouxe à terra. Janaína, que vinha ao longe com o tabuleiro na cabeça, me viu pedir por socorro, se aproximou, e com o dendê abençoou: "Ele é feito sol, brilha, mas há feridas, banho de pipoca há de resolver". Chorei e, mesmo não entendendo, Janaina, após me socorrer, me viu partir. Eu lamentei por não te ver crescer e no fim, as águas salgadas, que também te pertenciam e faziam doer as minhas feridas, a custo curaram a sua enquanto pipocas explodiam na pele cor melânica de Mãinha e eu ficava mais uma vez sozinha. De onde partem as escolhas? Eu já me entreguei para muitas delas. No final, o que me restava ? Eu amava construir coisas, coisas daquelas que a gente consegue ver e sentir, feito as plantas que eu ainda cultivava no jardim; todas elas possuíam magia, daquelas que muita gente desconhecia, mas eu sabia qual dor cada uma delas curava. Era pura ancestralidade. Elas me curavam de mim. Eu achava que tinha perdido tudo, mas elas me lembravam do porquê não desistir. Aprendi que dentro das dualidades da vida existe um caminho que às vezes insisto em não querer visitar. É como entrega de um corpo em despedida que devolve para a terra o que um dia nasceu dela. Era noite quando escutei o sussurrar feito vento que passa para deixar daqueles recados que devastam uma imensidão. Eu lembro de clamar e perguntar o porquê, mas nada fazia sentido.

– Você vai precisar sair, mas precisa continuar lutando.

Era ela, minha Vó, sussurrando sobre caminhos e luta. Aquela noite eu escutei sua voz tão nitidamente. Eu não queria governar, não agora eu já tinha perdido muito, não havia dono da Ladeira das Flores, mas eles insistiam em querer entrar. Eu só queria ficar, ficar ali mais uma noite, mas com o tempo a casa foi pegando umidade, criando lodo. Fizeram uma barreira em volta, já não tinha mais para onde ir, era noite, eu ajoelhei e falei baixinho:

– Mais por quê? Este lugar aqui também é você. Como vou deixar vocês para trás?

– Porque eu quero muito mais para você, então você precisa aprender a lutar.

– Ainda mais luta? O que desejas de mim, eu já não quero mais ter que aguentar.

"Derrubem tudo, tirem tudo do lugar!", eles gritavam junto com o chiado do trator.

Me coloquei na frente. Mal tive tempo de retirar todos os meus pertences. Era como se o sangue que corre em minha veia saísse sozinho em busca de um outro lugar; a Ladeira das Flores perdia seu encantamento. Fazia dias que as flores já não eram as mesmas. Eu chorava com medo da despedida, sem imaginar o que estava por vir. Eu ainda esperava que Aren voltasse um dia. Às vezes via Janaína passar com o tabuleiro na cabeça. Me culpei achando que era minha tristeza que minguava o pé de aroeira, os jasmins e erva-cidreira, que se desfaziam em lágrimas. Nada mais tinha cheiro de vida, o jardim sagrado parecia o início de tudo, o tempo mal fazia sentido. Enrolei a imagem dela em uma manta. Meu chão sagrado teria que pertencer a um outro lugar. Tudo voltou a virar lama.

Recordo-me de reiniciar a mente, lembro de não me achar nenhuma vez, lembro de chegar, dos gritos, das vozes ferozes, lembro do amor e das escolhas, lembro de pertencer e não só comemorar. Comemoro as idas e vindas assim como as conquistas. É como sentir por dentro de mim mesma todas as cores da pele, que se transfigura translúcida. Eu tinha aperto, apreço, afago e memórias, daquelas que insisti em apagar com o peso da idade e do avanço da perda da memória. Era como se eu pudesse não esquecer. Era dia chuvoso que tinha cheiro de saudades e de bolinhos de chuva, de mais um dia que a gente sai para se encontrar e acaba se perdendo. Lembro do que eram feitas as bromélias, os lírios, as ervas para defumação e seus caminhos, das manhãs abraçada com Mãinha, das broncas de dona Consuelo, da Ladeira das Flores e da avenida. Levanto sentindo a ansiedade que se tem a partida, deitada em um travesseiro, como a vida era um ponto de partida. E no último acender de um cigarro, feito promessa, deixei a fumaça ir e corri para o banheiro, mas um dia as águas que banharam meu corpo se desfaziam. Eu gritei tão alto, mas tão alto, que senti as minhas vértebras já remendadas saltarem e com elas um alívio, feito o dia que senti o sol adentrar minha pele. Eu só queria uma despedida. Deitei-me e finalmente, depois de tanto tempo, dormi. Um beijo de despedida. Eu senti, era tão real, ainda sentia o calor, era ela, feito ela. Recordo-me de acordar com um toque de telefone, na pressa de atender e existir. Escutei madrinha dizer:

– Ei, filha, aqui é a madrinha. Hoje sonhei com você. – Vovó dizia que seus sonhos estavam certos e seus búzios não mentiam. – Não chore mais, comadre. Para te acalmar, mãinha te deu um beijo, eu senti aqui, espero ter sentido também.

Eu acordei dispersa. O beijo não era feito sonho, eu sentia o quente no meu rosto e a sensação que jamais esqueci. Era despedida, novamente despedida, só que boa, Ladeira das Flores agora era Casa do Acolhimento. Enfim, eu conseguia enxergar minha nova morada. Crianças sorriam e alegravam a entrada. Tinha ervas e flores para todos os lados. Eu governei e fiz coisas extraordinárias, era sobre isso que a vovó falava naquele dia. Era como se eu estivesse de volta. Eu estava de volta, eu tinha me esquecido que, para caminhar, é necessário força além da minha pele. Eu finalmente voltei para casa.

MEMÓRIAS ANTES DE RETORNAR AO BARRO

Luara D'Oyá
Orientada por Ana Paula Lisboa

Há algo de muito interessante na memória, que é a capacidade de te transportar para um estado de consciência, e mais, para um estado de corpo, de sensação, é como lembrar de um beijo e sentir a pele sendo acalentada, é como lembrar do cheiro de acetona e sentir o gosto de um remédio ruim quase que simultaneamente, é como bater em uma quina de móvel e se lembrar de uma queda na infância. Tudo isso passou entre meus olhos e ouvidos enquanto eu, através do chiado da panela de pressão e do queimar ardente em minhas mãos, me lembrava de uma das piores surras que tomei na infância.

A surra. "Tomar uma surra", "tomar uma pisa", sempre me pego lembrando dessas expressões e momentos durante o trabalho, deve ser porque o trabalho remonta ao suplício, é como se eu desse voltas e voltas e voltas incansáveis em um gira-gira infernal. Acredito que se existe inferno ele é assim, pessoal, subjetivo.

Ainda lembro de, aos meus dez anos, achar que poderia, como recompensa, pegar um dos livros de bê-a-bá de Dona Rozane para folhear. Daí a quase uma hora de dura leitura do livrinho, minha mãe invade o recinto em um estrondo, toma o livro de minhas mãos dizendo: "isso não é pra nós!" Em seguida, a essa frase eu não ouvi mais nada, só senti o gosto ferroso do sangue na boca após uma bofetada um tanto amarga, que poderia ter sido trocada por uma fala ou outra.

Com calma, o livrinho degringolava pelas minhas mãos e rompia pelo chão como um sonho manchado. De relance, a sombra enorme de minha mãe ainda pairava sobre mim e quando finalmente ergui o olhar, já não a vi mais. Comprida e nervosa, só sabia ler de seus olhos algo incompreensível para uma menina de dez anos, mas agora eu sei. O que vi em seus olhos era algo muito mais profundo do que a simples raiva causada pela desobediência: era medo.

Me encontro sempre pensando naqueles olhos marcantes, profundos, com um brilho oco de quem carrega inúmeras agulhinhas junto ao peito. Eu me sentia em um cruzar oceano junto com ela, atravessando a linha da kalunga, uma dor de banzo, uma falta de vida que se instalava nos meus ossinhos e me acompanhava em uma espécie de tensão agarrada em meu espírito.

Não sabia que minha mãe temia alguém. Em minha cabeça, os adultos eram inabaláveis até eu conhecer o que exatamente significava a palavra "patrão", que em alguma língua, deve rimar com a falta.

E então o fervor da panela me tira de meu grande devaneio e já não posso mais me ater às reflexões de que preciso para humanizar minha mãe e esquecer aquela dor e aquele gosto e o peso das gordas lágrimas. A cria do patrão tem fome e pressa, sempre pressa. Como deve estar a minha em casa? Será que a rala sopa do dia também vai instalar em seus ossos o bicho-falta e a raiva da qual não se pode escapar quando se tem fome?

O cozer, o cortar, o preparar e o lavar da cozinha sempre exerciam sobre mim uma função similar à de um adjá. Os movimentos repetitivos me conduziam a uma espécie de transe, daqueles que vêm de alguma função do cérebro responsável por tentar nos manter vivos, tentar dissimular as dores e a amargura. Assim entendo eu.

Em meio aos inúmeros transes, eu pude me lembrar de brincar, de sorrir e de ainda arriscar sonhar. Na infância, aprendi com uma *ágbá* de meu bairro como fazer bonequinhas com cabelos de fiapos de tecido. Essa era a parte da qual eu mais gostava: os cabelos e as histórias que eles guardavam.

Sempre que as leituras me rendiam umas boas cintadas, eu largava os livros, sentava com dificuldade em uma cadeirinha de madeira na varanda da casa da patroa e tornava a criar bonecas e suas histórias; idealizava um passado, uma infância, um presente e até um futuro. A mais velha também sonhava um futuro através de nós. Lembro dela rezando em um pequeno congá, dizendo que o futuro estava no sangue, na quentura firme que atravessa o corpo e nos movimenta. Alguma sabedoria que tinha aprendido com Seu Cobra Coral, tenho certeza. Lembro como se fosse hoje, de sempre ver um grande homem sibilando enquanto ela rezava. Sonhos de vida e continuidade.

O cheiro ardente do charuto do patrão invade minhas narinas na cozinha. O cheiro toma minhas narinas com a mesma violência de alguém que é obrigado a comer fel e a sorrir logo após a invasão intragável. Em seguida, ele se aproxima das panelas com um andar de quem não quer se aproximar apenas das panelas, quebra a cinza no chão que acabei de limpar, marca de cinza as minhas pequenas e felizes memórias, e me assombra com o dia em que aqueles mesmos charutos queimaram minhas mãos.

De repente, já não sinto mais a ardência no nariz, nem as queimaduras nas mãos, nem o medo e nem a cadeira de madeira no canto claro da varanda, toca o adjá, ressoa o ijexá lento e mais uma vez estou em transe. Uma velha senhora me toma pelas mãos e refaz meu corpo e mente cansados nas águas escuras de um manguezal do qual eu deveria ter medo, mas não tenho. Estou viva e pronta para sonhar mais uma vez pelos meus pequenos, para que saiam das águas misteriosas dos úteros que os guardam fortes e altivos e que não tenham tantas experiências de queimaduras, bofetadas e insultos.

Aprendi ainda menina que, antes de Olodumare encaminhar o sopro de vida e Oyá o ventar para dentro das narinas dos jovens espíritos, Nanã já sabe quanto tempo irão ter, Nanã já foi incubida de modular cada vidinha preciosa enquanto ainda transitam entre Orum e Ayê. Antes que meu tempo termine e o ar sagrado me deixe, eu recito essas memórias.

Ao findar de mais um transe e depois de mais duras horas perdidas naquela cozinha, que mais me parece uma dependência de hospício, depois de alimentar, limpar, banhar e ninar a cria do patrão, me encontro novamente nessa barca rumo ao inferno. O balancê dos caminhos feitos pelo ônibus me traz mais questões do que realmente consigo lidar. Acredito que a maior parte das pessoas que dividem dia a dia esse mesmo caminho comigo se sentem de forma parecida, como se estivessem perdendo todo santo dia uma centelha divina, uma partícula de si que ninguém pode trazer de volta. Exceto ela.

Filha minha, teimosa que só, cismou de dar à menina sua um nome que para ela era como o das princesas dos filmes. A menininha, miúda, se chamou Catarina e veio como um raio colorir os nossos dias. Há algo de muito curioso no processo que é criar uma criança: o adulto, por sua vez, tem de se fazer pequeno também, e nesse constante refazimento, eu, também pequena, tive de aprender a modular Catarina, em barro fininho e firme, para que ela se desenvolvesse curiosa de mundo e da vida e, mesmo que em passos trôpegos, não deixasse de caminhar.

Só alcancei um pouco da maturidade necessária para transmitir conhecimento a um outro alguém ao tentar criar minha neta – o suplício--trabalho sempre me faz criar a filha de outro primeiro. Na vez dela, eu finalmente entendi um dos mantras de minha mãe: "respeita os véio, Joaninha, véio é guardador dos mistérios do mundo", ela me dizia repetidas vezes ao me ver em minhas manias de escutar mais as leituras que os meus. Hoje eu sei, véio é cabaça firme que não se racha e nem se arrebenta. Entendo que seu temor, além dos carrascos, se dava por supor que eu poderia me ater tanto às letras dos outros que me perderia de nossas sagradas palavras.

Sagradas. Foi nas rezas que entendi o meu lugar no mundo, e voltando a Catarina, foi através dela que pude colocá-las em prática. Catarina cismou em fazer um cabelo com os seus próprios, me ensinou que o correto era chamá-los de locs, que dread tinha algo a ver com sujeira e outros dizeres maldosos. Eu, cumprindo o papel de incentivar a menina, corri mundo para aprender a fazer os tais locs, e fio a fio, tufo a tufo, me apaixonei pela arte do que era poder moldar cabelos. Primeiro os dela e depois os de outras pessoas do morro. Entendi que no ato do fazer com zelo, fio e palavra se misturavam, e o que tinha ao final era muito mais que o cultivo do cabelo em si. Era cultivar a vida. Aprendi a mexer nos cabelos como quem benze o outro e a tecer rezas naqueles tantos oris, jovens, afoitos, apressados, sedentos de um lugar no mundo e de algo que os representassem.

Passo mais tempo nas barcas que com os meus, e dói. Uma dor de rancar couro e desnortear, mas em um novo transe, eu sempre peço: Nanã, mãe minha que tanto amo, toma minhas mãos e pés em suas águas, fortifica meu ori e meu corpo. Não deixei que os maus me peguem, não deixei que os maus me manipulem, que em sua sabedoria eu sempre possa ajudar a traçar novos caminhos, os que afastem de iku e dos discípulos da morte branca. Me toma em suas águas sempre que eu precisar me sarar. E o arrastar da gasta almofada me desperta da reza. Vem Catarina com um largo sorriso me encantar para que arrume seus cabelos mais uma vez e nesse ato de cuidado, sei que a mais velha está comigo.

MAYATIM E SEUS MISTÉRIOS

Luciana Sirimarco
Orientada por Ryane Leão

Quando a mulher deu à luz, a parteira recebeu aquele bebê em suas mãos e, toda feliz, anunciou:

"É menina! É uma linda menina!" Entusiasmada continuou: "Nessa noite de lua cheia de poucas estrelas e com chuva miúda, ela vai se chamar Mayatim, que significa "feita de mistério", afirmou a sábia mulher.

Lokassan, era a mais velha de todo vilarejo, parteira conhecida e dona de muitos saberes. Por isso, os pais e toda a comunidade celebraram o nome escolhido e a chegada daquela criança.

Mayatim cresceu mostrando a todos uma personalidade marcante, um jeito sereno, silencioso e misterioso.

"Essa menina é tão calma", diziam alguns.

"Ela é tão séria para uma criança da idade dela", comentavam outros.

O sorriso da menina aparecia em seu rosto quando acompanhava seu pai nas matas e principalmente nos pântanos.

Ainda criança, entrava nas águas turvas e sentia seu coração acelerar. Sem que ninguém a ensinasse, mergulhava sua mão no barro e criava seres à semelhança de homens, mulheres, animais e tudo que passava pela sua imaginação.

Quando questionada sobre o que significava tudo aquilo, calmamente lançava uma expressão como resposta deixando no ar o mistério como informação sagrada.

Certa noite, acordou com o som da coruja. Levantou-se apreensiva e foi em direção à porta principal de sua casa. Quanto mais a coruja piava, mais o seu corpo tremia. Mesmo assim, vagarosamente abriu a porta e foi ver o que acontecia do lado de fora. Seu andar silencioso foi interrompido pelo voo tão próximo daquele do pássaro, o que a deixou preocupada.

De forma a buscar respostas, a menina observou a lua cheia luminosa e ouviu:

"Corra! Fuja!"

Ela pressentiu que a morte e a destruição tomariam conta daquele lugar.

Assustada, voltou para casa e acordou os seus pais. Contou o que aconteceu. Eles estavam descrentes por nada terem ouvido, então não deram atenção ao alerta da filha.

"Volte para a cama!", disse a mãe repreendendo a filha.

"Vá dormir!" falou o pai. "Imagine uma coruja e uma lua que falam", acrescentou duvidando da menina.

De coração partido, a menina buscou repousar, mas o som da coruja ficou ainda mais forte.

A calma do vilarejo foi interrompida por homens que chegaram destruindo o que encontravam pela frente. As casas foram incendiadas, as pessoas não conseguiram se defender e se desesperaram. Mayatim ouviu quando seus pais disseram:

"Fuja! Corra!"

Paralisada e em choque, ela viu sua comunidade ser destruída, percebendo e sentindo a morte tão perto de si. Seu pai foi atingido por uma flecha de fogo e caiu no chão. Mayatim, em desespero, o tomou em seus braços. Ferido, o homem só conseguiu apontar na direção do pântano e balbuciar:

"Vá, minha filha! Vá!"

A despedida entre pai e filha aconteceu através do olhar. Ela não conseguiu ver a sua mãe pois toda a comunidade estava em chamas e sangrando de dor. Ela reuniu forças para fugir.

Ofegante e assustada, Mayatim sequer notou a distância que percorreu e menos ainda quanto tempo havia passado. Porém, ela conseguiu sentir que se aproximava do pântano pois já pisava na terra molhada e sentia o barro penetrar por entre os dedos de seus pés, o que aos poucos foi desacelerando o ritmo que ela se encontrava.

Em momento algum ela se assustou com os sons que ouvia. Pelo contrário, mesmo não conseguindo identificar o que poderiam ser, aquele lugar a acolhia. Seguiu caminhando lentamente, caminhou tendo os raios da lua como sua tocha de luz.

Sentou-se em uma das enormes raízes das árvores daquele lugar. Naquele instante, tentou descansar um pouco e quando começou a lembrar dos acontecidos, sentiu a dor da perda dos pais novamente. A coruja surgiu e piou. Ao contrário da vez anterior, o animal sobrevoou como se anunciasse a chegada de alguém.

Tomada pelo cansaço e pela tristeza, sua única reação foi olhar para o céu.

Desta vez ela ouviu:

"Terra, água e magia".

Mayatim recordou de todos os seres que ela fez com suas mãos no barro, mas nunca imaginou que havia feitiço em suas criações tampouco deduziu o que estaria para acontecer.

De repente, ela viu uma mulher que caminhou em sua direção com passos firmes, seguros e lentos. O andar vagaroso mostrava um corpo de idade avançada e que se apoiava num cajado coberto de búzios. Os cabelos crespos e embranquecidos faziam lembrar uma coroa quando tocados pelo luar. Um manto roxo cobria a pele negra daquela mulher que ao sorrir mostrava um semblante de muita sabedoria e mistério.

Sem dizer uma só palavra, ela abriu os seus braços para Mayatim, oferecendo colo e proteção para as dores que a menina trouxe consigo.

Apesar de tudo que experienciou, a menina confiou e cedeu seu cansaço àquele aconchego que foi longo e afetuoso.

"Que bom que você veio até aqui", disse a mulher com a voz suave.

"Há muito tempo te observo e aguardo", continuou.

"Minha filha, consigo ver marcas no seu corpo e no seu coração. Vamos caminhar para dentro, pois se faz necessário", falou a mulher de forma pausada e bem explicativa.

E continuou:

"O pântano é seguro, sagrado e cura as feridas mais difíceis", disse de um jeito amoroso.

Mayatim, encantada com o que ouviu, permaneceu em silêncio. Ela se permitiu ser ajudada e se abriu às possibilidades de cura para suas dores e aflições.

De mãos dadas, como se fossem cúmplices do mistério, adentraram o pântano. A mais velha, conhecedora do lugar, seguiu na frente, guiou e conduziu a menina nas profundezas da terra barrenta.

Conforme a mulher caminhava, os búzios chacoalhavam e davam ritmo à reza que ela fazia:

Vó lua, te chamo
Vó lua, te peço
a cura da dor
pelo caminho do amor
Mãe d'água
Mãe das águas paradas, te peço
Mãe das águas paradas, em ti confio
a cura da dor
pelo caminho do amor

Mayatim, ouvindo essa reza, indagou:

"Mas quem é a senhora?"

"Eu sou Nanã, a senhora do barro e da criação. Mas, você pode me chamar de mãe", acrescentou, olhando carinhosamente dentro dos olhos da menina.

A menina ficou sem palavras, mas sentiu a certeza de que seus caminhos já tinham sido cruzados.

De repente, Nanã colocou a mão no chão, trouxe a lama que usou para passar na cabeça e no coração da menina. Seus gestos eram acompanhados de suas canções de magia:

Com o barro te cruzo
Com o barro te rezo
Águas que são turvas
Águas que são cura

Com o barro te cruzo
Com o barro te rezo
coruja que pia
Coruja que te guia

Com o barro te cruzo
Com o barro te rezo
coração limpo tem magia
cabeça limpa tem sabedoria

Saluba, eu!

Mayatim foi aos poucos sentindo o quanto nunca esteve só e isso a alimentou de coragem até para voltar ao seu vilarejo. Foi então que Nanã com as mãos banhadas de sua água turva, esculpiu uma figura semelhante a si e a entregou à menina.

Nanã afirmou:

"Dentro de cada criação que você fizer vai existir um pedaço de eternidade. Com o barro, você poderá moldar seu próprio caminho.

Emocionada, Mayatim deixou as lágrimas rolarem e elas se misturaram à chuva fina que começou. Diante disso, Nanã sorriu, tomou seu cajado e ao chacoalhar dos búzios, a chuva cessou. Ela se afastou, desaparecendo na escuridão do pântano. Mayatim ficou ali, sentindo o lugar que sempre a deixou feliz, percebendo seu coração feito de terra, mangue e água.

A menina retornou ao vilarejo. Em meio ao cenário de tristeza e destruição, reencontrou a sua mãe, que não conteve a emoção ao ver a filha.

"Mayatim", falou a mãe, chorando. "Eu pensei que . . . "

Num gesto amoroso, a menina interrompe a mãe chorosa e pede que silencie.

Mayatim pegou algumas das gotas de suas lágrimas, tocou a terra e começou a moldar um novo destino para toda a sua comunidade.

A coruja sobrevoou o vilarejo e piou, soprando a cura para todos que sobreviveram.

Mayatim aprendeu o quanto é importante reconhecer que dentro do coração é um lugar de magia e respostas para atravessar os caminhos mais difíceis que podem surgir. Ela continuou a visitar o pantano para buscar alimentos e aprender com a sabedoria da mulher que passou também a chamar de Mãe.

É PRECISO NAVEGAR SUBMERSOS PARA VI-VER

O milagre dos peixes

NATHALIA AUGUSTO

Orientada por Angélica Ferrarez

Américas, eu sou negro
Américas, vou lhes contar minha história
Américas, o que passou, não passou
Brasil, você me conhece
Sabe da história que trago na pele
Brasil, você me deixou num beco sem saída.
(Elio Ferreira)

O MINHOCÃO VAGUEIA ONDULOSO PELA CIDADE. É o que parece o articulado que circula entre Santa Cruz, Barra da Tijuca, Madureira, Penha, Maré e Fundão – claro que considerando as diversas paradas e trocas de composições entre a estação-início e a estação-destino. E para quem está dentro de um transporte público, tendo como ponto de partida e de chegada a baía de Sepetiba, as viagens pelas Avenida das Américas e Avenida Brasil têm um quê de transatlântico. Algumas vezes de tumbeiro. O barco-automóvel, brilhante no calor-alumínio, trilha por vias significativamente chamadas

Transoeste, Transolímpica e Transcarioca, carregando corpos-tijolos suados, apertados, alojados uns sobre os outros, comprimidos pela pressa e pela necessidade do cotidiano. Mas para além do limo há o leme, quando navegar é preciso. "Oenda auê a a! Ucumbi oenda, auê, no calunga. Ucumbi oenda, ondoró onjó. Iô vô oendá, pu curima auê."

PERCORRER A ZONA OESTE EM UMA SEGUNDA-FEIRA DE CHUVA não é nada fácil. Depois das novas obras parece que as coisas se ajeitaram um pouco, alguns chegam a dizer que "são águas passadas". Só que ainda não se sabe bem se o benefício inicial trará consequências negativas e, apesar da sensação de melhora, a apreensão ronda trabalhadores e estudantes. Tempo é rei e, em momentos como esses, a senhora dos primórdios parece conduzir os caminhos. "Ê, Salubá! Ela vem no som da chuva / Dançando devagar seu ijexá / Senhora da Candelária, abá / Pra toda a sua nação iorubá."

MAS SEM SE DAR CONTA DO SOM E DO CHEIRO DA CHUVA NA TERRA, ele entra no BRT de maneira abrupta, quase atropelando quem estivesse no caminho, como se o tempo fosse seu inimigo. Alto e robusto, o homem veste roupas simples, mas funcionais, que denunciavam sua profissão: despachante de obras. Sua voz ecoa pelo ônibus, alta e imperativa, enquanto fala ao celular, discutindo prazos e ordens de serviço. Há nele uma inquietação constante, uma energia nervosa que parece transbordar, pronta para avançar a qualquer momento. Os músculos contraídos e o olhar fixo em algo além das janelas revelam seu compromisso com a construção dos prédios, mais um desafio a ser superado, mais um obstáculo que sua força e determinação fariam ultrapassar. "Sincretizado na fé / Sou carregado de axé / E protegido por um cavaleiro nobre / Sim, vou na igreja festejar meu protetor / E agradecer por eu ser mais um vencedor / Nas lutas, nas batalhas."

BLOCOS E MAIS BLOCOS DE PRÉDIOS-CINZAS SEM VARANDA se erguem na Zona Oeste com a inevitabilidade de um organismo faminto estendendo raízes de concreto sobre o que antes era barro e mangue. Como uma força da natureza, as obras avançam ocupando cada palmo de terra, drenando a vida e transformando o que antes era espaço fértil em fundações rígidas. Nada parece capaz de deter esse crescimento, que se espalha com a mesma voracidade das queimadas que ninguém sabe de onde surgem, mas que sempre consomem os mesmos terrenos. Da lama rural ao caótico urbano, o progresso não se importa com o que precisa ser soterrado para se firmar. Um pingo d'água pra quem não fala do mar e dos peixes, nem deixa ver a moça, as flores e o sol. "O medo dá origem ao mal / O homem coletivo sente a necessidade de lutar / o orgulho, a arrogância, a glória / Enche a imaginação de domínio / São demônios, os que destroem o poder bravio da humanidade."

ELA SENTA-SE CONCENTRADAMENTE AO SEU LADO, enquanto a máquina vaza o túnel. Uma senhora belamente idosa, vestida de saia longa e camiseta que acompanhava a extensão da saia, ambos em tons de roxo e violeta. Muitas pulseiras e cordões adornam seu corpo e ela segura uma sacola em uma das mãos. Sua idade parece esculpida em cada ruga do rosto, como sulcos profundos na terra antiga e úmida. O corpo curvado, como se carregasse o peso dos séculos, contrasta, para quem ousasse olhar de perto, com a imponência de sua presença. Seus olhos, de brilho ancestral, fitam o mundo com a serenidade de quem já presenciou o início e o fim de inúmeras jornadas. A firmeza com que se apoia na bengala deixa claro: ali estava uma mulher ciente de sua força e de seus conhecimentos. Quem cruzasse seu olhar, mesmo que por um breve instante, sentiria a profundidade de um rio calmo, porém imensamente poderoso, capaz de arrastar qualquer um para o fundo, onde só o que é verdadeiro sobrevive. "Muriquinho piquinino, muriquinho piquinino, / Parente de quiçamba na cacunda. / Purugunta aonde vai, purugunta aonde vai, / Ô parente, pro quilombo do dumbá."

ACOMODOU A MÃO QUE SEGURAVA O CELULAR NAS PERNAS, mas, ainda com o semblante carregado e a respiração ofegante, ele faz um comentário sobre os problemas que enfrentava na construção dos prédios. Bufa, exasperado, e lança um olhar na direção dela, como quem busca validação para seus sentimentos. Ela, com a serenidade que só a experiência pode proporcionar, murmura um conselho sobre a importância de manter a calma e a sabedoria. Ele, ainda inflamado, responde algo como estar apenas cumprindo sua função, e que a verdadeira motivação era superar os desafios e sentir a satisfação de concluir mais uma demanda. Trocam mais algumas palavras breves. Ela logo percebe que ele talvez não compreendesse a manguinitude da terra que tentava desbravar. Com a mesma tranquilidade com que falava, ela o orienta sobre o valor do lugar e os riscos de tentar passar por cima dele: Aqui é o meu lugar, eu vim e herdarão a terra os bravos-serenos, pois se tornam bravios aqueles que todos pensavam mansos. "A cor dela é lilás, há nela o barco da existência / Comecemos pela morte e terminaremos cuidados pelo saber / guerú, guerú, Yá Saluba."

A ESTAÇÃO DE DESCIDA DO HOMEM SE APROXIMAVA. Ele pede licença, de uma maneira que não se sabe bem se o pedido é com reverência ou desejo de passar sem ser impedido. Na plataforma, observa o ônibus se afastar, pensativo. Enquanto o veículo se distancia, ele teve tempo de ver a porta se fechando e notar que, no assento, a senhora já não estava mais lá. A dúvida o consome: teria ela sido real ou coisa da sua cabeça? Enquanto isso, a senhora de roxo permanece em seu lugar, olhando pela janela, como se estivesse eternamente conectada ao ciclo da vida e à força primordial da terra, apesar das travessias. Enquanto o articulado se afasta e a plataforma se esvazia, mais atrás, uma jovem sentada no banco oposto fecha seu tablet em formato de book, com um sorriso sutil. Os fones ainda estão em seus ouvidos, e ela parece ter acabado de retornar de um mergulho profundo. "Se um clarão lilás te banhar de luz. Não te acanhes, não! Sou eu."

COM UMA SUTILEZA quase etérea, ela guarda o tablet na bolsa e olha pela janela, observando o cenário urbano-rural que transcorria. A história ora imaginada em meio àquele cotidiano banal e corriqueiro estava agora ganhando forma através de seu tablet. Os encontros, as conversas, e a figura da senhora de roxo se transformam em um conto-reflexo de suas observações e inspirações. Enquanto ouvia canções que saudavam a ancestralidade negra, lia itans e se lembrava de sua avó Helena, sua mente se havia povoado de narrativas e simbolismos. E assim, o que para muitos poderia parecer mais uma viagem de ônibus era, na verdade, o material de uma história que ainda seria. A jovem escritora, com sua imaginação afiada e seu espírito criativo, carrega em suas palavras a continuidade cíclica. Da velha à menina, uma homenagem ao que se oculta nos detalhes de quem fita o cotidiano em cada instante-já. "Se descer dos céus / O dragão lunar / Manda me chamar / Pelo amor de Deus! / Pois teu anjo bom / Teu Ogum Mejê / Teu Alabedé / Sou eu."

– SALUBA NANÃ! MULHER MATRIZ SENHORA DOS PRIMÓRDIOS! Quero salvar seu nome, minha velha vó Nanã, e acho que esse texto ficará maravilhoso, mas agora já está chegando minha estação. Semana que vem pegarei novamente esse BRT, e o metrô. Mais algumas páginas de leitura e música e chegarei. Lá vou mostrar essa primeira versão da nossa história. "Sou de Nanã euá euá, euá, ê / O que peço no momento é silêncio e atenção / Quero contar o sofrimento que eu passei sem razão." Anos atrás, vó Helena em casa sempre rezava quando filhos e netos saíam, para que chegassem em segurança e vivessem a plenitude de suas vidas: "a voz de minha neta ecoará." Eram segundas-feiras, dia das santas almas benditas, adorei. "Tem que ser valente / Vai na fé que dá certo."

ENQUANTO GUARDA OS FONES E ARRUMA A BOLSA PRA DESCER, a jovem Tha ainda olha rapidamente um dos livros que carrega durante o trajeto no articulado. Na capa, uma mulher agachada, panos brancos no corpo e cabeça, apoia-se de cócoras em uma tigela de alumínio virada para baixo, e remexe alguma coisa. No seu entorno pedras. Tudo preto e branco, exceto o fundo-mar num azul-quase-roxo e o título branco e amarelo: *Poemas da recordação e outros movimentos*. A cena tão familiar lhe diz que, para ver o milagre dos peixes, recordar é preciso. "Koko azenza za ê Mama Kalunga."

OBÁ

A SÁBIA SABIÁ SABIA JÁ!

ANA PAULA FURTADO
Orientada por Luciana Diogo

Todo dia de manhã, quando levanto para trabalhar, penso "Obá!", mas não é obá, é OBÀ XIRÊ! Pensa, acordar e já conversar com a deusa da sabedoria é como os jovens dizem por aí: "sabe muito!", dá aulas e palestras.

Vem cá, crianças, sentem aí que vou contar uma história, vou apresentar a Obà do Canindé.

Em 1914, em Sacramento, Minas Gerais, terra do Caxambu, nasceu ela. Pequenina, vivia em uma casa simples e sua família era muito caprichosa. Na escola, era sempre elogiada, a chamada filha boazinha – "Obá!" , sua mãe sempre dizia.

O tempo passou, e ela cresceu, foi viver sua vida de moça crescida em uma cidade que é uma máquina de moer gente, chamam de cidade global, a tal de São Paulo – tenho pra mim que se o inferno é na Terra, tá por essas bandas dali. A vida nesses lugares pra gente que nem ela, e que nem nós, não é mole, não. E ela viveu, porque independentemente do que o mundo lhe dava, a história dela quem contava era ela mesma.

Diariamente, catava papéis nas ruas, e por onde ia, esse se tornou o seu ofício. Mas diariamente também acordava, se arrumava, cuidava de seus filhos, fazia o café da manhã, vezes escrevia logo cedo, vezes pela noite – isso dependia de como tava o clima no Canindé.

Todo dia, ela escrevia – tô exagerando, mas era quase todo dia – pra se expressar, chorar, brigar e rir do e com o mundo. Sem preocupação gramatical, era diversão, e era dor. Era e é desabafo, é grito, pedido, fala. Escrever, para ela, é o que a fazia dizer: "Obá!"

Nesse passar do tempo, a vida foi acontecendo e ela caminhando, os filhos crescendo, a favela se desenvolvendo, tudo indo, ninguém sabia pra onde, mas indo. Até que parou. A Terra parou, a gira parou e a cor amarela tomou conta. Tudo o que se via era amarelo, era ela, a temida fome.

No inferno, comida é mercadoria, e quem não tem dinheiro, não tem direito também. E papel, caneta e palavra não davam dinheiro, e até esse papel era amarelo, como todos. Amarelo e preto, como o pássaro chupim-do-brejo, também conhecido como melro d'angola, que também está presente em Minas e São Paulo, percorrendo o mesmo céu que a Obà do Canindé.

Com fome, é difícil dizer "Obá!", mas ela levantava, dia após dia, pois não tinha a escolha de não levantar, pra Ser quem ela nasceu pra ser. Nunca aceitou a vida que se apresentou a ela, e nesse inferno, ela sendo tudo que era, ficou conhecida como escritora-favelada.

Poetisa, cronista, romancista e poderíamos dizer que até um pouco jornalista, ela buscava seu caminho, seja catando ou escrevendo no papel. Não foi o jornalista que a descobriu, foi ela que, desde que nasceu em Sacramento e era menina, já estava achada, e sabia que já era intelectual, pois a sabedoria é a sua energia de vida, o que a faz dizer "Obá!" pela manhã.

Ela se tornou a Obà do Canindé após a publicação de uma das suas obras mais famosas, *O quarto de despejo*, um compilado dos seus diários amarelos cor da fome, da injustiça, do desleixo do poder público, do racismo, da luta de Carolina Maria de Jesus, aqui nossa Obà do Canindé.

Por aí e por aqui há muitas Obàs do Canindé, da Rocinha, do Alemão, do Morro da Cabocla, do Santo Cristo, do Morro do Pinto, do Capibaribe e de norte a sul, leste e oeste do Brasil e do mundo. Pelas encruzas da vida, todas elas são deusas e guerreiras. Inclusive, crianças, vocês conhecem alguma guerreira?

– Oh, tia, tem uma moça na minha rua que vive dizendo que chamar mulher de guerreira não é legal porque ela está sempre cansada.

– Tiaaaa, a minha avó diz que nossa família é de guerreiras porque mesmo com as dificuldades, nunca desistiram e sempre tiveram que lutar, até contra homens, e venceram.

– Tia, eu acho que conheço uma. Posso contar um sonho que tive uma vez?

– No sonho, tia, eu tava em uma floresta, as árvores eram altas e meio escuro, de longe eu ouvia o som da água… aí, de repente, quando eu tava olhando pra cima, veio um passarinho saindo do meio das árvores e quanto mais perto chegava de mim, mais sol entrava entre as árvores. Aí eu não lembro direito essa parte, tia, mas o passarinho chegava bem pertinho do meu rosto e cantava e depois ele falou: "oi, eu sou a Sábia" e eu perguntei: "a sabiá?" e ela disse: "também me chamo Sábia e sou uma sabiá."

Quando eu olhei ao meu redor, estava cheio de bichinhos, tia… tinha até uma onça e cobra! De repente, tudo mudava e a gente não tava mais na floresta, agora a gente tava no encontro do rio com o mar, tinham umas ondas grandes.

– Ah, era uma pororoca? – perguntou outra criança

– Eu não sei, era, tia?

– Era, sim, encontro do rio com o mar que forma ondas como essas que você descreveu é uma pororoca.

Então, aí dessas ondas saía uma mulher, e a Sábia ficava sempre junto dela. Ela estava com uma roupa rosa, tinha vários acessórios dourados que pareciam uma armadura, e ela era bem grande e muito bonita, parecia que brilhava. Aí ela veio nos contar que todas as mulheres que passavam por lutas diárias tinham a força dela para conseguir viver a vida, pois no passado ela e as fêmeas de todas as espécies já tinham vencido guerras que nenhum homem tinha conseguido, e até falou que ajudou Ogum.

– Ogum, o orixá?

– Eu acho que é…

Aí, gente, ela me disse que andava com a sabiá Sábia porque a maior força que as mulheres podem ter é a sabedoria para escolher suas lutas e batalhas diárias, pois desde sempre elas precisaram aprender a lutar. Aí, no final do sonho, eu via a passarinha e no lugar dela aparecia a minha mãe junto dessa moça, e eu acordei. Nunca mais esqueci esse sonho.

– Nossa, que sonho incrível. Sabe quem pode ser essa moça grande que saiu da pororoca? Foi a Obà que conversou com você.

E, sim, juntando todas as falas de vocês, as mulheres na nossa sociedade precisam ser guerreiras, por mais que não gostemos, pois viver nesse mundo, que não é feito para nós, é uma resistência, e por isso precisamos ser sábias para discernir quem pode e deve caminhar conosco por essas batalhas.

– Tia, olha só!!!! – exclamou uma menina

– Você tá ouvindo? – perguntou um menino

– Eu estou – respondeu a tia

– É uma sabiá!!! A Sábia veio visitar a gente também!

E as crianças ficaram extasiadas com as passarinhas que chegaram na varanda onde elas estavam, se reunindo para aprender mais sobre a vida em comunidade. A tia, a professora que estava com eles, se emocionou, pois se sentiu abençoada.

De repente, junto a uma brisa que passou como um carinho no rosto de todos que ali estavam, caiu um punhado de sementinhas da boca da Sabiá. As crianças as recolheram e juntas decidiram que iriam plantar em um canteiro na entrada da rua, e lá foram todos e todas. Cada criança plantou uma semente, enquanto a professora ia ao final, regando e colocando por cima folhas amarelas, a serrapilheira, para protegê-las das chuvas fortes.

Como árvores bem cuidadas, que crescem e prosperam se plantadas com sabedoria e regadas com a quantidade de água suficiente, tal como foi com as sementes plantadas, que cresceram e se tornaram a parte central desta comunidade. Cada criança é como uma semente na mão de quem tem a sabedoria para cuidar, até que cresça e o futuro se torne presente do coletivo.

– Crianças, que cena e momento lindo. A Sábia sempre está conosco, seja em sonhos, pelas árvores e em qualquer lugar que vamos. Ela vem pra nos lembrar que sabedoria é mais que inteligência, pois é a capacidade de escolhermos com o coração. Tem até uma música que fala de sabiá e diz que ela tem peito de ferro, ou seja, como todas essas mulheres-guerreiras que falamos hoje. Vocês acreditam que, para vencer uma guerra, precisa apenas de força bruta?

– Naaaãoo – disseram as crianças em coro.

Aprender a pensar com o coração é uma forma de se guiar pelo nosso corpo, mente e espírito. Tudo o que nos engrandece, primeiro, nos faz sentir uma pororoca de emoções, e a sabedoria, nossa tecnologia ancestral, nos ajuda a delimitar o que merece nosso axé, nossa energia de vida, e quais lutas já são perdidas mesmo antes de irmos guerrear.

> *"Olha aquele passarinho*
> *Construiu seu ninho lá no reino de Obá*
> *Como sua mãe, com muito carinho,*
> *Concentrando a terra construiu seu lar.*
>
> *Hoje ele é mestre do conhecimento*
> *E com sabedoria pôde me ensinar*
> *Pra que eu também construa o meu ninho*
> *Nas terras sagradas de mamãe Obá."*

Obà Xirê! Axé!

ÁGUAS REVOLTAS EM SI

JAQUELINE SANT'ANA
Orientada por Angélica Ferrarez

Ana nunca havia fugido de uma batalha. Forjada no aço, a mulher de andar altivo e olhar compenetrado trazia suas emoções recolhidas no peito, misturadas com uma fé inabalável no divino e em tudo aquilo que os olhos não conseguiam ver, mas a alma podia sentir. Na prateleira do armário da cozinha, o copo d'água guardava a bênção que um padre cantava pelas ondas do rádio – "abençoa, Senhor, as famílias, amém..." No pequeno quarto nos fundos de sua casa, a vela acesa no altar reunia a fé nos encantados do tempo de sua avó.

Hoje, quando completava um ano em seu novo lar, trabalhando ombro a ombro com outras mulheres que precisaram tomar as rédeas de suas vidas diante das adversidades, Ana se permitia olhar para trás, relembrando o caminho que havia trilhado. Ela não havia chegado até ali sozinha, é claro. Caminhando até o cômodo que abrigava suas oferendas e imagens santas, ela sorriu ao pensar em Dona Olinda, a querida amiga que a fez reaprender o valor do cuidado que nascia de mãos perfumadas com alfazema e a força das ervas de cura – *Kó sí ewé, kó sí Orixá!*

Ajoelhando-se no chão fresco e encostando a testa sobre as mãos diante do gongá, Ana pediu a bênção a seus orixás, clamando pela bravura das Iyámi, zeladoras de sua existência e do seu poder de mulher, e saudando Obá, a *yabá* valente que havia transformado a sua vida. À guerreira que brada espada e escudo, incessantemente atacando e defendendo no campo de batalhas que é a vida, ela pediu que continuasse sendo conduzida por caminhos certeiros, rogando por clareza e coragem tal como no dia em que colocou um ponto final na dor que o seu ex-marido lhe causava.

Foi em uma quarta-feira que Ana decidiu partir. O velho rádio da cozinha rompia o silêncio da manhã, anunciando que era a hora da previsão do tempo. Sua filha Vitória havia acabado de sair apressada para o colégio, ansiosa com os exames de mais uma semana de provas. Jorge, o seu marido, havia saído mais cedo para o trabalho após mais uma madrugada virada na rua.

O locutor anunciava ventos fortes e possibilidade de chuva. Entre a exaustão e a mágoa, Ana pensou que havia perdido os melhores anos de sua vida, bem como sua juventude e sua beleza, com os afazeres domésticos e as vontades de um homem que agora, depois de tantos anos de casamento, a desprezava.

Ana encarou a pia tomada pela louça do café e a torneira que gotejava, indicando a necessidade de um reparo há muito negligenciado. De algum modo, as paredes daquela casa agora pareciam se fechar sobre ela. Ana sempre havia sido leal aos sonhos e caprichos de Jorge. Diante dele, deixou de ser senhora de suas vontades, e em sua ingenuidade acreditou que sempre seria a única a ocupar os seus pensamentos e a comandar seu desejo. Ah, que engano.

O ciúme rugiu dentro de Ana, doendo como um espinho na carne. Como se tomada por um sopro, sua mente se encheu de lembranças das noites em que pegava no sono sozinha, enquanto esperava que ele voltasse do seu trabalho como vigilante. O cheiro de bebida e cigarros que o acompanhava quando finalmente chegava em casa revelava o que ele sempre tentava encobrir com desculpas na manhã seguinte. Eram muitas as mentiras sobre plantões e horas extras que varavam as noites e que não formavam nenhuma desculpa convincente. Eram muitas as lembranças de todas as coisas que havia feito por aquele homem, por aquela família e por aquele amor que fluía de si como um rio caudaloso enquanto ela mesma morria de sede. "Até quando você vai se submeter a isso? Até quando vai tentar agradar quem só a enxerga como uma empregada?", perguntou uma voz que parecia se rebelar contra a sua consciência. Era chegada a hora de romper com toda a estagnação que a mantinha aprisionada naquela escassez de amor, carinho e afeto.

Na manhã daquela quarta-feira, as emoções de Ana se tornaram águas revoltas, um verdadeiro turbilhão que demandava, no fundo do seu peito, que ela não mais silenciasse a falta, que ela não mais deixasse o verbo morrer preso na garganta. Ela queria o fim da rejeição, do afeto negado, das noites em claro em que o relógio marcava as horas, a sua insônia e a infidelidade alheia. A mulher dentro de si havia cansado de pretexto e não iria mais tentar se diminuir para caber em uma relação falida. "Não vou mais lavar as coisas e encobrir a verdadeira sujeira", pensou Ana, recordando os versos de um poema que sua filha a havia mostrado dias atrás.

"*Considere que os tempos agora são outros*, mãe", Vitória havia dito enquanto lhe estendia o tablet com a poesia de Cristiane Sobral ocupando a tela brilhante. Mulher que sempre preferiu a ação à palavra, Ana abriu um sorriso melancólico ao se lembrar daquele fim de noite, quando terminava de dobrar as roupas que havia recolhido do varal e sua filha repassava o conteúdo da aula de Literatura do outro lado da mesa da sala. Atenta aos sinais, Vitória intuía o que estava acontecendo e sutilmente buscava meios de incentivar uma mudança naquele cenário, cansada de acompanhar as lágrimas silenciosas e as palavras represadas de sua mãe. Jorge havia passado do limite, passado da medida, passado do alfabeto, como havia escrito a poeta, e Ana se viu questionando o exemplo que estava dando para a sua filha. "Nunca é tarde para recomeçar do zero", disse a jovem recolhendo o material escolar enquanto a mãe terminava a leitura.

Ana suspirou. Saindo da cozinha em busca de ar fresco e um pouco de clareza para os seus pensamentos, ela seguiu até o portão da casa para ver o movimento da rua, um trecho tranquilo de um antigo bairro operário. Mesmo com as nuvens que se formavam, ela podia sentir um cheiro de mudança no ar.

Virando a esquina, Dona Olinda surgiu caminhando pela calçada estreita, trazendo nas mãos sacolas cheias de ervas que promoviam alívio e cura. Com a diligência de quem conhece o poder do tempo lento e faz bom uso da sabedoria dos seus ancestrais, a velha rezadeira da região cultivava no seu quintal todo tipo de plantas para banhos, garrafadas e benzimentos que atraíam pessoas de perto e de longe, atraídos pelos relatos da enfermeira aposentada que agora se dedicava a cuidar não somente da saúde do corpo, mas também da saúde da alma de quem mais necessitava. Ana se lembrava dela ainda na ativa, passando pela rua com o uniforme branco impecável contra a pele escura, os cabelos presos em um coque baixo com uma rede decorada com pequenas pérolas. Agora, acompanhando o seu caminhar sem pressa, pensou em quantas crianças teriam sido benzidas por suas mãos, tal como a sua própria filha, e na quantidade de quebrantos que haviam de ter sido curados com suas rezas.

Entre saudações e perguntas sobre a família, a conversa com a anciã logo se tornou mais íntima. Notando o semblante amargurado de Ana, Dona Olinda perguntou o que andava perturbando o seu coração. Não era fácil encontrar as palavras precisas que dessem conta de tudo o que sentia. Sob o céu da manhã cinzenta, Ana suspirou e fechou os olhos, como se pudesse tirar de vista o amargor de suas palavras: "Eu decidi que vou deixar o Jorge, Dona Olinda. Cansei de viver de fachada, engolindo sapo", disse. "Ele não me ama mais", concluiu baixinho.

Sabedora dos ciclos da vida, a mais velha permaneceu em silêncio por algum tempo. Vagarosamente, colocou as sacolas no chão e buscou as mãos de Ana, apertando-as entre as suas, e com um tom de voz firme, mas ainda assim muito suave, lhe disse: "*Obá Siré,* minha filha! Reze para ela. Obá é dona das águas revoltas, das pororocas. É uma guerreira muito poderosa, muito forte, que nem você. A gente sempre pode chamar por ela, que é mãe que entende essas dores de coração desprezado, mas que permanece fiel."

Assim como Obá havia se tornado rio, as águas revoltas que habitavam o peito de Ana voltariam a seguir seu fluxo, levando embora toda a mágoa causada pelo desprezo e toda a dor provocada pelo ciúme, emoções que haviam maculado seu corpo e sua mente. Não era ela quem estava descartando as promessas de amor e fidelidade que um dia havia feito, e Dona Olinda pareceu ler os seus pensamentos: "Sabe, minha filha, nessa vida é muito mais fácil prometer do que dar. Quando a gente carrega a própria água, se lembra de cada gota. Se sentir no seu coração, junte as suas coisas. Tem lugar lá em casa para você e sua menina."

Os olhos castanhos de Ana se encheram d'água diante da oferta generosa da mais velha. Era essa a mão amiga de que precisava e não sabia como pedir, uma fortaleza encarnada que surgia para ampará-la. Dona Olinda sabia que a vida não era fácil para mulheres como elas, que precisavam retraçar o próprio destino à ponta de faca, e havia passado por tormentas que lapidaram uma sensibilidade incomum para esse tipo de coisa. Por um segundo, sentiu vontade de rir. "Vamos que vamos, menina. Casa a gente sempre pode arranjar outra. O importante é você levar o seu lar com você, que isso é coisa que leva tempo para se construir dentro da gente." Ana respirou fundo e abraçou Dona Olinda, selando um pacto de cumplicidade que não se encerrava neste plano. Sim, ela era o seu próprio lar. E sua filha, é claro, também era parte dele.

Ao chegar do colégio naquela tarde, Vitória foi surpreendida por sua mãe, que a esperava sentada na varanda de casa. Ana havia seguido o conselho da rezadeira e pedido que Obá lhe concedesse a força necessária para enfim seguir em frente, e agora precisava de um momento para que pudessem conversar. Entre sussurros e confissões, ela abriu seus sentimentos para a filha, contando a proposta de Dona Olinda e seus planos de permanecer na casa da vizinha até que conseguisse fechar o aluguel de um novo cantinho só para as duas. "Você não vai me odiar por deixar o seu pai, vai?", perguntou em um momento de hesitação. "Claro que não, mãe. A gente não tem que teimar e ficar em um lugar onde o amor acabou", respondeu sem hesitar, jogando os longos cabelos escuros por cima do ombro esquerdo. "E eu sabia que você ia juntar coragem pra isso em algum momento", completou rapidamente com um sorriso, puxando a mãe para um abraço apertado.

A verdade é que Vitória era muito mais sábia do que a sua idade poderia dar a entender, ainda que preservasse o olhar curioso e atento de uma criança que ainda quer desvendar o mundo e todas as suas possibilidades. Cria de um novo tempo, a mulher que Vitória estava se tornando queria sacudir toda a tristeza que pesava sobre os ombros da mãe, e por isso sempre buscava incentivar Ana a abraçar chances que jamais havia cogitado – não porque fosse covarde, mas porque a dureza da vida havia conformado seus sonhos em um outro molde. A vontade era de pegá-la pela mão e sair desbravando caminho sem pedir desculpas e sem olhar para trás, sabendo que esse desfecho, na verdade, era um fim dentro de um começo, pavimentando uma trilha que mãe e filha seguiriam juntas, livres para alçarem os voos mais bonitos de suas vidas.

Deixando para trás a aliança e um bilhete em cima da cama de casal avisando que o casamento havia acabado, Ana virou as costas para o passado que havia construído com Jorge. Ela se sentia revestida por uma coragem impetuosa, pronta para seguir em frente e conquistar novos territórios de si com a cabeça erguida. Daquele dia em diante, Ana passaria a andar sob o zelo da grande guerreira belicosa, da mãe adornada com *ofange*, *ofá* e escudo que faz tudo por aqueles que ama. *Obá eleeko aja osi, ajagba eleeko aja osi.*

SEU MARIDO ADORA

MONIKE D'ALENCAR
Orientada por Janaína Oliveira

Lina sentia os pelos dos quiabos verde-clarinhos espetarem-lhe as palmas calosas das mãos enquanto os jogava na lixeira, um a um. O marido fizera um bom trabalho ao escolhê-los, dobrando-lhes as pontas e selecionando os mais macios. Nada daquilo importava, o destino deles era o lixo. Cochichou ao marido que precisou desperdiçá-los por estarem muito fibrosos, não haveria frango com quiabo, mas ela trataria de preparar seu prato preferido. Dão olhou-a com desconfiança. Desde criança, aprendera com a mãe a vasculhar a horta para escolher os melhores quiabos. Depois os cortavam, pingavam limão num dedinho da água do cozimento e comiam com a coxa da galinha, cujo pescoço Dona Tê tinha torcido horas atrás, Dão enchendo a boca da carne suculenta e engolindo junto com os pedaços macios do quiabo sem baba, quase sem mastigar, e Dona Tê dizendo, Come Dão, come para crescer, com o riso de dentes ausentes. E Dão cresceu um machão forte, filho de Xangô, o deus da justiça e protetor dos intelectuais. Lina, iniciada no Candomblé desde pequenininha, era filha de Obá e crescera ouvindo a história da oferenda de Ogum a Ifá para derrotá-la, por isso, tinha aversão à hortaliça. Não tivesse sua mãe trombado no alguidar e escorregado na pasta viscosa que dele derramara, teria mantido seu posto de guerreira invencível, e não teria sido dominada por

Ogum. Lina, precavida, não baixaria a guarda permitindo quiabo dentro de casa, dentro das panelas de sua cozinha, alimentando sua filha caçula.

As mãos de Lina ainda coçavam dos pelos urticantes do quiabo e ela esfregava sabão, procurando um jeito de falar com o marido. Não sobre a aversão ao quiabo, o que Lina pensava era na bravura de Obá, e na ironia de ter sido consagrada à Yabá. Talvez não fosse merecedora de tamanha honra. Acovardada, pensava em como conseguiria a permissão de Dão para sair. Obá nunca passaria por aquilo, empunharia seu escudo e suas armas e iria à luta. Mas Lina, cada vez que abria a boca, sentia-se uma criminosa pedindo por clemência. Quando Lina finalmente conseguiu falar, Dão disse que não poderia levá-la, aí já era demais, ela precisaria ir de ônibus, voltar cedo, afinal as crianças precisavam dela, mais dela do que dele, disse assim, apertando os mamilos; amamentá-los não era algo que podia fazer. Lina ficou feliz e muito grata. Dão era um grosseirão, mas era um bom marido, ela poderia sair de casa pela primeira vez após quase três anos de clausura. Depois que as crianças nasceram, Lina não conseguia botar os pés para fora de casa sem que eles demandassem a sua presença, e também era muito difícil sair com eles, tantas coisas para carregar. E se uma criança chorasse, pedisse colo? Como ela conseguiria consolá-la, equilibrar bolsas e impedir que a outra se perdesse pela rua? E assim Lina foi ficando cada vez mais em casa, cada vez mais diferente da mulher que era, a mulher que ninguém segurava, a mulher que podia tudo, aquela que, iludida, escorregou no quiabo uma única vez.

Quarta-feira, às 19h. Será que alguém se lembraria dela? Sua amiga Flavia disse que sim, todos ficariam contentíssimos em vê-la. Flavia era uma boa amiga, diferente de Desirée, por onde andaria aquela bisca que desapareceu para o bem de todos? Desirée não era iniciada, mas se um dia os búzios fossem jogados para ela, Lina tinha um palpite sobre quem seria sua mãe. Desirée e Lina competiam desde criança pelas melhores notas na escola, e Desirée sempre perdia. Por muito pouco, é verdade, depois abria a boquinha de boneca perfeitinha e enchia os olhos de lágrimas falsas para receber a atenção da professora, da diretora, dos seus pais, e até dos pais de Lina, que acariciavam os cachinhos bem penteados de Desirée e pediam que Lina emprestasse a estrelinha para Desirée só um pouco. Não, não emprestaria nada,

Lina cruzava os braços emburrada, os pais decepcionados com a falta de empatia da menina para com a amiguinha, que se debulhava em mais lágrimas.

Desirée mantivera a disputa e seguiu os passos de Lina até a universidade, competindo com ela pelas bolsas CAPES, tão escassas e concorridas quanto miseráveis. Não, Flavia não era nada como Desirée. Flavia receberia um prêmio por sua pesquisa em geocronologia por métodos isotópicos e ficaria feliz se Lina comparecesse. Havia um projeto novo no departamento, um posto de professora associada, uma bolsa ainda estava disponível para um estágio de pesquisa de pós-doutorado no exterior, Flavia contou. A universidade estava fervilhando de oportunidades, querendo recebê-la em festa, ela não estava muito animada?

Não, Lina não estava. Isso é natural, querida, eu já passei por isso, lembra daquela confusão com meu marido? Acredite, isso é fase, isso passa, Flavia a consolou. Não era a mesma coisa, não podiam culpar Flavia pelas agressões do marido, todos a acolheram e apoiaram seu retorno ao trabalho sem pressa, no seu tempo. Quanto a Lina, ela mesma desejara uma família e batalhara por ela, fizera tratamento, estimulação de seus ovários já velhos e preguiçosos para engravidar. Agora ela estava em casa, como bem planejara, não era lindo? Quem se preocuparia em resgatá-la do destino de todas as mulheres? Diferentemente de Flavia e seu olho roxo, Lina se encaixava bem naquele lugarzinho reservado para quase todas.

Lina preocupava-se em como as crianças ficariam longe dela pela primeira vez por tantas horas. Parecia vir um resfriado por aí, os meninos tinham começado a espirrar. E se tivessem febre? Talvez fosse melhor desistir de sair. Flavia insistiu muito, ela não se importaria se Lina faltasse à entrega do prêmio, haveria outros, mas ela realmente achava que Lina estava pronta para sair. Mais que pronta, ela deveria sair, já estava criando raízes e isso não tinha nada a ver com ela.

Na quarta-feira, Lina acordou ainda mais cedo, varreu a sala, jogou água, secou, passou cera de piso. Esfregou o box, tirou todo o limo dos cantos, até dos rejuntes. Preparou o almoço, bobó de camarão, farofa de banana e arroz de coco, o prato preferido do marido. Deixou as crianças jantadas e de banho tomado, tudo o que Dão precisasse à vista, o pijama das crianças, o desenho preferido já no ponto de apertar o *play*, as porções de leite ordenhado da caçula descongelando dentro da mamadeira, o composto lácteo do mais velho pronto na geladeira.

Enquanto se aprontava, Lina se deu conta de que não tinha algo bom para vestir. Suas roupas tinham o propósito de deixar as tetas sempre à disposição com a maior praticidade. Não eram bonitas, não valorizavam suas formas, eram pedaços de trapo que escondiam seu corpo guerreiro transformado. Foi quando encontrou um vestido marrom simples. Com uma boa maquiagem, um par de sapatos bonitos, uma faixa dourada nos cabelos, argolas e sua correntinha com pendentes de ofange e ofá, ficaria à altura.

Lina olhou-se no espelho e se achou muito bonita. A roupa marrom a transformara, ela quase não se reconheceu. O reflexo mostrava a mulher de três anos atrás, ela ainda estava ali, era bom revê-la, mas não parecia real, talvez a projeção de um passado irreversível, uma oportunidade perdida. De repente, Lina se sentiu ridícula, como num disfarce, uma fantasia vagabunda de carnaval. O batom vermelho não pegava bem para uma mãe, tirou, passou um *nude*. Nada de delineador ou rímel nos olhos, uma mãe não deveria se apresentar assim em público. Tirou as argolas de cobre, chamavam muito a atenção para sua orelha torta, escolheu um brinco de pérola discreto, arrancou a faixa dourada, amarrou os cabelos num coque e calçou sua velha sapatilha bege, já havia desaprendido a andar de saltos. Quando se olhou de novo no espelho, Lina viu a mulher acabada de todo dia tentando timidamente chegar à superfície para respirar um pouco. Ela podia ficar com essa, a das mudanças pequeninas, quase imperceptíveis, um movimento de saída discreto, de quem espera sair da batalha sem arranhões ainda que as lesões fossem profundas. Já era tarde, Lina precisava se apressar.

Havia canapés. Há quanto tempo não comia canapés, anos atrás já pareciam estar fora de moda. Lina agarrou um de pasta de frango com pedacinhos de abacaxi quando viu Flavia atravessando o salão em sua direção com passos resolutos, a pura elegância em pessoa. Chegou perto e balançou a cabeça em negação. Lina pensou que talvez fosse algo errado com os canapés e parou de comê-los. Flavia a levou até o banheiro carregando-a com um toque grosseiro, um convite assertivo que Lina não teve a opção de recusar e a colocou diante do espelho. Olha, mulher, olha pra você, disse espumando os cantinhos da boca. Flavia abriu a bolsa e tirou dela um pedaço de tecido cor de terra com paetês acobreados. Lina ficou impressionada em como cabia qualquer coisa além de um único cartão de visitas naquela bolsa. "Sabia que você ia aparecer assim. Tinha esperança de conseguir te salvar de alguma forma, toma, veste, não vai combinar nada com esses sapatos de velha. Talvez eu tenha alguma coisa um pouco melhor no carro." E enquanto iam até o estacionamento, Lina seguindo hipnotizada no decote cavado do vestido que endossava, Flavia soltou os cabelos crespos de Lina e elogiou o volume. Abriu o porta-malas, tirou dele um par de sapatos sóbrios, mas de boa qualidade, jogou-os na grama, atendeu o celular, deu dois tapinhas nas costas largas de Lina e circulou os dedos. Lina entendeu que Flavia a estava dispensando, ela devia calçar os sapatos sóbrios e desfilar com eles de volta para o salão. Esperava que ainda tivesse canapés.

Tinha. Lina apreciava um canapé de patê de salmão com cereja, divertia-se com a história que alguém havia lhe contado de que as cerejas em conserva eram na verdade chuchu cozido embebido em corante vermelho, quando reconheceu Desirée e quase engasgou com a cereja falsa. Desirée conversava com o chefe do departamento de rochas metamórficas, com quem Lina deveria fazer uma média se quisesse mesmo ser indicada para professora associada. Lina estava ainda mais bonita do que quando disputavam estrelinhas na escola e bolsas CAPES na universidade. Ela havia sumido por um tempo, ninguém sabia nada sobre Desirée na época do doutorado, e agora estava ali, esvoaçante em seu vestido amarelo e dourado. O relógio parecia não ter dado uma volta completa para ela, já Lina havia passado por mais transformações que as rochas metamórficas que costumava estudar, Desiree não a reconheceria.

Quando Desirée notou que Lina a encarava, ela acenou, segurou no braço do professor e andou em sua direção tilintando as pulseiras, num movimento capaz de derrotar todo um exército. Lina ficou parada no toque do braço. Talvez ninguém tivesse notado, mas Desirée enlaçara o professor mais tempo que o necessário. Um leve toque no ombro pareceria mais adequado, dava para ver que a pressão dos dedos sugeria que eles estavam transando, Lina concluiu.

Desirée perguntou como Lina estava, genuinamente interessada. Cheia de modéstia, contou-lhe que havia poucos dias tomara posse como professora associada, partiria em breve para um estágio de pós-doutorado na Europa, acabara de conseguir a última indicação, ainda um longo caminho a percorrer até assumir um posto definitivo na universidade, não é verdade? O tom que Desirée usou foi ainda mais modesto quando disse para onde iria, uma pequena cidade no interior, ela não teria ouvido falar. Saber que Desirée a substituíra no departamento e que agora transava com um homem vinte anos mais velho para usurpar sua pretensa vaga no pós-doutorado seria suficiente para fazer Lina cuspir a cereja falsa na cara Desirée, mas Lina a engoliu em seco e disse Claro, querida, é uma instituição muito reconhecida, parabéns, você merece. O autoflagelo continuaria, Lina logo diria que aspirava uma posição para fazer qualquer coisa, toparia até servir mesas no bandejão assim que as coisas estivessem um pouco menos conturbadas, quando Desirée apontou para os seios de Lina e sorriu, ela havia entendido tudo. Lina olhou para baixo e, vendo que seus peitos vazavam leite, se apressou em dizer que tinha dado uma pausa, agora se dedicava à família, sacou o celular e mostrou uma foto de Dão com os filhos. São lindos, seu marido não me é estranho, ele também é da área? Não, não, Dão não pesquisava rochas, era pedreiro, Lina desconversou, imaginando que, se Dão chegasse muito perto de uma rocha, com certeza teria uma marreta na mão para destroçá-la. Onde eles estão?, Desirée perguntou. Em casa, com o pai, Lina acrescentou, com um senso de importância tão grande, como se dissesse, veja, que excelente marido eu consegui, ele me ajuda com as crianças. Mas Desirée pareceu decepcionada, queria saber por que Lina não os havia levado. Lina não se lembrava daquele ar inocente de Desirée. Quando estudavam juntas ela lhe parecia muito mais dissimulada, mas agora Lina a via como uma estranha e sentia-se completamente deslocada diante da imagem da mulher com quem convivera desde criança e que na verdade não conhecia. Aquele evento não era adequado para crianças, elas facilmente se entediariam, Lina começou a dizer, querendo parecer uma grande ativista por espaços mais amigáveis para famílias com crianças, pelo direito de as crianças estarem onde seus pais estivessem. Desirée fez cara de quem não entendia e Lina finalmente reconheceu aquele ar dissimulado que ela fazia quando queria as estrelinhas de melhor aluna. Desirée apontava para a área de recreação com quatro recreadores animados vestidos como princesas e piratas. Seus filhos não teriam adorado isso?, perguntou, com um sorriso bobo no rosto. Lina disse que as crianças estavam doentes. Muito doentes, exagerou, na tentativa de se justificar bem por não tê-los levado. Desirée a olhou com cara de espanto. Agora aquele lugar não era adequado para Lina também, afinal, ela era uma mãe, uma mãe com filhos na hora de dormir, filhos doentes, muito doentes na hora de dormir. Nessa hora, passou o garçom oferecendo vinho seco e Lina quis entornar uma taça, mas ela não poderia envenenar o leite da própria filha na frente de Desirée, escondida, sim, é claro. Lina gostaria de dizer que Desirée era seca e maldita, mas disse sem jeito que Dão a ligaria se houvesse qualquer problema, aquela era uma noite importante para sua amiga, ela não podia faltar. Desirée continuou olhando para Lina com a boquinha pequena e aqueles olhinhos de sempre, olhou Lina todinha, demorou-se um tempo no vestido manchado na altura dos seios, analisou os seios fartos escapulindo pelo decote em V, demorou mais um pouquinho nas pernas cabeludas de Lina. E nada que Lina dissesse justificaria sua presença ali, ela se sentia cada vez mais inadequada tropeçando em desculpas tão esfarrapadas quanto a roupa disfarçada com paetê brilhante que ela vestia. Na tentativa de se desvencilhar de Desirée, Lina se desculpou, disse que precisava ir e que estava feliz por sua viagem. Que fizesse ótimo proveito de sua vida inútil sem filhos e sem marido veio na pontinha da sua língua, mas a quem Lina queria enganar? Desirée, afinal, planejara a sua carreira muito melhor que ela, e se perdia por pouco no desempenho acadêmico quando estudavam juntas, agora estava anos-luz na sua frente. Jovem, linda, bem-sucedida e desejável. Lina teve vontade de tomá-la em seus braços e beijar-lhe a boca para extrair todo o tutano dos ossos, deixando-a ali só a carcaça sem filhos, sem marido, Lina repetiu para si mesma que Desirée era um galho seco sem frutos, na tentativa de se convencer de que ela sim havia escolhido bem, que formar família importava mais, a vida tinha muito mais sentido quando as crianças corriam pelo terreno nos sábados de gira. Inútil. Lina não podia ficar mais um segundo naquele lugar, mas ficou o suficiente para Desirée segurar as mãos macias cheias de piedade nas mãos calosas de Lina e mostrar seus dois filhos, um pouco mais crescidinhos que os de Lina, brincando com os piratas, e seu marido tirando fotos na área infantil. Lina, disse Desirée tentando consolá-la, veja, as crianças crescem. Lina perdeu o ar e saiu sem dizer mais nada. Jogou os sapatos sóbrios de Flavia na grama, calçou suas sapatilhas de velha e foi para o ponto de ônibus. Só faltava agora Desirée passar dirigindo seu carro zero e oferecer uma carona entre as cadeirinhas dos seus filhos felizes e sem catarro, o marido no banco da frente puxando assunto enquanto alisava o cabelo cheiroso e sem frizz da esposa bem sucedida, a cereja do canapé.

Dão foi buscar Lina no ponto e a recebeu com mau humor. Quando Lina entrou no carro, viu as duas crianças adormecidas no banco de trás. Dão encarou o decote do vestido de Lina e lançou um olhar que seria o mesmo se ela tivesse esfaqueado as crianças, dividido em pedaços simétricos, embalado num saco preto e lançado num terreno baldio. Repare no brinco de pérolas, olhe para meus sapatos beges, veja aqui a mancha de leite no vestido, Lina pensou. Mas ela não disse nada e quase afundou no banco rasgado com o peso do ambiente, com aquele silêncio tão acusatório: culpada, lixo de mulher, vagabunda.

Ao chegarem em casa, Lina viu que as crianças vestiam as roupas que ela havia deixado, o leite ainda intacto na geladeira, embalagem aberta de biscoito recheado de morango sintético e resto de sorvete tóxico na pia. Lina limpou o bumbum macio e trocou a fralda cagada da bebê, limpou as mãozinhas, os pés e os rostinhos com lenço umedecido, vestiu o pijama nos dois e terminou de colocá-los na cama sem acordá-los. Quando saiu do quarto, Lina espumou para a sala, tinha vontade de voar em cima de Dão, socá-lo na cara até cair no chão desmaiado, gritando Maldito, você deu doce para as crianças, e de onde é que você conhece Desirée? Ela disse que te conhecia de algum lugar e os filhos dela são a sua cara!!! Mas não devia descontar no marido. Dão era um homem bom, fazia o que podia, do jeito que aprendera, não merecia escutar desaforos só porque ela estava com raiva de Desirée, aquela vaca. Então, em vez disso, perguntou em tom apaziguador como tinham passado, se tinha ficado tudo bem. Dão contou sobre um fio de cabelo no bico da mamadeira e como isso o deixara desconcertado. Lina não teve reação ao ouvi-lo contar sobre seu desconcerto com o fio de cabelo. Aquela sim era a cereja do canapé. Só podia ser o cabelo dela, tinha cabelo de Lina em tudo que era canto da casa. Lina apenas se desculpou, trancou-se no quarto e chorou sozinha, baixo para não incomodar as crianças, baixo para não incomodar ninguém.

A bebê de Lina já estava desfraldando quando ela recebeu mais uma ligação de sua amiga Flavia. Flavia contou que Desirée estava de volta do estágio no exterior, e voltara com a cabeça raspada; fora iniciada ao Candomblé. É filha de Oxum, né?, Lina quis confirmar o palpite, mas Flavia sorriu, É Oba purinha, nega, só você que nunca percebeu. Mas não era por isso que Flavia ligava, ela receberia outro prêmio e queria convidar Lina para o evento. Seria no mesmo lugar, e agora sabiam, havia espaço para as crianças, não seria ótimo? Lina ouvia as batidas do próprio coração dentro do peito, e, agradecendo, disse que não se preocupasse mais. Ela não poderia ir, as crianças estavam doentes, elas estavam sempre doentes. E ainda que não estivessem, para quê criar expectativas? Lina desligou o telefone, tirou seu diploma da parede, poliu o vidro com cuidado, e observando seu reflexo deformado no metal da moldura, viu pela primeira vez o outro lado do chapéu sobre sua cabeça; decidiu guardá-lo no fundo do armário no quarto. Depois foi preparar o jantar. Bobó de camarão, com arroz de coco e farinha de banana, o prato que seu marido adora.

AAAMOR

Patrick José
Orientado por Ana Paula Lisboa

A cruel necessidade de amar

Eu perdi o amor da minha vida e nessa brincadeira, meio que me perdi inteira.

A DESGRAÇA NÃO TEM LIMITES,

corre de mim, Ricardo, pode correr, eu juro, vou matar você. Eu aceito, você ganhou, não tem mais jeito, é inútil nadar contra a corrente, afinal, quem decide: é o coração. Vim devolver o homem, assino onde? Seu amor foi uma facada bem dada, o corte perfeito que mata mas sara, aleluia na boca, a mão levantada, eu me entrego só não me maltrata e de novo são oito facadas, dói igual a oito facadas, o sangue escorrendo um sorriso, me maceta, me amassa, gira a porra dessa faca e eu continuo sorrindo. Você é tudo que eu preciso, só insisto em precipício, eu me jogo, não evito, eu sou fogo não evito. Eu sou só coração.

Ricardo, o amor é touro bandido, sem piedade, sem frágeis lágrimas, Ricardo, amor da minha vida, o amor é touro bandido, o reducto absurdum de toda experiência humana, e você batalhou com a trapaça de ter como oponente um coração ferido e eu caí noutro erro gostoso, outra morte mais leve que o sono, só queria esquecer que existo. Porque contra o amor jamais se ganha batalha alguma e o campo revela aos homens apenas a sua própria loucura e desespero, e a vitória é uma ilusão de filósofos e néscios.

NESSA HORA EU TÔ CHORANDO PRA CARALHO, eu abandonei tudo por você Meus sonhos, todos os meus cantos, Ricardo, o meu teclado, o meu cavalo, e cadê o amor?

Foi pra casa do caralho. E estamos aqui, é a última conversa, ele ri, diz que é a milésima. Ri, Ricardinho, pode rir, mas não desacredita não. Arranco a faca da bolsinha, ele arregala os olhos. Finalmente tá sentindo alguma coisa, né, SEU ARROMBADO? EU VOU TE DAR UM PRESENTINHO, hoje é seu aniversário: DE MORTE. E num movimento forte e corajoso enterro a faca no peito, a dor aguda me toma, o sangue escorre no meio-fio, suja as calçadas, as pessoas gritam, esse rodeio virou enterro, eu sorrio, alegria, gente, coragem, já está acabando! Eu botei fogo na vaquejada, a pausa dos sentidos satisfeitos, a escuridão me toma, me toma a natureza, que, não tendo outros recursos, está reduzida à profundeza.

Esqueço os problemas, estou girando: quando se aproxima o fim, já não restam imagens da lembrança; só restam palavras e elas escorrem do meu peito.

Ricardinho me acode, grita, me chama de louca, bota minha cabeça no colo, ouço a ambulância, os pingos frios de seu suor me envolvem e eu digo, a escuridão me toma, eu sorrio, a boca lambuzada de vida e eu repito e repito: o amor é a resposta, o amor é a resposta,

só meu ódio me salva.

A MALIGNIDADE DO NOSSO DESEJO DE SER FELIZ

"A descoberta do fogo e a consequente queima dos combustíveis fósseis, se por um lado garante a vida, por outro também anuncia o seu fim. Com a destruição das condições naturais de sobrevivência da espécie". Sebald.

O amor só é bom se doer.

A FEROCIDADE COM QUE QUEREMOS BRINCAR

Procuro por caminhos pra dizer: TE AMO,

mas não escrevo mais lovesongs...

Era uma vez uma menina que nasceu com outra na barriga, ela nasceu gêmeos. A menina e o monstrinho. Não tinham medo de nada, os dentinhos provavam cada pedacinho do mundo, a menina e o monstrinho não tinham medo de nada, meninas e meninos, é tudo meu, explosiva, sem fronteiras. É fogo.

Desde a história da facada no meu próprio peito ganhei fama e público no Piseiro, e me tornei a cantora que sempre sonhei. Nesses anos fiz carreira, viajei o mundo, dei uma casa pra minha mãe, aposentei todos os meus parentes, e hoje, finalmente, faço o meu último show.

A menina nasceu com um coração infinito, com um fogo nunca antes visto, a menina nasceu com um bebezinho, os dentes tortinhos, a sede de morder e morder o universo e cuspir estrelinhas, mundos novos que a menina nunca tinha visto. E a menina sentia: É ISSO É ISSO É ISSO.

Ganhei dois ônibus, três agentes, um andar todo do marketing, uma legião incomensurável de fãs, e também algumas vozes, passarinhos verdes que sopram coisas nos meus ouvidos. É o último show, meus fãs estão desalentados, meus agentes perderam cada fio de cabelo, minha mãe olha nos meus olhos e se pergunta o que eu estou fazendo. Mas eu preciso ouvir as vozes, eu pressinto isso até o tutano dos ossos.

A menina não tinha medo de nada, tinha aprendido com a bebezinha a força necessária para vencer qualquer batalha. A menina não tinha medo de nada e isso cria inimigos, alguns batiam na menina, outros arrancavam pedaços de sua carne e outros tentavam matar com palavras feias, e ela aguentou muita porrada, muita porrada sem dar um único pio. O único crime da menina? Amar demais. Um amor entupido de vida, um amor que não aceita ser laçado ou capturado. Um amor infinito, infinito como a vida, um amor sem-fim.

— 30 segundos, Coisa Rara – grita o produtor no camarim.

Raquel, Coisa Rara, me olho no espelho, nunca me senti tão bonita e cheia de vida, o *skin care* da alma em dia. Olho decidida, sim, é hora de subir no palco.

Uma menina bonita é uma menina calada. Os homens grandes tentaram e tentaram de todas as formas arrancar a menininha que vivia dentro da barriga da menina. Eles só dão o que deram pra eles, bateram, queimaram, xingaram, fizeram o diabo, mas a bebezinha era uma estrelinha dentro da menina: O SOL. Um sol vivo, e nada, nada consegue tapar o sol que existe dentro de cada um de nós.

Faz um tempo, eu recebi a visita de um anjo. Um serafim de seis asas de chamas e os olhos de fogo dos bons malandros. Ele dizia que tinha tantos nomes como deus e o diabo, mas, como todos, era também um filho muito bem quisto de N'Zambi. Disse: moça, pra salvar a mulher, precisa primeiro salvar a menina, pra salvar a mulher precisa primeiro salvar a menina.

Foi lá que ela foi destruída.

Eu só sei cantar e todas as canções são canções de amor.

Subo no palco com a boca cheia de vida e o ardor casto no peito. No meio do show, peço que parem, preciso contar uma notícia: – Eu estou grávida e é uma menina! A multidão enlouquece em sorrisos e aplausos – Um anjo me contou que todos nascemos com um messias na barriguinha. Eu nasci com uma menina, tão bonita e cheia de vida que os medrosos chamaram de monstro. O verbo divino de Deus, força de fogo completa em si mesma, uma pequena Deusa Guerreira, a grande dona do fogo, do fogo mais puro, sou filha da menina que deu luz ao mundo, a nascente de tudo, sou só coração.

Hoje eu deixo os palcos para virar mundo. Só vive para sempre quem não anda sozinha, sou qualquer mulher em qualquer praça ao meio-dia. - Não ser devorada é o objetivo secreto da vida. Sou incapturável, sou infinita, sou só coração.

E O NÚMERO DE VEZES EM QUE MATEREMOS POR AMOR

Boa noite, aqui é Nathália Costa para o Jornal da Noite. São 19 horas e 30 minutos. O dia 30 de maio de 2035 acaba de entrar para a história do Brasil e do mundo. Uma multidão de mulheres que ninguém pode contar acaba de tomar Brasília, nós podemos ver carros blindados, fuzis, um exército revolucionário. E temos uma notícia que deixa tudo ainda mais impressionante, quem lidera esse grande grupo é Raquel, Coisa Rara. Sim, a cantora superfamosa que arrastava milhões onde passava, e que desapareceu há 10 anos, depois de um grande último show, sem deixar pistas. Alguns diziam que tinha morrido, outros que se refugiou em terreiros por todo país, outros ainda diziam que ela tinha enlouquecido. Ficamos agora com sua entrevista exclusiva:

— Não fui eu quem ganhou essa guerra de mais de 500 anos. Quem ganhou a guerra, hoje, no dia 30 de março de 2035, e mudou para sempre os rumos da nossa história, é o coração de 10 mil mulheres que amaram, mais do que qualquer coisa, a possibilidade de um novo mundo.

Se querem encontrar as grandes respostas e problemas é só voltar às raízes, se quiser curar o adulto pergunte a sua criança: onde caímos? Se quiser salvar um país, pergunte à raiz de sua estrutura, onde caímos? Não existe a possibilidade de uma nação construída sobre dor e violência, sangue e lágrimas, uma terra envenenada desde a nascente por centenas de anos, dar certo sem uma grande transformação.

Como chamaram Joana D'arc e Santa Catarina, loucas, assim também me chamarão. Salve Estamira, Maria Padilha, Mulambo e minha Bisa, Cruzvalinda, eu tenho certeza, elas também cantaram! Viva Raquel, a "doida", mas como Catiço e todas as outras que ousaram ser livres, ela também será queimada em praça pública. Só que os nomes não me interessam mais, ninguém é alguém, uma só mulher imortal é todas as mulheres. Como Tituba, sou deusa, sou heroína, sou filósofa, sou demônia e sou mundo, o que é uma fatigante maneira de dizer que não sou uma = Sou multidão. E assim, morre Raquel para nascer, da minha barriguinha, a verdadeira rainha do povo guerreiro que é só coração. Obá Xirê, minha mãe.

HISTÓRIA DE AMOR E FÚRIA

Rejane - Rainha do Verso
Orientada por Mãe Flávia Pinto

obá sentou-se na cama para calçar os finos saltos cor de cobre que combinavam perfeitamente com o vestido vermelho que usava. odiava usar salto, era desconfortável e se sentia patética, mas iansã conseguiu fazê-la mudar de ideia. era boa nisso, e sabia usar os argumentos certos para convencê-la.

– maninha, faz parte do jogo! largue esse blazer surrado, use o vestido, você é a homenageada da noite!

– eu odeio vestido e você sabe disso!

– égua moleque tu é doida? a imprensa toda vai estar lá!

– que se dane a imprensa! por mim eu nem iria nessa merda. – e tu achas isso bonito? é seu dia, sua premiação! você merece! trabalhou muito para receber essa condecoração, a melhor delegada do brasil no enfrentamento ao Abuso e combate à violência contra a mulher! o presidente estará presente! tu tens noção disso? que é a primeira mulher delegada do Amapá a ser condecorada?

– eu pra fazer meu trabalho não preciso dessas pavulagem toda, não.

– mas não ter nem uma pavulagenzinha vai te fazer menos delegada?

– isso não é brincadeira, mana, isso é uma guerra.

– então finge que é uma armadura da sua luta de hoje, enfrentar aquela gente estando linda no Palácio do Planalto! Você tem noção do quanto é linda?

não, ela não tinha essa noção. tudo era muito novo pra ela, estava acostumada com lutas, guerras internas e externas, operações policiais, prender os malaco e limpar a sociedade do pior lixo que o ser humano era capaz de produzir, não estava acostumada com premiações, seu prêmio era muito subjetivo, saber que as famílias estavam seguras e longe de cada predador que tirava de circulação.

– você não vai com aquele terno batido pra Brasília nem que eu tenha que te amarrar e pôr um vestido em você à força!

– se eu pudesse, eu ia de pijama.

– hum, tá, não!

Iansã revirou os olhos.

– para com isso, minha irmã, esse é seu dia, e você merece estar bonita!

era difícil lidar com a teimosia de obá, se ela batia o pé, nada a fazia voltar atrás. mas entendia suas inseguranças, ela melhor que ninguém sabia o que a irmã tinha passado, o que a própria mãe tinha passado para estarem de pé. por isso elas eram sua base e fortaleza. obá, sendo a mais velha, sempre a protegeu do mundo e a ensinou a ser forte, audaciosa e destemida, a lamber as próprias feridas, fazer da dor seu combustível para alçar seus voos, correr atrás de seus objetivos. foi seguindo seu exemplo que resolveu ela também entrar para pm e hoje ser uma investigadora. obá sempre lhe dizia:

– vigia bem, se tu não fizer o que precisa ser feito, ninguém fará por você! maninha, é você quem tem que correr atrás do que tu quer! – dizia olhando nos olhos de iansã.

era dessa forma que ela própria conseguiu se reerguer de todas as batalhas e se reconstruir

Obá não gostava de debater com a irmã. era a caçula, a amava como uma filha, era a borboleta mais linda do seu jardim, sua companheira de vida e luta. aquela que assim como a mãe nunca havia soltado sua mão nos momentos mais difíceis. por isso, agora vestia um vestido vermelho, maquiagem pesada, e usava enfeites acobreados em suas tranças, no pescoço longo pendia um colar com uma pedra olho de tigre repousando em seu colo, quando se olhou no espelho, surpreendentemente gostou do que viu. Será que xangô a acharia sexy? a olharia com olhos inflamados de desejo, como quando eram apenas namorados? sua irmã tinha razão, ela merecia estar bonita, mas era tão estranho, não se reconhecia além do distintivo, era como seu escudo emocional, que exorcizava seus fantasmas e algemava os demônios alheios, ela curava seus traumas mais antigos entre armas e balas, para não lembrar do que não queria lembrar. como quando seu mundo desabou ao descobrir ainda tão nova, uma criança ainda, ser fruto de um estupro que sua mãe yemanjá sofrera, que seu irmão mais velho orungã ousara macular o corpo de sua própria mãe, e seria ela o fruto proibido de um útero retalhado. anos depois o casamento de sua mãe com oxalá, pai de oya, também não foi fácil. ele um homem bem mais velho que sua mãe, tão sábio quanto turrão, yemanjá determinada a fazer o que seu coração mandava, mas essa união trouxe a paz e a segurança que a família precisava, a fez crescer em um lar cheio de amor, subindo nos açaizeiros pra catar açaí do pé, andando no lombo dos búfalos com a irmã e sendo amada pela família. foi esse amor que a fez seguir em frente, ver sua mãe todos os dias atravessando o rio, se arriscando nas balsas mais cheias do rio e lutando para terminar a faculdade de psicologia, as noites em que tomava conta dos irmãos para que sua mãe pudesse estudar e trabalhar. sua ousadia e força a levaram ao desejo de ser militar. não apenas por seu senso de justiça, mas pela necessidade de adrenalina. desde muito nova, surfava nas pororocas do rio araguarí, se arriscava nos lombos dos búfalos, nada era capaz de pará-la. na escola sempre foi a maior de sua turma, se defendendo de todos que ousavam entrar e seu caminho e lhe pôr algum apelido nada engraçado, como faziam com as outras meninas negras. um dia, um desavisado gritou na hora do recreio:

– macaca preta!

Obá, que estava na fila da merenda, olhou para o neguinho mirrado, perna fina e sorriso debochado.

– égua, muleque, tu me chamou de quê?

– macac...

e antes do neguinho conseguir completar a frase, o punho fechado de obá já lhe acertava um soco bem no seu nariz e avançava para cima do menino que não teve a oportunidade de correr. o sangue desceu do nariz do pobre coitado e se misturava à terra do pátio e os berros podiam ser ouvidos do outro lado do muro.

– briga! briga! briga! – gritavam as crianças no pátio, enquanto o zelador tentava em vão separar a briga e segurar a fera que já cravava os dentes no braço do pobre homem. essa foi apenas uma das várias brigas na escola, na rua, na aula de capoeira, dentro de casa com os irmãos... toda sua vida foi assim, menina macho como as vizinhas gostavam de fuxicar, briguenta marrenta, e por isso não foi nenhuma surpresa para a família quando externou sua vontade de seguir carreira militar. não havia outro caminho, obá era uma guerreira nata. a força que recebeu ao decidir entrar para polícia militar a emocionou profundamente, para ela atitudes valiam mais que as palavras.

foram meses e meses de estudo horas a fio. trabalhava de dia e estudava de noite, varava a madrugada, feriados, finais de semana, dias santos, todos entre papéis e livros. foi como se não existisse mais nada no mundo além de seu objetivo.

yemanjá admirava a determinação da primogênita, via o quanto ela queria provar seu poder, e a apoiava incondicionalmente. enrolava acaçá com todo carinho quando ela esquecia de comer, ou abará que a filha gostava tanto, açaí com farinha para alimentá-la, punha sua filha em seus ombros e cantava para ela quando via a exaustão em seu semblante, sempre sob a supervisão de oyá que depois de brincar pela rua afora vinha e sentava para ver a irmã estudar.

a prova a levou no limite de suas forças, muitos aspirantes a cadete desistiram. mas não ela. aquela mulher parecia ter um diabo no corpo. foram 30, 40, 60, 90, 120 flexões, corrida com 50 quilos nas costas, nado, nada a fez parar, nada.

obá lembrava com carinho da festa quando ela passou finalmente para a escola de cadetes! muita comida, bebida, música, parentes e seus poucos amigos vieram comemorar essa conquista! ela não era muito dada a festas, sempre foi muito reclusa, mas festejou sua vitória, brindou com uma taça de vinho branco, dançou com sua mãe, seus primos, seu avô olokum, com seu padrasto oxalá, seu tio aganju, que veio da fazenda só para vê-la e até com seu irmãozinho do coração. omulu e depois deixou o povo festejando e foi para seu quarto refletir sobre as batalhas que viriam pela frente.

a permanência de obá na escola de cadetes realmente não foi nem um pouco fácil, a viagem para a capital macapá, a distância da família somada ao fato de que era a única mulher que havia passado na prova, a sua presença incomodava e sua capacidade questionada a cada dia, os cadetes não aceitavam que uma mulher tão jovem poderia dar conta do treinamento duro de ser uma policial, além de a subestimarem a batalha não a assustava, nem os assédios, não existia ninguém no mundo a quem temesse. nem nada ali a intimidava. e isso surpreendia não só seus companheiros de formação como também seus superiores.

ser militar era pra quem tinha coragem, e ela tinha de sobra, tanto coragem quanto afrontamento. sua fama e insubordinação já corriam as bocas do quartel, e tanto a irritavam quanto a instigavam. não adiantavam os castigos pelas brigas que causou com outros recrutas, como quando jogou um copo d'água na cara do cabo oxóssi, ficando de castigo sem colchão uma semana, ou desafiou e incapacitou exu na aula de defesa pessoal, quebrando-lhe um braço. mas seu maior desafio não era o assédio, os castigos ou o dia na prisão. seu maior problema tinha nome e patente: tenente ogum. ela sabia ser ele o causador de seus castigos mais severos, e também percebia os olhares de desejo do tenente a ela. isso a irritava profundamente, pois dentro de si não compreendia as sensações que a proximidade de ogum causava em seu corpo, um misto de raiva e repulsa. os assédios foram ficando cada vez mais frequentes: a abraçava por trás para ajustar sua mão na pistola na aula de tiro, ou quando a chamava em sua sala com alguma desculpa qualquer. a gota d'água foi quando após uma discussão com o tenente quando sua mão escorregou "acidentalmente" na sua bunda durante um treinamento.

– que é isso? tá maluco? quem você pensa que é?

– eu sou o seu tenente, recruta.

– e isso não te dá o direito de passar a mão no meu corpo, "tenente".

– estamos em uma aula de tiro. se o contato corporal te incomoda, você pode pedir para sair. a polícia militar não é lugar para frescuras.

– a aula de tiro é com armas e não com o meu corpo! e se isso tornar a se repetir, eu vou esquecer da hierarquia, senhor!

como punição por desacato ao superior, fora tirada do alojamento e obrigada a nadar com uniforme e botas madrugada adentro no rio. ali foi o seu limite. um militar tem que estar pronto pra tudo.

e se odiava por se controlar demasiadamente para não reagir a tais investidas de um machista escroto! sabia que o preço a ser pago seria seu sonho e esse era um preço que não estava disposta a pagar. as punições que recebia, mais severas que o normal, o ambiente opressor a que era submetida vinha de sua recusa às investidas do tenente, e precisava tomar uma atitude.

o tenente ogum não recebeu bem em sua sala a notificação da denúncia que obá havia aberto de assédio moral e abuso. como essa feministinha ousava entrar em seu caminho? quem ela pensava que era ? ela deveria se sentir honrada por ter sua atenção, quantas disputavam a tapa a sua atenção? era patente alta da pm, condecorado, um dos melhores, já tinha dispensado mulheres muito mais bonitas que essa obá! estava indignado, desde que as mulheres ficaram empoderadas, com esse movimento feminista, decidiram que entrar na pm seria uma boa ideia, muitas se alistavam e todas desistiam no primeiro exercício da prova física. o quartel é o que separa homens de meninos... ou mulher de meninas. ogum fazia questão de expor as mulheres aos exercícios mais puxados, mas ficou tão surpreso quanto admirado, não só pela força de obá, mas também pela beleza. não que a achasse exatamente bonita, mas havia algo nela que prendia sua atenção... um desafio no olhar que o instigava a um enfrentamento corpo a corpo, os seios empinados marcados pela camisa molhada de suor, a pele negra, lisa brilhando ao sol a pino.

as mãos firmes de ódio ao mirar a pistola no alvo nas aulas de tiro, vê-la com a arma na mão o excitava. como aquela neguinha petulante não cedia a suas investidas? ele um homem alto, forte, sua pele negra e queimada de sol, porte imponente, muitas dariam a vida para ter uma noite com ele. merda!

a raiva estampada na face. quando viu aquela mulher entre os recrutas, determinou em sua mente que acabaria com aquela petulância, custasse o que custasse. eram esses os direitos iguais que essas feministas tanto pregavam.

– bem, vamos ver se essa rapariga é broncuda mesmo, ou só vai querer anotar multa de trânsito.

mas não obá e isso o irritava profundamente. e agora isso! ela tinha a audácia de lhe processar! ligou imediatamente para o escritório de ifá.

– ifá escritório de advocacia, boa tarde.

– boa tarde. pode me passar direto para ifá. diga a ele que é o tenente ogum. ele sabe quem é. diga que é urgente.

– um momento.

quando seu advogado atendeu, as notícias não foram boas. a denúncia de obá era apenas umas das seis apresentadas contra o tenente. assédio, abuso de autoridade, agressão e outras. ogum não segurava seus ímpetos, isso trazia uma avalanche de problemas. se não possuísse uma patente alta na pm, contatos e influência, com certeza já estaria preso. mas não cabia a ifá julgar, e sim resolver, e ogum não haveria de encontrar ninguém melhor para aconselhá-lo a sair dessa batalha com obá. e ogum seguiria obedientemente as instruções de ifá.

obá estava a caminho de seu alojamento quando recebeu uma mensagem de ogum. obá não acreditava no que lia na tela, era um convite para jantar. um jantar de paz, dizia. queria resolver qualquer mal-entendido que havia entre os dois. queria que a audiência não fosse um cenário de guerra e que sua formatura fosse tranquila, como ela merecia. obá estava pasma. não queria ir. seu sexto sentido a mandava se afastar do tenente o máximo que pudesse até o dia da audiência. faltava um mês para sua formatura e uma semana para a audiência. precisava ter foco, seu sonho estava tão perto, passou por tanta coisa pra chegar até ali! ela seria uma policial de elite, talvez no futuro se candidatasse para o bope, quem sabe ir para o sudeste? alguém seria condenado, quem sabe exonerado? não sabia, mas não fugia a nenhum confronto e não temia ogum.

ela chegou primeiro ao restaurante, não fez questão de se arrumar mais do que a elegância de um blazer e uma maquiagem neutra permite. ao vê-lo entrar no restaurante, viu o quanto ele era grande e parrudo, parecia um móvel ambulante prestes a rasgar a camisa branca com os músculos. sem a farda, ele parecia mais novo, menos ameaçador. ao ver obá sentada à mesa, ogum abriu seu sorriso mais sedutor, a brancura de seus dentes contrastando com a meia-luz do restaurante.

– que bom que aceitou meu convite.

– quero saber o que tem a me dizer, se for pra me convencer a retirar o processo…

– de maneira nenhuma! te convidei para esse jantar para me desculpar. eu estou completamente arrependido de tudo o que eu fiz. o exército faz a gente endurecer e não é fácil ter as responsabilidades de um tenente! às vezes acabei pesando a mão e talvez sendo meio inconveniente.

– entendo.

– conversei com algumas mulheres da minha família, contei o que estava acontecendo, elas apontaram meus erros e me fizeram enxergar o gala seca que eu estou sendo. não é esse o policial que eu lutei pra ser.

obá estava abismada, jamais esperaria um pedido de desculpas de ogum… não sabia o que pensar, sua mente estava confusa, não conseguia definir se havia sinceridade nas palavras de ogum, mas ele ali com um copo de cerveja na mão parecia muito mais despojado.

– eu não sei o que pensar.

não pense nada! eu apenas quero o seu perdão. não precisa ser agora, pode ser depois da audiência, não importa, vou pagar pelos meus erros de cabeça erguida, e você decide o que será dali para frente, combinado? yemanjá sempre lhe ensinou que as pessoas mudam, mas a mudança de alguém parecia um milagre! bebericou seu champanhe enquanto ouvia um brega que tocava no som. a noite estava sendo bem agradável, obá bebeu champanhe, experimentou a cerveja artesanal preferida de ogum, na verdade, as várias cervejas durante a noite. dançaram com a banda de forró que tocava, obá estava um pouco zonza, não estava acostumada a beber, mas os braços de ogum pareciam tão confortáveis, ele a segurava pela cintura enquanto rodavam com suas cinturas coladas pelo restaurante.

estava tudo tão bom e tão agradável que nem se importou quando os lábios de ogum a beijaram. na verdade, ela até gostou de mastigar aquela boca carnuda, de sentir sua língua e dessa vez sentir sua mão segurando sua bunda.

quando ogum a convidou para sua casa, obá assentiu. tava tudo tão bom, seu corpo mole parecia pedir colo, não estava raciocinando com clareza, mas estava cansada de ser racional, precisava de emoção, de adrenalina. quando ogum abriu a porta do carro para ela entrar, seu corpo pareceu amolecer. mas ao sentir a mão de ogum em seu ombro, tudo fluiu. ao chegarem à casa de ogum, não sabia ao certo onde estava quando ogum a pegou no colo e a levou para o quarto, pousando-a na cama.

– agora chegou nosso acerto de contas – sussurrou ogum em seu ouvido enquanto arrancava o sutiã, libertando os seios fartos de obá. o corpo de obá parecia ter vida própria, sua cabeça estava confusa, não pensava em nada além dos arrepios provocados pelas mãos, a boca, o corpo de ogum. aquelas mãos grandes entre suas pernas molhadas. não sabia lidar com a imprevisibilidade de seu desejo.

o membro duro, que parecia uma faca separando seus lábios à procura de prazer. gemeu quando a faca cortou suas partes à procura de abrigo, reivindicando o corpo de obá, tudo era uma dança frenética, que de uma hora para outra começou a perder o controle. obá não conseguia acompanhar o ritmo de ogum, seu corpo não obedecia, e tudo piorou quando ele...

– para... – disse obá em um leve sussurro no ouvido.

ela não sabia distinguir onde apressou aquela dança, o corpo de ogum era pesado, grande e a sufocava. suspirou ofegante quando ele se afastou, pegou seus ombros e a pôs de bruços.

– não, não!

– só um pouquinho.

– eu não quero assim.

– relaxa, você vai gostar.

sentiu a faca ferir a fresta pela qual seu corpo era invadido. nada estava bom, o seu corpo rígido de dor já não dançava, o corpo de ogum era pesado e grande, e parecia sufocá-la. era como quando era engolida pela pororoca ao surfar no rio. o gosto da água de rio em sua boca fez seu corpo acordar do efeito do álcool, obá ainda não raciocinava com clareza, mas o sangue em seus olhos queimava o rosto e com a força da raiva conseguiu libertar os braços, levantar o corpo para ter o rosto de ogum perto do seu e cravar os dentes na bochecha de ogum, que urrou enquanto em vão tentava empurrar seu corpo. obá não soltou o enquanto não sentiu a carne se romper na boca, ogum esbofeteou obá, que perdeu o equilíbrio e caiu da cama.

– você ficou louca? – ogum urrava. – vai embora daqui agora, sua maluca, antes que eu perca a cabeça!

obá pegou as roupas apressadamente e correu para a porta.

sua formatura foi o dia mais triste da sua vida, o céu estava cinza, tudo parecia triste e até o canto dos pássaros a irritava. queria que o tempo passasse rápido e ela pegasse seu certificado e fosse embora dali o mais rápido possível. lembrava com ódio da audiência. havia sido traumática. nunca foi tão humilhada em toda sua vida, quando chegou estava confiante, mas qual não foi sua surpresa quando o advogado declarou um caso entre ela e ogum. oi? ela nunca havia tido um romance com aquele homem!

– é mentira!

não adiantou o grito. ficou em choque com o vídeo exibido na tv da sala de audiência, com imagens daquele dia tenebroso. ela não teve reação a não ser gritar. se sentia tão desamparada... tão sozinha... queria o colo da mãe, que, junto com seus irmãos e seu padrasto, estavam sentados na arquibancada para ver sua formatura, que no momento tinha gosto de guarda-chuva. quando terminou a celebração, foi embora o mais rápido que pôde, alegou dor de cabeça para não precisar ir a lugar nenhum. tudo foi tão diferente de quando passou para a escola de cadetes. se sentia suja, fraca, derrotada. sua mãe e irmã choraram abraçadas a ela, quando contou o que havia acontecido e tudo que havia passado. três mulheres que juntas eram uma só, seu escudo, sua fortaleza.

percebendo que o fogo em seus olhos estava apagado, a mãe a levou em uma colega psicóloga. pela primeira vez obá a obedeceu sem questionar. as primeiras consultas foram bem difíceis, obá não conseguia falar uma palavra, aos poucos suas comportas foram se abrindo por todo seu corpo, seus olhos, sua boca e seus ouvidos para a escuta e em seguida seu corpo para a cura e para seguir sua vida, se livrar de seu fantasma e de tudo dele que semeava dentro de suas memórias e se recuperar inteira, voltar a viver.

o tempo não para e ainda passa depressa. um dia ligou a tv e lá estava ele no jornal, se explicando mais uma vez ao tribunal militar, sem mais mentiras em seu repertório e sem patente onde se esconder, estava completamente desmoralizado, um derrotado. a câmera deu um close e uma mancha redonda e escura se sobressaiu, a mordida ainda estava lá, seu fantasma estaria para sempre na face de ogum, desligou a tv. o tempo é o senhor de tudo, inclusive das melhores vinganças. e nada melhor que ver a roda da justiça girar.

obá então refletiu: ela se esforçava para esquecê-lo, mas ele jamais a esqueceria ela, isso seria sua tormenta constante. percebeu que era época de pororoca, pegou sua antiga prancha e resolveu se encontrar com sua velha companheira, a tsunâmi dos rios. ao chegar à margem do rio araguaia, lá estava ela, brava, forte e linda e lisa se dobrando, se acolhendo, perfeita. ali a margem se lembrou de como sua amiga era desafiadora. toda maré é diferente da outra, umas você domina, outras ela te engole. uma força intensa brotou de dentro do seu ser, destruindo todos os seus bloqueios, um ódio descabido foi subindo do seu peito, costas, pescoço, e explodiu em um urro alto e forte. obá deu um berro alto e se debulhou em lágrimas ao entrar no rio para abraçar sua amiga. estava leve, sentia o peso da guerra sair de seus ombros ao peitar o turbulento encontro do rio com o mar.

o tempo é o melhor remédio. e ele foi rei na vida de obá, que voltou a trabalhar na pm, e foi lá que conheceu as delegacias da mulher. tinha apenas uma no amapá, mas foi lá que descobriu sua verdadeira vocação: ser delegada. só tendo o poder nas mãos poderia fazer valer a lei e tirar todos esses predadores, agressores e estupradores de circulação. e foi o que fez: arregaçou as mangas e foi à luta, tanto que ficou conhecida como a delegada das injustiçadas, violadas e agredidas que salvou de homens que hoje ela sobe no palco do salão nobre inteira, potente e invencível em brasília para receber das mãos do presidente a medalha maria da penha, por ela e pelas suas, pelo seu trabalho. era o resultado do ciclo de sua roda do progresso. não há no mundo guerreira sem cicatriz e tinha total consciência da mulher porruda que havia se tornado.

a menina-mulher lembrou que tinha nome de rainha. obá significa, na tradição yorubá, ministra da justiça da corte de xangô... concluiu que seu destino fazia jus ao seu nome no ayê e no orum! obá xirê obá!

TECIDO VIVO

Sofia H. Kvacek
Orientada por Luciany Aparecida

Elecô abriu a carteira e viu a foto rasgada junto ao ramo de arruda que carregava consigo.

Sentiu um apreço pelo que agora fazia corpo com o sentir de sua história, com a escolha de seu ofício.

Passou o trocado para o motorista, que parecia não ter tempo de mirá-la nos olhos, mas mesmo assim o fez.

Houve um instante até que as moedas se desprendessem na passagem entremãos.

Os olhos se descruzaram.

Elecô se abaixa para recolher os estilhaços de cobre, agora espalhados pelo chão do ônibus. O cheiro da arruda lhe apruma o corpo, lhe acende um rumo distante.

Percebe o alinhavo que o instante presente faz com o tempo já percorrido.

Agora revivido.

Sente o tranco do ônibus dando partida, ainda agachada se levantando do chão.

Caminha para o assento da janela, contente por ter encontrado a poltrona livre, horário cheio. Apoia a mão sobre a orelha e repousa a cabeça no vidro.

Aprendera a diferenciar o tom daquilo que lhe alcançava, a apurar com o próprio corpo o que a situação vivida tinha a lhe ensinar.

Sente um amargor no peito, um nó pedindo para ser desfeito.

Não permitiria que a lembrança viva de seu filho fosse deslegitimada, nem que a continuação de sua história fosse também cruelmente assassinada.

Não lhe cabia a injustiça de tantos direitos que lhe foram tirados.

Violados.

E ainda como se pudesse ser justificado!

Elecô se firmava da força entre as mulheres que encontravam na luta uma forma de continuar a existir.

Um novo rumo a seguir.

Juntas, firmavam para que o rasgo não cristalizasse ferida, para que a revolta continuasse água-viva.

Suturavam, entendidas de que o rasgo abria, enfim, a possibilidade de alterar o destino do que lhes havia sido predestinado.

O corpo enquanto desvio do apropriado.

O existir dos seus não seria mais silenciado!

A porta do ônibus se abre, sobe uma moça com um menino. O uniforme da escola, o suor seco lhe cobrindo o rosto marcava o compromisso com o brincar.

– Divino.

O menino veste uma capa de super-herói, e Elecô acompanha quando ele se vira para mãe e pede que o erga até o alto das barras de apoio do ônibus.

Um empurra-esbarra começa a agitar os passageiros, que passam a lançar olhares curiosos ao espaço que se criava com o movimento do menino. Ele com um pé na poltrona, toma impulso e anuncia:

– Atenção, pessoal! Uma onda gigante vai engolir o ônibus!!!!

O motorista é o primeiro a entrar na narrativa do menino: aperta a mão na buzina e um estrondo se faz junto aos gritos e assobios dos passageiros, que se envolvem com a empolgação do menino.

Elecô se deixa permear.

Sabia que ali se fazia a chance de uma nova história se estruturar.

Outro tecido a costurar.

A guerra lhe vestia em corpo de mulher.

Guerreava pela criação de si, pelo amor à sua história.

À sua memória.

Mesmo que em partes, mesmo que fragmentada, mesmo rasgada.

A injustiça não lhe faria envenenada.

Essa força que um dia lhe pulsou o ventre encontrava um novo espaço nascente.

O estrondo de tudo o que sentia, encontrava a via disruptiva e ali se fazia:

Água revolta, enxurrada cristalina.

Diante de causas impossíveis, Elecô se fazia menina, dava jeito, criava mundo e batia no peito: não havia caminho que não pudesse ser refeito.

O ônibus estava cheio.

O menino, empenhado em comandar a catástrofe que viviam, movimenta-se corredor adentro enganchado nos corrimões.

Elecô pega o rasgo de memória que carregava consigo e entrega ao menino.

O elo entre os que foram, os que estão, os que virão.

Ele estende a mão, repara a imagem.

Elecô percebe o urucum de sua pele se avermelhando à dele, se pergunta: a quantos mundos estaria o homem de se reconhecer em uma só pele vermelha?

Sangue vivo que corre de suas veias.

Tecido vivo de sua história, rasgo de sua memória.

Costurava o instante presente ao passado emergente.

– Estamos vivos! – um senhor grita aliviado, em comemoração.

Agradecimentos e aplausos ao garoto que havia cumprido sua missão.

Elecô avança o olhar sobre o painel do ônibus e confirma.

Estava próxima de casa.

Volta-se para o menino e o vê guardando a imagem no bolso.

Sabia que a força que lhe trouxera até ali era a força que lhe daria o rumo a seguir.

A porta do ônibus se abre, Elecô se prepara para descer.
Saudosa, busca pelos olhos do menino.
Não havia empecilho que a impedisse de se costurar a novos destinos.

O VESTIDO VERMELHO

VIVIANE PENHA
Orientada por Ryane Leão

Sua ligação com os trovões lhe permitia adivinhar quando era apenas um sinal ou um prenúncio de temporal. Cresceu sendo comparada ao som que acompanha o raio e gostava de ser vista assim. Seu corpo rochoso e amendoado em harmonia com seus olhos enigmáticos estava sempre pronto para ir de águas calmas às fusões vulcânicas em segundos. Do nada, por tudo e quase sempre uma faísca despertava o instinto de ser uma mulher forte, mesmo quando ainda era uma criança.

Naquela tarde, o céu pesado e o incômodo gelado da prótese metálica fixada em sua perna esquerda anunciavam chuvas intensas. Por esse motivo Maria, com seu cabelo crespo e dançante, encerrou brevemente a reunião com o grupo de mulheres que coordenava na construção da nova sede do coletivo "Todos por Penha". As estatísticas comprovavam a necessidade de um espaço maior para cuidar das irmãs que se libertaram de seus algozes, mas o perigo que pairava no ar paralisou essa urgência. O pó do cimento compunha um tom sobre tom com o céu que descia muito rápido após um dia de verão abrasador. O suor lambuzava seu rosto, escorria por suas costas desenhando lentamente linhas tortas que despertavam o desejo de um banho gelado ao ar livre no quintal. Apressou-se em busca do seu desejo. Sentiu a água em seu corpo com uma intensidade maior do que a do chuveirão e entendeu que contra aquela maré ela não poderia remar. O céu desabou. Foi levada pela correnteza. Protegida pela senhora das águas revoltas, sentiu que a submersão seria novamente seu ponto de partida. Seus olhos castanhos eclipsaram-se. Seu corpo dançou com as furiosas curvas das águas barrentas quando desmaiou no colo da Senhora da Guerra. Ainda que amparada pelo escudo, teve a pele cortada pela navalha do destino. Os objetos arrastados pela força da tempestade atravessaram seus desejos previsíveis para sempre. A roda havia girado. Obá tomou a frente na batalha, mas não conseguiu evitar o curso avassalador das águas de março.

Quando conseguiu racionalizar, lembrou do desmoronamento de suas certezas. Da despedida de tudo que havia ido embora com a destruição das chuvas que adormeceram de modo eterno o corpo do seu grande amor. O corte profundo em seu seio esquerdo jamais cicatrizaria. Mesmo sendo possível ver tímidos raios solares, Maria ainda jorrava por todas as aberturas possíveis do seu ser. Dos seus olhos, ventre, alma e coração escorriam a dor mais profunda que alguém poderia sentir. A mulher que ajudava a reconstruir vidas e lares, que abrigava possibilidades e anseios, estava ali exausta, se desfazendo em sangue e desespero por ter perdido tudo que acreditava ser a razão do seu viver. Impiedosa, a vida a chamava para a superfície mais uma vez.

Foi extremamente duro se reerguer e seguir em frente. Ainda se sentindo culpada por, dessa vez, não ter ouvido sua intuição, não se perdoava por ter deixado se envolver pela sedução do trovão. Sim, ela deveria ter procurado um lugar mais seguro, como foi mostrado no sonho da noite anterior. A voz de sua avó pedindo para que ela não adormecesse, pois o amor poderia esperar, ainda ecoava quando ela respondeu a mensagem daquele que extraía desejo e insensatez de suas entranhas. Ceder ao calor do corpo retinto que desenhava com saliva labaredas intensas em seu ventre, era descer ao inferno e prazerosamente querer morar lá. Maria sabia que ele não merecia sua paixão intensa. Ele ofertava apenas o sexo, ela doava amor sincero. Ele orbitava em muitos universos, Maria queria ser sol. Como uma rocha inabalável, ele ignorava seus pedidos, se despedia com um beijo no canto do sorriso e seguia com a certeza de nunca ser de uma só. Com a esperança de fazer ruir a pedreira insensível e ser única, foi ingênua e adormeceu extasiada no peito de quem não tinha coração. Saciou a sede de prazer e viu seu amor secar em uma enxurrada de dor e tábuas desconfiguradas no lugar do que era seu ninho de paixão. De pé e embalada pelo chamado da dona do seu caminho, entendeu que era hora de recomeçar. Obá sussurrava:

– A navalha que fez sangrar seu corpo cura a alma e fortalece o Ori. É hora de seguir!

Aos poucos foi encontrando sentido ao perceber que cuidar das dores das irmãs era curar-se. Com a cruel estabilidade financeira devida ao acidente, dedicava-se voluntariamente a ajudar a reconstruir narrativas fadadas ao abandono e silenciamento. Maria atuava a partir de sua formação em Serviço Social e Psicologia, atendendo mulheres que as políticas públicas não davam conta. Entre subir e descer o morro, aprendeu a ouvir histórias iguais e entendeu que era possível compartilhar a coragem para os recomeços que trazia dentro de si. Muitos dias e noites passaram até Maria perceber que sua vida havia perdido a cor após aquela tragédia. Seu corpo, que antes vibrava ao som dos batuques do terreiro e das rodas de samba, enrijeceu. A rosa vermelha, que enfeitava seus cabelos crespos cheirando a água de coco, havia sido guardada junto com a vontade de requebrar seus fartos quadris até o amanhecer. Ainda lembrava do frescor que sentia ao erguer os braços para prender as tranças e libertar a nuca, ansiando beijos molhados no pescoço. Assim como quem veste uma armadura, suas roupas ganharam tons neutros nos dias de trabalho e brancos nas noites de Xirê e colo de sua mãe. Colo de Obá é estratégia de guerra. Sua pele seca, suas madeixas sempre presas e as marcas de suas feridas denunciavam para o mundo a fêmea que adormecera na chuva e, anestesiada pela dor, ficara invisível para o pulsar da vida. Sobrevivia de trabalho e fé. Olhar para si deixou de ser uma opção e o espelho apenas um objeto esquecido num canto do quarto.

A vida era mastigada por um cotidiano de labuta e todos os dias eram iguais. Por isso a estranheza diante da repentina espera pelo próximo sábado. Faixas penduradas pelos becos anunciavam a inauguração da nova quadra da escola de samba da favela e a escolha da nova rainha de bateria. Com o intuito de prestigiar as deusas da comunidade, a diretoria da escola iria coroar uma das mulheres reais naquela noite de festa. Espontaneidade, samba no pé, amor à agremiação e postura de rainha seriam os critérios utilizados. Os responsáveis pelo carnaval buscavam magia, feitiço e encantamento, já que o próximo enredo seria sobre o Sagrado Feminino. Em um retorno nostálgico todos combinavam presença e lembravam da adolescência, época em que os encontros aconteciam na parte de trás da antiga quadra. A boca molhada, o corpo arrepiado, a promessa de amor eterno dividiam o espaço com o pavilhão, os surdos e os desejos velados por mais momentos de prazer.

Mergulhada em nostalgia, foi trazida à superfície ao ouvir:

"E você sabe dançar, Maria?", perguntou Bia, sua colega de trabalho, dona do corpo de ébano desejado e jovem. A indagação fez Maria tontear e sentir o gosto amargo da renúncia a um dos seus prazeres prediletos: sambar. O seu corpo estremeceu ao lembrar dos primeiros raios solares que sinalizavam o fim das noites de suor, suspiros e cerveja quente. O cheiro da primeira fornada de pão francês da padaria do Rui trazia de volta a realidade de uma jovem que tinha um tufão nas cadeiras. Ela não se lembrava de quando havia partido. A dor dilacerada se confundia com a partida. Sentia saudade dos pés feridos pelas sandálias de salto. Pensava ser a pior dor já sentida, até ser rasgada pela dor alucinante do verão passado. Hesitante por dentro e firme por fora, fixou os olhos verdes de Bia e respondeu: "Um dia você vai descobrir." A incerteza da resposta a transportou para um tempo esquecido. Naquela noite, após um banho de ervas e o deitar na dicissa, Maria revisitou sua jornada. Fechou os olhos e abraçou a menina solitária que disputava atenção com seus irmãos. O calor dos pequenos braços aqueceu sua memória. Ali estava a criança inteligente que gostava de estudar e almejava salvar vidas. Trocaram sorrisos e separaram-se com a certeza de que permaneceriam juntas num lugar seguro dentro do peito. A menina Maria a acompanharia por toda sua existência.

Adiante, a estrada escurece e, tensionada pela falta de ar, o encontro com a adolescente se deu. Olhos confusos e semiabertos. A dualidade entre viver intensamente e morrer para esquecer a faca sempre cravada em seus sonhos. Ali não é lugar de morada. Lugar de passagem para agradecer a coragem em seguir. Caminhou, percebeu a estrada se alargando até deparar-se com a encruzilhada. Assustada, se viu mulher. A nudez da alma contrariava a vergonha de um corpo fora dos padrões de ser gostoso e dentro das possibilidades de ser normal. Real! Rainha, ainda que não soubesse o que isso significava! Num impulso intuitivo, levantou os braços e tocou a coroa imaginária em sua cabeça. Gostou da sensação de beleza e poder ao tatear seu Ori contrariando as ofensas verbais que ouvia por tentar adequar seu cabelo crespo ao aceitável pela sociedade racista e patriarcal. Era uma rainha mulher, sagrada e divina! Acreditou no caminho do amor, trilhou e escolheu seguir a estrada à sua frente, parecia a mais atraente. De repente o escuro, o vazio, o nada. A escolha na encruzilhada foi sedutora, porém dolorosa. Desaguou lembranças guardadas num corpo mutilado. O acidente que provocou a aquisição da prótese seria a primeira luta travada com o mundo físico. A recordação da fuga em alta velocidade após uma noite de bebedeira e a batida do carro, suspendeu o fôlego por infinitos segundos de agonia entre viver e morrer. A certeza de ser amparada pela deusa da guerra seria o prêmio por ter tido coragem de encarar aqueles que cobravam a perfeição do seu ser. A cada embate, uma cicatriz, um escudo fiel e a segurança da felicidade futura. Maria nunca esteve sozinha, até mesmo quando precisou caminhar sem forças. Sentia que sua ancestralidade lhe dava a mão. Por vezes sua avó materna, símbolo de audácia, que pariu sozinha uma filha e a criou com dignidade e cabeça erguida. E sempre pela dona de seu Ori, mãe Obá, destemida, inteligente e segura de que suas filhas alcançarão a plenitude em tudo aquilo a que se dedicarem. E foi Obá que a ajudou a vencer as guerras existenciais da adolescência e a viu se transformar em uma amazona em busca dos seus sonhos. Precisou refazer a rota, repensar seus aliados e suas batalhas. A maturidade trouxe a paz das escolhas certeiras. Mais uma vez, a recordação da voz firme de sua avó sussurrou: Acorde, minha querida... chegou a hora de despertar!

E foi assim que os dias voaram e o final de semana chegou. Embriagada pelo torpor do seu sonho, Maria não sentiu o passar do tempo e, quando percebeu, o sábado nascia. O carro de som e as faixas espalhadas pelo bairro trouxeram a certeza de que seria um grande evento com a novidade da escolha repentina da majestade dos ritmistas . A cada beco, os salões lotados, as manicures sem horários disponíveis e as entregas da lojinha de roupas davam pistas de que todos estavam se preparando para a inauguração da nova quadra da Escola de samba Unidos do Poder Coroa, em homenagem ao morro da Coroinha. Na manhã daquele dia quente, Maria ainda se refazia da função que participara em seu barracão. A Mãe Luizinha de Nanã confiava em suas mãos, precisas e habilidosas com instrumentos de corte para auxiliar nas comidas e padês ofertados na festa das Yabás. A gratidão de Maria era o segredo para a dedicação incondicional à feitura das oferendas às deusas do Orun e mesmo ansiosa com o evento, ela optou em cuidar do Ori e deixar os preparativos para o samba em segundo plano. Ao sair do barracão levou consigo o lembrete da Yá. "Filha, seu futuro já está em festa esperando a sua chegada!"

Enquanto caminhava para casa, Maria retornou para si. Baixou as armas, despiu-se das mágoas e organizou o pouco tempo que teria para se preparar. Chegou em casa retirando a roupa e o antigo lençol que cobria o espelho esquecido no canto do quarto. Queria ver-se por inteiro. Queria acariciar cada cicatriz que a conduziu até aquele momento. Suas mãos percorreram os seios, o ventre, o interior das coxas e pode sentir o calor do corpo vivo e pulsante se reencontrando com a mulher que sempre esteve ali. Diante do espelho, admirava a jovem senhora, a menina jovem, a criança travessa, a dona de si. Posicionou o objeto refletor de tal forma que pudesse tomar banho fitando e sentindo a água gelada incendiar suas formas generosas mais uma vez. Como um rio turbulento e seguro do seu destino, banhou-se de destemor e ousadia. O sabonete de pêssego fazia festa em sua pele. Ao fechar o chuveiro, olhou-se sem armadura e pensou: "Deixo aqui o título de guerreira. Aceito o de senhora. Senhora de mim, dona do meu querer!"

O incenso de canela compunha uma música lenta e ritmada com o escorrer do óleo corporal que lambuzava o corpo reluzente de Maria. A batida perfeita vinha do som das argolas prateadas que enfeitavam suas orelhas. Seu coração lembrava o naipe de tamborins ao se deparar com o vestido vermelho em cima da cama. Ah, o vermelho! Vermelho, a cor proibida por uma sociedade que diz não ser apropriado tons quentes para uma jovem senhora. E o rubro tornou-se intenso ao trazer para os cabelos a rosa vermelha guardada por tanto tempo. O ressurgimento da formosa flor foi um novo desabrochar, uma nova estratégia de vencer sem guerrear. O agudo da gargalhada de Maria finalizou a melodia perfeita para aquele momento. E ainda que o batom a silenciasse, ela sabia qual Maria estava gargalhando ali.

A porta bateu, a rua sorriu, a quadra emudeceu. A sequência de atos que levaram a deusa senhora até a frente da bateria foi o prenúncio do renascimento. Ali, naquela escola lotada, com o ar carregado de aromas e sabores, todos se perguntavam: "Quem é essa rainha?"

A abundância de quadris voluptuosos duelava com a pequenez do vestido encarnado e anunciava que o prêmio maior seria daqueles privilegiados que foram enfeitiçados por Maria. No camarote, os donos da escola não acreditavam na magia que ali acontecia. O Sr. Tinoco, presidente de honra, fundador e apaixonado pela agremiação, havia pedido que os Orixás guiassem a decisão histórica que aconteceria naquela noite. Afinal, a escolhida representaria a força das Yabás na avenida e, por ser filho de Oxóssi, havia clamado por uma flechada certeira na última gira. O rei da mata respondeu em sonho ao mostrar uma deusa vestida de vermelho, despida de medo e coberta de axé. Assim como os seus, os olhos de todos ali presentes foram capturados por uma força da natureza materializada em Maria: um rio caudal, selvagem, enigmático e hipnotizante. A resposta para Bia foi dada, no centro da quadra, no marco zero do nascimento da rainha de Bateria da Unidos do Poder da Coroa. Encantados, os ritmistas obedeciam ao bailar do samba no pé daquela que redescobriu ser imparável. Bia, incrédula, compreendeu que Maria não sabia só dançar. A amiga dominava a arte de contornar os desafios e obstáculos da vida, como as águas fluviais em curso constante. Inundava com sabedoria o existir das mulheres que lhe pediam auxílio, transbordava vigor físico para não depender da força masculina, banhava com conselhos ancestrais todos que buscavam seu conhecimento e, mesmo quando derramava lágrimas de dor, se recompunha e seguia tranquila como as águas de um rio necessário para a sobrevivência de seus sonhos. Maria não dançava. Maria movia-se intensa e incansavelmente em direção ao seu futuro pleno. Ela ouvia a vida chamando por seu nome. A coroa foi providenciada e entregue à filha da rainha que sabe que nem toda guerra se ganha lutando. Maria foi coroada aos olhos de todas as Yabás que faziam festa no Orun por terem mais um plano bem executado aqui no Ayê. Era possível imaginar a Senhora da sociedade Elekô dançando seu rum e comemorando a vitória de sua filha. O som dos tambores, atabaques, surdos e caixas ainda ecoavam na manhã de domingo quando Maria abriu os olhos, percebeu seu vestido no chão de seu quarto, acariciou seu corpo nu e festejou a presença do maior amor que já sentiu: o próprio.

EWÁ

TEU CORAÇÃO TRAZ O TEMPO DA TERRA

CAROLINA DELGADO
Orientada por Ryane Leão

Prazo no limite. 36 anos de vida, 30 deles escrevendo.

Dever de casa, redação, carta de amor, carta de desamor. No trem, voltando das faxinas de bico, e até no ônibus do trajeto da faculdade! Sempre fui de me camuflar até chegar lá. Hoje, que precisava da danada da escrita.... na-da.

Às vezes, penso que essa coisa de querer demais, de experimentar, tentar, transformar, colocar poesia, imagem, beleza em tudo, me dá mais agonia do que paz. Ou talvez seja o medo de não conseguir, parece que "artista" é uma palavra feita pra pesar no corpo de quem não pode comprar tudo ... É tanto tempo sendo ensinada que o que nasce das nossas mãos não é arte que isso quase cria um freio na inspiração. Mas não no sonho, porque quem cuida dele não se deixa governar pelas regras dos homens. Ainda bem, penso eu.

Vou é dormir. Acender aqui essa velinha, pra orixá e encantados alumiarem os pensamentos.

Sonho: um arco-íris no cair da tarde. Uma moça de coroa cheia de búzios, cobras furta-cor enroladas no corpo, sussurra quase em melodia: "quer escrever pra mim, moça? lembra de dançar." Era uma dança com muitos braços, tinha horas que saíam serpentes do corpo e, às vezes, se moviam como feixes de luz branca, de brilho intenso. Agora o céu: um rosa que eu acho que não existe no mundo, uma mistura de entardecer no verão amazônico com pôr-do-sol de beira do salgado – e ela dançava como quem cria o horizonte. No fim, quando foi desaparecendo, se ouvia um ponto que falava sobre as cobras, as matas e o arco-íris. Os movimentos eram um convite. Ou uma lembrança, porque por alguns segundos achei que os olhos da moça eram os meus.

Quando acordei, foi como se meu corpo todinho lembrasse das rodas de sábado, no carimbó do Pacoval. As saias girando e a gente escrevendo nossa alegria no caminho dos pés descalços, ao som dos tambores, na voz dos mestres. Desde miúda eu danço. Lá em casa a gente vai guardando as saias das crianças e revezando como herança as das moças. Tem dias que a saudade bate tão forte que eu visto a saia florida de barra lilás da bisa Emilia e giro, giro, giro até a vida ser um céu rosa recebendo o arco-íris, que nem o sonho.

Lá vou eu, acordar vagarosa como se tivesse na ilha: a mesa farta posta, o queijo de búfala cremoso e fresquinho que a mãe me passava o pito quando exagerava no recheio do pão francês que o pai pegava com Dona Rosa antes mesmo de ela levar para a padaria. E o cheiro da goiabada cremosa que Dona Dalva e Seu Roberto vendiam na rua 3 do centro? Tem sobremesa igual não... E quando tu colocas no fogo e derrete mais e mais e mais e depois ela parece que faz carinho no beiju? Ô saudade de casa, visse...

"Mana, pare de sonhar acordada, que hoje é dia de relatório no projeto de pesquisa, preparar a chegada de hóspede no apartamento da Cidade Velha – que Larissa diz que chama "studio", como ela viu em São Paulo – e de noite é plantão na edição dos textos e fotos que tu inventaste de inscrever no edital de livro de artista. Então bora, te apruma que o dia é longo."

Água fria no rosto, água esquentando no fogão. Soltei um sorriso lembrando daquele dia que Larissa contava das férias no sudeste. Que engraçado se acharem centro das coisas, lá tem um tico de verde, o povo vive pouco, e ganha dinheiro inventando nome do que já existe. Como é que eu vou chamar de centro um lugar desses?

E me benzi, como fazia bisa Emilia, na água correndo do chuveiro, agradecendo por ter nascido na floresta, onde desde pequena se sabe o tamanho das coisas do mundo e se aprende quem é que manda em quem.

Pronto! Quando caio nesse rodopiar espiralado que traz arco-íris, bisa Emília, floresta, água e saia rodando, me invade o corpo todinho o som do tambor e o coro dos mais velhos batendo tambor na beira do preamar saudando a volta grande da rainha do tempo.

> *"Lá na barreira do mar eu vi / As tribos tocando tambor pra lua / A noite parece que vai me encantar / Ouvindo o vibrado do maracá / Quem manda no Marajó é a maré / Quem manda na maré é a lua / A noite parece que vai me encantar / Ouvindo o vibrado do maracá / Vou caçar caruãs, formigas, araras, mundis, maruanás / Em quarto crescente maré lancei / Busquei na maré minguante, é morta / A noite parece que vai me encantar / Ouvindo o vibrado do maracá / Na barreira do mar eu vi / Na barreira do mar eu vi / Na barreira do mar eu vi / Na barreira do mar, Marajó / Salve as forças da natureza"*

Tá descoberta a razão das milongas desses dias: chegou a lua cheia. Transborda, cabocla, transborda. É mana, mas transborde no lugar certo: no trabalho que tu tens que entregar, nas ervas dos atendimentos que acabaram e na magia que tá pra frente. "Não me vá arrancar casca de ferida que já está fechando", quase pôde ouvir a voz de mãinha dizer.

E por falar em Dona Margarida, tá bom é de ganhar vento que hoje é quinta-feira, enquanto tiver bambu vai fazer flecha! E eu sei que não há flecha mais certeira do que um corpo rumando movimento na direção do sonho.

Nesse momento, quero muitas coisas, preciso de tantas outras. O que a flecha quer de alvo? Mas cadê o sonho? Parece que não escuto mais a intuição, e o cansaço, fruto da falta de lida com o tempo da cidade grande, aumenta a sensação de que um tanto da vida está mais na mão dos outros do que na minha.

Acho que é o corpo pedindo um entardecer na beira do rio. Aquela luz no céu que ninguém sabe a cor, porque é mistério seu nome. Ver acontecer o movimento que dá o rumo da vida: o dia virando noite. E aquela luz forte, dizendo que há beleza na transformação, mas nem todo mundo tem olhos de ver, porque o medo cega e te quer sempre no mesmo lugar. Eu não quero ficar no mesmo lugar. Quero voltar a saber as perguntas certas e serpentear de barriga no chão marcando o meu caminho.

> *Riró, minha mãe, me devolva minha vista de enxergar possibilidades, minhas mãos de criar encantos, minha boca de proclamar feitiços que fazem mundos, meus ouvidos que sabem de longe quem se achega na mata, o estômago que caminha junto o chão que eu piso e os pés que obedecem a tempo. Euá, me traz de volta o arco-íris, e quando eu me perder de mim, não me deixa esquecer que o chão da minha casa é construído sobre o amor que enxergo no espelho. Que eu abençoe meu ori, e assim, ele possa me abençoar de volta. Que eu alivie meu okan, e assim, ele possa me aliviar de volta.*

As lágrimas iam chegando sem pedir licença para transbordar, como a vida, por dentro das lentes dos óculos escuros, ali na janela do ônibus. Tinha tempo que não chorava. "E de que adianta?", ouviu um sussurro. A senhora ao lado completou: "Minha filha, se nem o mar segura a ressaca, por que prender o choro? Tu já viste água salgada correr errado, na hora errada, no lugar errado? A gente precisa aprender a deixar cair a casa da dúvida. Ela é um muro que aprisiona nossas águas, minha filha. O tempo do relógio dos homens machuca, mas confiança a gente só deve ao tempo do alto. Que Nossa Senhora de Nazaré lhe cuide, lhe abençoe e perfume teu caminho, menina. Na volta do mundo, largue tudo, só não largue da sua mão. Bom dia."

A senhora desceu, enxuguei as lágrimas e sorri. Desde pequena era isso: um tal de sempre aparecer gente trazendo recado quando murcho ou me empoleiro demais. Tenho agonia de perder os olhos de beleza da vida e a barriga de chão na terra, mas o que na vida é mais difícil que o equilíbrio? Não sei a resposta, sempre fui mais das perguntas, aquela que via mais graça em arrumar a brincadeira do que brincar. Nas oficinas de cerâmica, onde passava as tarde da adolescência depois da aula, ficava horas moldando as peças, sentindo o geladinho do barro acalmar o fogo das mãos em aperreio de agarrar o mundo todo, dizia que era igual ao abraço da mãe. Depois, eu esquecia de tirar as peças do forno.

Quando cheguei em Belém para passar o tempo do mestrado, o primeiro bico que consegui foi cuidando dos quatro apartamentos que Larissa tinha ganhado dos pais para investir em Airbnb. Fazia a faxina antes dos hóspedes chegarem e depois que saíam. Gostava de escolher os lençóis que combinavam com as toalhas e o jogo de mesa. Deixava sempre um bilhetinho de boas-vindas e dicas da programação cultural da cidade no período. Colocava sempre uns livros mais à vista assim, como quem não quer nada, de sugestão. E, vez ou outra, conseguia convencer Larissa a comprar um banho de cheiro no Ver-o--Peso para fazer um agrado. Eu gosto de preparar cheganças. Quando voltar para a ilha, bem que podia fazer uma história de receber hóspedes com meus pais, ia gostar tanto de conhecer gente. Além do quê, nunca mais ia faltar inspiração para minhas histórias e ainda ia render foto bonita.

Larissa era uma boa amiga. Dos tempos da graduação em artes, queria ser pintora e adorava viajar para fora, conhecer restaurantes e fazer cursos. Já tínhamos vivido um tanto juntas. Cada uma no seu mundo, mas de algum modo, juntas. Isso era uma boniteza que me ensinou muito: ser diferente e crescer junto. Como as coisas na floresta.

Por falar nos apartamentos, foi em um deles que encontrei pela primeira vez "caderno-goiabada", da poeta Nina Rizzi, o livro que me inspirou a escrever o projeto dos sonhos, que guardo numa pasta do computador e fico melhorando até achar que está pronto. Eu sou moleca doida, mas às vezes também caio na armadilha do "pronto", e faço a curva do caminho da alegria para o da certeza - como se ela existisse. Mas, louvadas sejam as criaturas do fundo!, esse ano coloquei no edital uma versão experimental (chamam assim as versões mais baratas das coisas) do "livro de bençaos, afagos e feitiços de dona emilia", com algumas das receitas do livro da bisa, que estão embalados em um paninho de linho branco bordado pela vó, na caixinha de madeira feita pelo vô para guardar enfeites quando era criança.

O apartamento que entregaria hoje ficava na Cidade Velha, era arrumar, deixar a chave com seu Cícero na portaria e rumar para o Veropa. Almoçar filé de filhote com arroz de jambu, farofa, purê, arroz e vinagrete com suco de taperebá na barraquinha menos lotada, bater a perna e agradar os olhos nos badulaques e visitar a prima Gisele nas ervas. Preciso comprar os ingredientes dos feitiços que ia escrever de noite. Tinha escolhido três: banho para tirar a desacreditação da cabeça, chá de aquietar o peito e ficar amiga do tempo e garrafada pra dor que tá no corpo mas veio da alma. Ganhou um charuto de Tauarí, que a prima sempre manda para Seu Tupinambá, e um maço de incenso de jasmim – a flor que abre o peito, perfuma a casa do coração para a felicidade chegar e nos lembra que quem quer espalhar beleza precisa antes de tudo se alimentar dela. "Na sua dieta não pode faltar a vitamina Be, visse Maria, senão ficas assim, amuada, agoniada. E não caia nas ideias dos outros de pensar que beleza se constrói fora, porque se ela não começar com você acarinhando o espelho, não para de pé não", dizia tia Joyce toda vez que me via deitada no sofá, de pijama o dia todo lá na casa dos pais.

Quando já estava na barraquinha do suco de taperebá, vem Gisele atrás de mim: "prima, foi tu saíres da barraca que mãe Jurema ligou pra saber de ti. Pediu pra você passar no terreiro hoje no cair da noite, depois de olhar bem o pôr do sol refletir n'água. Euá quer falar com você, disse que você anda esquecida do que carrega seu adô. Agora deixe eu voltar que hoje tá movimentado. Se cuida, bonita."

Pensei em argumentar que à noite precisaria editar imagens, poemas e receitas porque resolvi inventar de ser artista uma hora dessas e o prazo da entrega era no dia seguinte, mas foi só olhar para a notificação no telefone e ver que tinham estendido mais dois dias por conta das enchentes e chuvas fortes que castigavam as periferias da cidade, naquela semana. Parando assim pra ver, tem horas que a gente se aperreia tanto pra resolver as coisas, que não deixa espaço pra ajuda do alto chegar. Isso quando lembra de pedir ajuda! Mas o bonito de ter orixá e encantado é isso: eles não te deixam esquecer o quanto há de sustento à sua disposição quando a troca é justa. "Cuidar de quem cuida."

Com a mudança nos planos, respirei mais fundo, quase pude sentir o espaço entre as costelas se expandindo. A verdade é que eu gostava era da calma da vila, porque lá o som era da maré chegando ou se indo, dos pássaros anunciando a troca dos dias, dos encantados assobiando recado, do tambor chamando a saia pra rodar, do forno convidando o barro pra esquentar. Já aqui é tanta obra, buzina, grito que chega me trava o corpo, me mexo menos. Sinto menos. E o pior: acredito menos.

"Não, não é que a vila é perfeita: estamos falando do interior do norte do Brasil. Apesar desse jeito todo de paraíso perdido – barreira do mar das amazônias, berço das ruínas dos segredos e belezas pré-coloniais, a alma farta da natureza combate todo dia a tacanhez do estado e a falta de estrutura. A gente perde velho, criança, bicho, igarapé, beleza, poesia, mistério... Vai tudo na ganância do povo do papel pintado. Mas eu acredito que dessa terra, que já deu tanta coisa que vingou, eu vou vingar também. Como serpente que anuncia os novos tempos traçados nos arranjos dos ventos e das beiras de rio. Com cheiro de jasmim, patchouli e andiroba."

Estava tão sufocada no misto de fúria, pressa e saudade escrevendo no caderninho de eternos rascunhos que não o vi chegar: ele, o arco-íris. As sete cores do recomeço. O abraço da serpente que segura o mundo e que, mais uma vez, chegava pra me segurar também, como o grande irmão, confidente e amigo que sempre fora, desde os primeiros tempos de travessia.

Cheguei no terreiro esbaforida, e mãe Jurema me esperava de colo generoso e braços abertos, cantando suave enquanto a noite terminava de chegar no Jurunas:

Pèlé 'nbo Yewá a níre o
Pèlé 'nbo Yewá a níre o
Òrìsà yin a 'nbo Yewá
Yewá a níre o

Delicadamente cultuamos Ewá
por estarmos felizes
Orixá estamos cultuando-vos Ewá
Ewá estamos felizes.

Minha criança, em você mora uma rainha que é senhora do segredo, do encanto e da magia, que dança em espiral quando precisa de ajuda do vento e que entra destemida na mata com seu ofá porque sabe as batalhas que precisa lutar. Lembra quando ela te disse: "Ogum fez a faca, mas fui eu quem fez o cabo de madrepérola"?

Ela me pediu pra te chamar aqui e perguntar:

"Cadê seu cabo, Maria? Que guerras são essas que você está guerreando? Que beleza tem te trazido tanto aperreio nessa vida? Que faz você deixar para depois o chão do terreiro, esquecer de trazer o marafo de exu, meu feijão fradinho descascado do jeito que eu gosto, fritar minhas bananas no dendê doce? Tu deixaste o mundo lá fora te fazer essa pessoa que pede sem dar? Esse rio que secou?"

E ali mesmo ela me mostrou que seca eu não estava, pois desceu tanta lágrima que me navegou de novo para perto de mim.

Mãe Jurema me aconchegou, deitou minha cabeça no seu colo:

"Tá vendo as partes de costura do seu corpo como doem? Pescoço, quadril, joelho, cotovelo, pulso, tornozelo, juntas dos dedos... Tudo isso é peso, teu movimento tá triste! Pegue umas folhas de alecrim e louro e umas flores de jasmim, deixe secar e triture bem esfareladinho, com as suas mãos, sentindo a pele das plantas, o cheiro do encontro, e jogue numa bacia, numa mistura de óleo de copaíba e andiroba, deixe descansar uma noite de lua cheia. No dia seguinte, peça pra alguém que te ame molhar as folhas de bananeira no feitiço e cobrir suas costas, do pescoço aos pés. Ao longo da linha esquerda do corpo, essa pessoa vai acender 7+1 velas laranjas enquanto você canta pra Euá, e deixa sua barriga perto do chão, para lembrar ao seu ori dos jeitos de criar caminho e beleza.

Maria, você tá vendo o que é que Euá está lhe pedindo? Como é grande esse feitiço? Olha, minha filha, orixá não gosta de desacreditação porque adoece o ori da gente, faz nossas águas pararem dentro do peito. Ela não quer só seus olhos atentos, ela quer é que tu enxergue com o corpo todo, que protejas o teu tempo. Euá é grande amiga de Tempo, Maria, ela se chateia muito contigo comprando briga com ele e se perdendo de ti mesma em cada esquina."

No dia seguinte, passei no laboratório da faculdade para pegar as fotos. Fotografia analógica tem suas surpresas: no meio das imagens, uma que não lembrava de ter clicado. Era a ruína da beira da fábrica, perto do campo de futebol, em uma foto com o arco-íris saindo d'água e invadindo os buracos da construção abandonada, se espalhando num reflexo meio serpente meio onda. Do lado esquerdo, uma canoa atracada e seu rastro no chão de terra. Parecia que a luz tinha feito magia.

Era ela, a imagem da capa. Estava acontecendo, o voo amparado na trégua da beleza, da imaginação. Nascia "*O que sonha o Horizonte nas raízes do Tempo?*" Ô bisa, que tua criança das nuvens não mais se esqueça de virar rio para matar a sede do que faz mundo e natureza dentro dela.

Cheguei em casa, fritei minha bananinha pacovã, passei o cafezinho, dancei com o corpo leve e espalhado, do meu tamanho, e fui escrever. Com os olhos limpos por Euá, vieram as possibilidades. A imaginação. A beleza. A cura.

Banho pra tirar a desacreditação da cabeça

Flor de jambu
Pétalas de rosa branca
Jasmim
Água de flor de laranjeira
Um tanto de água de igarapé

Modo de fazer: deixa a água num panelão. Só levantar a fervura e colocar as flores. Vai subir um cheiro doce que só um abraço – o fogo é baixinho, que geralmente as ideias já tão queimando na cabeça. Pra tomar depois das 18h, na 2a, 4a ou 6a e dormir com uma roupa branca.

Chá de aquietar o peito e ficar amiga de tempo

Hibisco
Mulungu
Canela em pau
Anis estrelado
Rodela de laranja

Tomar 3 xícaras no dia. Pode ser quente ou gelado. Enquanto vai bebendo, vai se benzendo: "eu sei atravessar, porque assim como o dia vira noite e a lua cheia míngua, tudo está em movimento. Meus olhos me mostram o caminho quando meu coração está em silêncio."

Garrafada pra dor que tá no corpo, mas veio da alma

Em uma garrafa de vinho verde-escura ou marrom, colocar as raízes: açafrão da terra, gengibre, priprioca e patchouli. Coloca aroeira também. Completa com álcool de cereal ou vinho branco sem precisar ser até o gargalo. Beber um cálice pequeno quando a agonia endurecer as juntas.

De repente, caiu do caderninho da bisa um papel: "é sempre começo."

Riró Euá!

QUANDO A MORTE DANÇA COM O TEMPO

ELÔ MARANHÃO
Orientada por Luciana Diogo

Naqueles tempos imemoriais, quando o hálito de Olorun[1] gerou o Universo, e passado, presente e futuro ainda não haviam sido separados por Iroko[2], uma virgem preta da aldeia de Ilé-Ifẹ̀ enganou a Morte, no rio Yèwá. Foi o primeiro caso que se ouviu contar de alguém que conseguiu enganar Iku. O segundo aconteceu no Rio de Janeiro, quando Eva salvou Matias, que entrou esbaforido no quintal de sua casa.

Mas como nestes tempos atuais, de Eva e Matias, passado, presente e futuro já não acontecem juntos, vou contar a história de um jeito que vocês possam entender.

Eva – que também era virgem como a preta de Ilé-Ifẹ̀ – não era jovem nem velha, preta nem branca, feia nem bonita; suas qualidades dependiam de quem a olhasse. Passava a maior parte do tempo em seu ateliê, fazendo bonecos de papel machê, pintando telas, construindo mandalas, filtros dos sonhos, merkabas de cristal, ampulhetas e relógios de água e de sol, toda

1 Olorun, Deus yorubá, Senhor do Infinito, criou o Universo e os seres imateriais.

2 Iroko, orixá que rege o Tempo, representando a ancestralidade também no presente.

essa parafernália de objetos místicos, belos, coloridos, usando qualquer tipo de material, inclusive flores e folhas secas, galhos, raízes, pedras, areia... Uns diziam que eram arte, outros, artesanato, o que não fazia a menor diferença para Eva, pois eram os objetos que seu espírito e suas mãos criavam, e, quando os olhava, via que tudo era bom. Eva (sobre)vivia vendendo esses objetos. Bem, qualquer trabalho não nos traz mais que a sobrevivência, então não julguem somente Eva por isso.

Enquanto trabalhava, Eva gostava de ouvir música – era essencial na sua vida. Num dia, era noite, cantalorando "e se pudéssemos ter a velocidade para ver tudo assistiríamos tudo a madrugada perto da noite escurecendo ao lado do entardecer[3] lalalálalalála", Eva estava no quintal de sua casa. Era uma casa antiga e simples, no manguezal de Guaratiba, e o Rio Cabuçu passando quase no seu quintal, com uma área de mata logo atrás; Eva já nascera ali, entre a mata e o mar; sua mãe, Donana, sempre lhe dissera, o mangue é o lugar mais importante do mundo, Evinha, é aqui que tudo nasce e tudo morre, nessas lamas, no meio das raízes... os peixes e os caranguejos e os camarões e os socós e os colhereiros precisam se alimentar também, filha minha; o lamaçal nos dá a vida, e depois nós devolvemos pra ele.

Naquela noite, em seu quintal, Eva estava criando uma grande fonte de água, com pedras, conchas, cascas de caranguejos e raízes de mangue-preto e mangue-vermelho, quando Matias entrou atropelado, apavorado, me ajude, Eva, a Morte está vindo atrás de mim, e não quero morrer tão cedo. Não sei o que Matias, ou qualquer pessoa, considera cedo para morrer, já que esse momento independe da idade, mas talvez ele dissesse isso porque também não tinha mais que 30 e poucos anos. Era cedo? Era tarde? Se o Coelho Branco estivesse por ali, quem sabe ajudasse. Eva, Matias e Iku[4] – Tânatos, Leto, Azrael, Iama, Yánluó, Anúbis e Osíris, Nergal, Mictlantecuhtli, Morrígan, Anhangá, ou qualquer que seja o nome que deem à Morte, afinal, a Morte,

3 "Enquanto Isso", música de Marisa Monte.

4 Deus/personificação yorubá da Morte; em seguida, respectivamente, nas mitologias grega, romana, judaica, hindu, chinesa, egípcia, suméria, asteca, celta, tupi-guarani.

como Deus ou a Deusa, são todos um só –; sem Coelho Branco, Eva, Matias e Iku teriam que se virar entre eles.

Agindo rápido, como Eva sabia fazer quando necessário – só se muito necessário, pois Eva amava a lentidão, ela e sua mãe, que a havia criado lentamente, pausadamente, admirando as noites estreladas e o céu rosado, sentindo o cheiro de mangue e o do mar, sem nenhuma pressa, inclusive para envelhecer – Eva disse, entra, moço, e virando seu cesto de tecidos que estava usando para construir a fonte, escondeu Matias dentro da água, cobrindo sua cabeça com os panos.

Passando atrás do quintal, um policial perguntou a Eva, moça, você viu um moreno, todo vestido de branco, não muito alto nem muito magro, aliás, um homem bem arrumado, pena eu ter que levá-lo, você viu ele passar por aqui? Eva, de novo, pensando rápido, como exigem as urgências, disse que viu, sim, ele passou correndo aqui, e desceu desembestado pro lado do mar, reparei bem, porque, realmente, o cara era um gato. Sem nem agradecer, o policial também seguiu desembestadamente pelo caminho que Eva apontara.

Saindo da fonte e de baixo dos panos, se chacoalhando com um cachorro, Matias agradeceu, muito obrigado, Eva, você salvou minha vida, se bem que ela nem tem tanto valor assim, mas o que posso fazer por você, pra demonstrar minha gratidão? Bom, primeiro, você pode se apresentar, moço, porque apareceu assim do nada, fugindo da polícia... o que está acontecendo? Eva tentava não julgar o preto (moreno, ela pensou, "moreno" é fala de branco); tentava não julgar o preto, fugindo da polícia, antes de saber do que se tratava; aliás, é bom que você que me lê não julgue alguém pela aparência, pela cor da pele, dos olhos, pelos cabelos crespos, é muito bom que a gente aprenda, de uma vez por todas, a suspender qualquer julgamento sem conhecer a história.

Matias, então, contou que era um babalorixá de um terreiro de candomblé ali de perto; e que a polícia, nesses tempos tão intolerantes, estava destruindo os terreiros e perseguindo os filhos de santo... e que, agora, tinham destruído o terreiro dele, quebrado as imagens dos orixás, pisoteado aquela terra sagrada, destroçado os assentamentos e colocado fogo depois; só deu tempo dele correr, e pedir ajuda para se esconder. Eva chorou. Realmente, eram tempos muito tristes, de intolerância e perseguições, por isso ela se escondia no ateliê, quase não saía de casa, nem sua mãe, e Matias podia ficar com elas, se quisesse. Mas, moço, você me chamou de Eva, sem que eu me apresentasse; já me conhecia? Porque eu tenho a impressão que já conheço você, não me é estranho...

Sim, respondeu Matias, já conheço você, de muito tempo. E tocando a testa de Eva com um dedo, ela começou a falar, como que em transe – oh, Orunmilá[5], lembro de você, de Ilé-Ifẹ̀, quando te escondi de Iku, sim, Matias, agora posso reconhecer você em qualquer corpo, lugar ou época. Que deslumbrante conseguir ver através do véu do tempo, das eras, perceber que ainda somos Ewá[6] e Orunmilá, e saber que conheço todos os odus[7] do Ifá, e que passado, presente e futuro já não podem me iludir, pois meu Ori[8] conhece tudo.

Eva continuou: eu sou Eva. Ainda sou. Somos uma só, ela vive em mim. Ainda sou Eva, e você ainda é Matias. Sempre fomos e seremos. Somos muitos outros, infinitos outros, posso ver todos os fragmentos dos nossos eus coexistindo e convivendo, simultaneamente. Somos todos, somos tudo, tudo está acontecendo ao mesmo tempo agora... O Tempo não existe. Iroko só dividiu o Tempo para não enlouquecermos.

Orunmilá se aproximou de Ewá, e os dois dançaram abraçados, e eram Nanã e Nataraja[9] dançando, eram Xangô e Terpsícore, eram Isadora Duncan e Huehuecoyotl, eram Michael Jackson e Hator abraçados, rodopiando, criando e destruindo mundos, e eram você e eu e os orixás, no eterno xirê[10] que é a vida.

5 Orunmilá-Ifá, orixá da sabedoria e da profecia, senhor que conhece e controla todos os destinos.

6 Ewá, filha de Nanã; orixá da vidência, deusa do belo e das artes, senhora das possibilidades. A única yabá (orixá mulher) que conhece os Odus.

7 Odus, divindades que regem o destino; são os signos do Ifá (oráculo). Foram criados por Orunmilá, que os ensinou a Ewá.

8 Ori, cabeça; divindade pessoal, representa a mente, a intuição espiritual e o destino de cada pessoa.

9 Nataraja, deus hindu da dança cósmica. Outros deuses da dança: Terpsícore, musa grega. Huehuecoyotl, deus asteca. Hator, deusa egípcia.

10 Xirê, dança ou roda; ritual do candomblé em que os orixás vêm à Terra dançar com seus filhos.

COBRA CRIADA

IGOR SIMÕES

Orientado por Luciany Aparecida

Uá ainda conservava o hábito de catar os melhores grãos de feijão fradinho para a tradicional salada de domingo na noite em que o jovem Milá entrou pela porta com a urgência esbaforida de quem foge da morte.

A casa de Dona Uá era uma das poucas que ainda dormia de porta destrancada no Morro da Transformação. Nem mesmo nos últimos tempos, quando passou a receber olhares atravessados do chefe da facção que tomara o controle da favela, ela fechava totalmente as portas de sua casa.

Não que não tivesse medo. Uá mantinha a chama da vela de seu anjo da guarda acesa ininterruptamente, mas sempre prevalecia em seu pensamento a ideia de que é na madrugada que as urgências se tornam ainda mais urgentes e que alguém, como Milá, poderia precisar de sua ajuda a qualquer hora.

Dona Uá, como era conhecida, era quase uma unanimidade no Morro da Transformação. Moradora da favela desde os tempos de menina, guardava na memória o dia em que chegou ali em um imenso caminhão branco do governo, depois que misteriosos incêndios atingiram a sua casa e a de outras milhares de pessoas pobres em diferentes lugares da cidade.

Entre a poeira levantada pelos caminhões e a luz das lamparinas improvisadas, Dona Uá viu as primeiras casas do Morro da Transformação serem erguidas com mais lágrimas que cimento, mas ainda assim mantinha a esperança de dias melhores que carrega até hoje.

Ali, aprendeu que além da morte, a única certeza sobre a vida era o movimento. Precisava seguir em frente mesmo nos momentos em que nada parecia dar certo para criar novas possibilidades de existir. A vida melhoraria desde que continuasse se movimentando, como a serpente que devora a própria cauda para se renovar.

Foi o movimento que transformou o casebre de sua família no primeiro e único terreiro do Morro. Entre a dança das chamas das velas acesas no quintal de sua casa, Dona Uá foi conhecendo a história de cada família que vivia ali e herdando pouco a pouco as funções de sua mãe, grande rezadeira e conselheira da região.

Envolvida em seu pano da costa desde menina, Dona Uá aprendeu a colocar os pés no chão e sentir o sagrado, a quinar erva, e usar sua mediunidade em benefício da comunidade. Não demorou muito para se tornar uma líder religiosa e comunitária na região, sempre tentando ocupar os vazios que preenchiam o coração do morro.

O terreiro do Morro da Transformação era o lugar onde se encontrava a reza de cura quando se faltava médico, onde se encontrava comida quando se faltava alimento, onde se celebrava a vida quando se faltava a alegria.

Anos mais tarde, o terreiro passou a ser também lugar de proteção quando chegavam as batidas policiais, cada dia mais constantes. Foi nos anos de chumbo que as vielas do Morro da Transformação apareceram pela primeira vez nas páginas de um jornal com marcas de tiro embaixo da palavra "suspeito", escrita em letras garrafais.

"Com quantos 'suspeitos' se faz uma revolução?" Quando o tráfico chegou ao morro, era esse o discurso usado para seduzir os meninos que ali cresciam. Mais que um emprego com salário que não se encontrava em nenhuma oportunidade no asfalto, era a chance dos meninos vingarem a morte precoce de seus pais e amigos, a solidão de suas mães, o abandono compulsório, a impossibilidade de ser "alguma coisa".

Dona Uá tentava remar na direção contrária e transformar essa raiva em algo melhor. Acolhia as dores do povo como podia, fazia almoços coletivos, mutirão de construção, aula de dança, pintura, foi madrinha de grupo de samba e, por muitas vezes, venceu a queda de braço com a facção sobre o futuro dos meninos que nasciam ali.

Casada com o melhor amigo de infância, Dona Uá não podia gerar filhos, mas se tornou uma grande mãe para toda a comunidade e tinha o respeito de todo o morro, inclusive dos jovens da facção. Muitos daqueles meninos passaram pelo terreiro em algum momento e lhe tomavam a bênção sempre que a encontravam pelo morro.

Um menino em especial sempre rodeava o pensamento e as intuições de Dona Uá, o jovem Milá. Neto mais novo de uma das primeiras famílias que chegaram ao morro, o menino guardava uma sabedoria que a intrigava. Mesmo nos momentos em que trabalhou para a facção, o jovem parecia ter o domínio do tempo e era figura fácil nos projetos do terreiro.

Milá não hesitou em trocar o revólver pelos livros e enveredar pelo sonho de ser doutor quando percebeu que a facção perdia força no morro. A missão se tornou ainda mais difícil quando a nova facção tomou o comando e passou a ditar novas regras na comunidade.

O novo chefe fez correr entre as vielas as novas ordens. Quem tivesse qualquer ligação com a facção anterior e permanecesse no morro seria morto e em breve seriam proibidos os batuques nos fins de semana e qualquer tipo de, nas palavras da chefia, "ritual de magia negra" na comunidade.

Milá sabia que completava a cartela do bingo da morte, mas também sabia que os moradores andavam insatisfeitos com o novo comando e, num misto de coragem e desatino, decidiu permanecer no morro em que fora criado.

Enquanto isso, o terreiro de Dona Uá incomodava cada vez mais a nova facção. Num morro que vivia em disputa entre diferentes donos que buscavam tomar a liderança local na força, a "cobra criada" liderava a comunidade por ser quem se era e isso era inaceitável para quem só conhecia a submissão como sinônimo de respeito.

Dona Uá sabia como enfrentar os homens, nunca os temeu. Durante muitos anos acolheu mulheres vítimas das violências cotidianas, enfrentou adolescentes rebeldes, maridos violentos, policiais autoritários com a mesma serenidade de sempre, e não haveria de recuar diante de uma ameaça ao seu povo e ao seu sagrado.

Quando Milá entrou em sua sala, Dona Uá o acolheu como quem acolhia um filho em desespero, mas sabia que precisava estar preparada para se defender. Decidiu então reabrir as portas dos terreiros e fazer ressoar por todo o morro o som dos tambores silenciados. O som que ecoou nos sonhos do povo do Morro da Transformação como uma lembrança agridoce, ecoou entre os soldados que perseguiam Milá como um chamado urgente para a guerra.

Quando chegou ao terreiro com Milá, Dona Uá intuiu que um comboio de policiais insatisfeitos com a pouca gratidão da nova facção se organizava na parte baixa do morro para empreender uma emboscada durante a manhã. Ela sabia que seus inimigos seriam implacáveis com o terreiro, mas que não a fariam nenhum mal, pois perderiam de vez o apoio de toda a comunidade caso algo acontecesse a ela. Decidiu então esconder Milá embaixo de sua saia branca e aguardou a chegada do chefe da facção.

Em meio à fúria de seus inimigos, Dona Uá se fez de acuada e propôs um acordo para que não tivesse seu terreiro totalmente destruído. Em um falso pranto, afirmou que entregaria o paradeiro do jovem Milá e indicou o terreno na parte baixa do morro como seu esconderijo. Dona Uá enganou a morte e venceu seus inimigos e Milá saiu debaixo do pano branco como uma criança que sai do ventre para conhecer um novo mundo de possibilidades.

O morro nunca viveu em paz absoluta, mas Milá se tornou o primeiro médico formado da região, ajudando na chegada dos novos "filhos" de Dona Uá ao mundo, perpetuando a tradição ancestral do Morro da Transformação.

RIRO, YEWÁ!

Yewá, sou realmente digno de escrever alguma coisa sobre a Senhora?

JOEL FILHO

Orientado por Janaína Oliveira

De todas as Yabás, que eu me recorde, a Senhora é uma Orixá que eu não me lembro de ter tido algum contato mediúnico em minhas vidas passadas e muito menos nessa vida atual.

Confesso que aprendi bastante coisa a respeito da Senhora no processo formativo "Escrever com Axé - Yabás, mães rainhas" da Flup, mas isso me torna verdadeiramente merecedor de ser seu escolhido para escrever um texto, um conto, inventar uma história a seu respeito ou reescrever um de seus históricos itans?

A Senhora é uma Orixá que não tolera a irrealidade e a falsa motivação, logo, todas as tentativas de escrever um conto sobre ou para a Senhora foram frustradas. Escrevi e logo os apaguei, pois, apesar de aparentarem ser bons e interessantes, sentia que não era algo da alma e preferi registrar essa nossa conversa honesta, porque esse é o meu lado virgem, intocado, despido, nu, humano, onde o que escrevo aqui não tem vestimentas nas minhas palavras e deposito fé que a Senhora, como Protetora de Todos os

Lugares Virgens e de Tudo que é Virgem, vai preferir mil vezes o que está anotado aqui.

Sei que não devo te perguntar o "por quê?" da Senhora me escolher para escrever alguma coisa a seu respeito, mas sim o "para quê?"; ou seja, preciso encontrar, aqui nesta nossa escrita e conversa, o propósito.

Nessa continuidade, Senhora Yewá, Protetora dos Escritores, me abençoe com sabedoria para aquilo que eu possa já compreender e me conceda já a sua proteção para eu aceitar aquilo no qual a Senhora não me deve satisfação.

Admito que não fiquei surpreso quando me foi revelado que fiquei responsável por escrever algo sobre a Senhora. Naquele dia, tínhamos a obrigação de produzir uma sinopse e as outras duas eram opcionais. Já tinha preparado duas sinopses e a Senhora me motivou a enviar uma terceira sinopse justamente sobre a Senhora, mesmo sabendo que isso me colocaria em um lugar desconfortável. Esse desconforto é a real motivação.

Ao me permitir vivenciar essa sensibilidade, na clarividência dessa escrita, fui percorrendo os caminhos da minha humanidade e a minha corporeidade incomum e atípica é uma saudação.

Nesse momento de afeição, em que o meu ori está cercado por suas névoas, meus pensamentos são como uma petição que caminham em sua direção, rodam por terras, voam por ares, navegam por mares e são acolhidos e deferidos em seu coração.

Precisei me esvaziar do primeiro até o sexto sentido para te encontrar, entender que ser transparente também é algo criativo e que há beleza na imperfeição.

Receba, Yewá, a minha gratidão por me alimentar com a sua compaixão, por afastar de mim todo e qualquer desespero ao ser escolhido pela Senhora para registrar esse diálogo inteiro.

Eu estava seco, a Senhora se transformou em uma fonte de água, eu escrevo enfermo e debilitado e a Senhora me apresentou a ideia de que o novo começo pode já surgir da situação extrema.

Dessa minha teima em achar que não escrevo algo à altura da Senhora, nessa nossa improvável interconexão, fica aqui registrado um legado duradouro e positivo para a futura geração, de que Yewá semeia conceito em seus escolhidos, rega significado em seus merecedores, e colhe frutos significantes de seus escritores.

Riro, Yewá!

UM ENCONTRO MARCADO COM EWÁ

JULIANA SÁ
Orientada por Ana Paula Lisboa

Exu percorria as encruzilhadas escutando vozes e pensamentos eufóricos quando avistou ao longe raios dourados iluminando uma casa. Na beira do caminho, percebeu que toda a agitação era sobre uma menina que Oxum estava ali a cuidar ainda no ventre.

Galo cantava. Gato miava. Pomba-gira girava no ar. De longe, se ouvia o balanço da canoa e se avistava terno branco cintilar.

A bolsa das águas começou a estremecer. Fecha porteira, cancelas e tronqueiras. A calunga grande começa a encher. Vem de onda em onda, afogando timbre eufórico, o eco que só uma gargalhada de Exu pode ter.

No alto da serra, sob a luz do luar, descia Oxum com sua beleza, trazendo paz, levando a tristeza, descarregando tudo nas ondas do mar.

Ê, menina! Seus bem-te-vis começaram a cantar. Do lado de fora, os lírios colhidos chegavam para enfeitar o congá.

Certa de que a menina já não andaria sozinha na terra dos humanos, Oxum convocou outros orixás para ajudá-la nesta missão.

Ogum concedeu coragem.

Oxalá, generosidade.

Oxóssi, sabedoria.

Xangô, o encantamento pela justiça.

As Yabás, juntas, teceram cuidadosamente o seu coração com linhas grossas e finas, para que fosse fácil banhá-lo nas águas no rio, na terra ou no mar.

Sem pressa, sem atraso. Tão certa como as flores de maio. No minuto cravado de uma nova hora girar…

Oh, lá vem ela! Um corpo ventania.

Redemoinho de riso, sentimentos e fé.

Aprendeu a pisar firme em toco de um galho só, tão certeira como um raio é.

No silêncio da brisa, seus olhos passearam observando tudo no cazuá. E, de tanto enxergar, começou a ficar confusa, porque os adultos de só falar não deixavam de petrificar. Audaciosa, começou a ventar.

Depois de crescido, diziam adultos, o barro endurecido não tinha água que desse conta de amaciar. Ora, a menina, acalentada nas águas, teve muita dificuldade de aceitar.

Tal como água em pedra dura, que tanto bate até que pula, todas as vezes em que ouvia a mesma resposta, repelia-se nas dobras do cazuá e balbuciava a prece de aprender e aprender até o último dia em que o vento puder tocar.

Suas águas-lágrimas corriam pelos rios de mamãe Oxum, desaguavam no mar de mamãe Iemanjá e, junto das correntezas do oceano, chegavam até o horizonte onde está Ewá: senhora dos nevoeiros, da mutação, a cobra que engole sua própria cauda.

E, tal como a chuva, que mesmo se anunciando no céu tem sua precisão para cair, Ewá fez de todas as lágrimas recebidas a nuvem perfeita para desaguar na tristeza que encobria os presentes que os orixás vieram entregar.

Deitada olhando pro alto, de olhos fechados, como quem enxerga pelos instintos e pelo coração, ficava a menina esperando que viessem de cima raios, cavalos ou trombetas que pudessem lhe arrebatar a solidão.

Feito água e óleo que não se misturam, jujuba que no guaraná não derrete, parecia a divisão entre o que se falava e o que se fazia para quem adultece. Nessa brincadeira da gangorra só não tinham vez os corpos pequenos e leves.

Se fosse de voar sem se espatifar, feito andorinha que voa no ar, só no jardim, no jardim do céu da imaginação onde corre, corre, estrelinha, clareia o mar e esse mundão.

Ewá, protetora das artes, cumprindo sua generosa doação, choveu no coração da menina tornando fértil a vida para as sementes da criação. De todos os brotos, fincaram as raízes da dança e da escrita, aflorando a esperança de novos destinos e diversão.

Quanto mais encantada inventava caminho, cansada ficava a tristeza nessa perseguição.

Exu, que a todo lugar conhece, liberou a estrada para a menina ver o que acontece.

Chão batido. Mata branca. O céu pegando fogo.
Da colina de seu Ciço à calçada da dona Maria,
vai e volta, dança na praça, vem!
Só um copo d'água, vários goles de café.
Senta aqui na calçada, vê só a risada que tanta história tem.
Se é para encarar a vida e esse desdém,
bota fé no seu lápis e no rumo que ele tem.

Veja só, Exu, chegou a hora de ir além. Fale com Ogum para ver o tamanho que essa estrada tem. Vai que do outro lado o mundo dos adultos é bem melhor do que o que aqui se tem?

Selou Ogum o seu cavalo, encheu suas reservas do alimento que não poderia lhe faltar: coragem. Sua voz firme veio lembrar que, seja no asfalto, na mata ou no mar, o que se ganha de Ogum só Ogum pode tirar.

De linha em linha, seus pés cruzaram a terra que se tinha a desbravar. Ao chegar, percebeu que por dentro era ainda menina, mas não foi assim que o novo mundo adulto a reconheceu. O que mudou? O que padeceu?

De hora em hora, a menina lembrava do presente que Ogum lhe dera, mas não demorou muito e o espanto aconteceu: no mundo dos adultos, a escola é uma só, e os portões, muitos. Ainda bem que, se as muralhas são de ferro, Ogum vem para lembrar que sonhos ainda podem ser versos.

De passo em passo, foi traçando seu lugar e, sem espelho em que se possa enxergar, criou capas para adultizar. Ora, é preciso alguma coisa mudar!

Não se ganha coragem apenas para se espantar. "Se é preciso na língua deles falar, é nessa gira que eu vou girar."

No parque dos adultos é gangorra para cá, pião sem barbante para lá. Um tempo sempre difícil de sincronizar. O jeito permitido de parar é se estatelar. "Como eu tenho uma capa de adultizar, nessa hora vou largar para pousar. Não é isso que vai me fazer parar."

Vida gira. Gira vida.
Onde está meu tamborzinho de tocar?
Esqueci em algum lugar!
Tudo bem. Deixa para lá. Não precisa cantar agora. Dá para adiar.
Tenho que agendar minha hora de dançar.
Não dá agora, mas uma hora vai dar.
E aquele lápis de pintar?
Que besteira! Já tem muita cor para enfeitar.
Olha o céu! Como era mesmo o céu lá?
Faz tempo que os bem-te-vis não vêm me visitar.
O despertador assumiu o lugar.
Nem percebi, comecei a desencantar.
Só depois é que o espelho chegou para eu constatar.

Iku, a morte, que pelas estradas da tristeza e do desencanto caminha, logo soube da menina e passou a segui-la na mesma linha. Toda vez que no espelho tentava se ver, não via mais seu rosto, só a sombra de Iku a crescer.

Desesperada, voltou a chorar pelos cantos da vida. Nas sombras de Iku, adulta se via. E adulto se questiona?

Sentindo-se endurecer, a menina chorava, mas as águas não corriam, subiam e quase a afogavam. Chegando ao pescoço, com medo do fim, cerrou as águas-lágrimas, que ficaram sem fluir.

Ewá, que nas lagoas também faz morada, reconheceu a menina e marcou nova jornada. Dessa vez, desceria à terra, para Iku espantar, e os orixás juntos o encontro fariam costurar.

Exu, amante do mistério e do inesperado, providenciou dias e horas, num passe bem guardado. Só com um pedido direto a ele se podia passar, pois não há linguagem que Exu não saiba escutar.

A menina pediu, driblando o desencanto, rememorando aquele som de espanto que ouvira no ventre da mãe, bem profundo, a gargalhada dos Exus ressoando pelo mundo.

As Yabás abriram suas portas, prontas a escutar, sabendo que a menina gosta de conversar. Um prato de comida aqui, dois goles de café acolá. Yansã chegou em borboleta, Obá no sorriso a brilhar.

Ewá, guardiã dos que à escrita se entregam, fez surgir uma cartilha sobre si, para quem a ela veio saudar. Enquanto lia, a menina sentiu-se mal, lembrando que Iku a esperava, firme no portal.

Levantou-se, temendo que algo pudesse romper a porteira das suas águas-lágrimas, que insistiam querer descer. Temia ver saindo de seus olhos o pouco que faltava para seu afogamento acontecer.

No caminho, rumo a Iku, a menina desmaiou. No leque das folhas de Ewá, ela desapareceu e se apagou. Acordou sozinha, num quarto escuro a repousar, sem forças, apenas ouvindo os tambores no ar.

Ri Ro Ewá! Ri Ro Ewá!

Enquanto Yabá, em suas filhas, dançava e girava chamando as outras orixás para a dança formar, o desencanto da menina começou a se quebrar.

Deitada, de olhos fechados, ela sussurrou: Aprender! Aprender! E, entre o abrir e o fechar dos olhos, pôde então ver o prazer pela arte renascer.

Ewá dançou até que a menina pudesse se erguer, passo a passo, do chão, a se refazer. Percebeu que o peso da água não mais a prendia.

Ora, menina, choveu enquanto você dormia!

No portão, lá estava Iku a esperar, mas desta vez ele não pôde a reconhecer ou encontrar. Voltando para casa, a menina decidiu ofertar um presente a Yabá, para a agradecer e honrar:

Voltarei a escrever e vou contar com prazer,
como Ewá, com criatividade, fez Iku se perder,
livrando com generosidade suas crianças-adultas,
da morte em vida, com suas danças ocultas.

Iku bateu em todas as portas e espelhos onde estivera com a menina, mas não a encontrou. Passou por ela várias vezes, sem perceber, sem sentir.

Esse é o encanto de Ewá, que, diante da morte, a fez sumir.

ITAN DE EWÁ

NATARA NEY
Orientada por Angélica Ferrarez

Para todas as Mães de Santo que partilharam seus saberes. Agradeço ao Pai Macumba por ter sido nossa conexão com estas rainhas.

Há tempos Ewá vivia com seu irmão Oxumarê, arco-íris em céu em festa, dança das cores. Ewá desenha de tons róseos o final de tarde. As belezas do mundo nascem das mãos da Nossa Mãe.

Na tarde do primeiro dia de inverno, o coração de Ewá muda o ritmo, descompassa. O vento carrega notícias ruins . A Deusa de todas as possibilidades decide visitar o Reino de sua mãe Nanã. No corpo da serpente ela transita pelo rio que hoje leva seu nome, se alimenta das oferendas deixadas, acolhe os pedidos de seus filhos. Serpente, abre caminhos nas turvas águas, cria redemoinhos, levando para o fundo do rio as dores dos homens. Ao passar, traz de novo o florir onde antes vida não tinha.

Empunha agora suas armas, a serpente se transmuta em mulher, transita entre os homens. Acolhe as súplicas e segue em busca do que lhe atormenta a alma.

Aproxima-se da cidade de Abeokutá, a guerra entre duas tribos segue numa ferocidade poucas vezes vista. Insanos guerreiros lutam por algo que nem se lembram. Só ferocidade estampada no rosto de cada um. Ewá se interpõe entre os grupos, a névoa confunde os campos de batalha, perdidos, os homens erram os caminhos e se afastam. O som da batalha cede lugar ao grito das mães que perderam seus filhos. Pequenos corpos sem vida são depositados aos pés da Orixá, oram para aquela que já enganou a morte outras vezes. Desta vez não há o que possa ser desfeito, de certo só a promessa de Ewá de tomar conta daquelas almas e garantir que sejam recebidas em festa no Orun. O rosto seco das mulheres é irrigado por lágrimas. Naquele tempo as águas de suor e lágrimas eram doces, Ewá coloca o sal nelas, depois deste dia, decreta que toda humanidade chore a cada vez que uma mãe perder um filho.

Ewá volta para seu horizonte, retoma sua missão de trazer o véu da noite sobre a terra e o nascer do dia, renovando assim a esperança em dias melhores.

No arco-íris ela é cor branca, sempre pedindo paz.

ENTRE NEBLINAS E RAIOS SOLARES

Selminha Ray
Orientada por Mãe Flávia Pinto

Anaya era uma criança quieta, daquelas meio incompreendidas, que as pessoas julgam apática. A mais nova dos 13 filhos de dona Severina completara 4 anos e nunca havia dito nenhuma palavra, sequer brincava com os irmãos, limitando-se apenas à obediência aos conselhos maternos. Não sentia falta da interação infantil, pois os poucos vestígios de empolgação surgiam no contato com o que lhe era natural: o céu rosado do fim de tarde e o arco-íris pós-chuva de verão, que deixava a imensidão colorida e intrigante, como se contasse algum segredo que só a menina fosse capaz de desvendar. À época, Queimados, Baixada Fluminense do Rio de Janeiro, era uma cidade-terreno aberta, com bambuzais e árvores antigas, cheias de histórias para contar. Anaya ouvia todas.

Devido aos tantos afazeres domésticos, mãe Severina passou a servir o almoço da menina na porta da cozinha para supervisionar de perto a caçula e ver o que poderia haver de errado com ela. Sem muito tempo para pausas, por dias ouviu apenas as risadas da criança, entre um cuidado e outro com alguns dos filhos mais velhos, que chegavam e iam para a escola, e dos outros que traziam a colheita do dia. Para além do céu fúcsia-alaranjado e do arco-íris onde Anaya jurava que habitara em tempos passados, a refeição das 12 horas era agora motivo de alegria extrema também.

Passados mais alguns dias, outro barulho uniu-se à risada farta de Anaya. Era uma espécie de sibilo. Um som de "s" constante, como se algo se arrastasse pelo caminho. Mãe Severina aproximou-se lentamente para checar e quase teve um treco: Anaya estava se alimentando com uma cobra de seu tamanho. Dividia a comida com a serpente como quem dividia um doce com a melhor amiga.

Sem coragem de intervir, mãe Severina pediu a um de seus filhos que chamasse seu João, velho rezadeiro da região, que também capinava quintais nas horas vagas, amigo de longa data da senhora. Sem saber se era feitiço ou bicho que havia se soltado do mato, preferiu que o homem cuidasse do ocorrido, já que entendia dos dois casos.

Seu João olhou meio cismado e prometeu a Severina que daria cabo da situação. Pegou a cobra, mas não a matou. Orientou que seguisse seu caminho porque ainda não era hora de a menina lidar com aquela companhia. No tempo certo, deveria retornar. Mãe Severina não entendeu de imediato e sentia que ali tinha certa magia, para a qual, no entanto, não fora mesmo preparada para entender. Fez seus filhos mais velhos jurarem que esqueceriam o que havia acontecido, agradeceu a seu João e a cobra nunca mais apareceu.

A apatia de Anaya foi se dissipando. Começou a falar, mas apenas o básico. Para expressar-se, usava de seu dote artístico: pintava como ninguém e aprimorava diariamente seus traços. Sem saber o porquê, a assinatura de seus quadros era a silhueta de uma cobra, como se o animal nunca tivesse lhe deixado. Quanto mais avançava na idade, mais o espírito encantado de Anaya sentia que não pertencia ao lugar onde estava e no dia em que completou 21 anos olhou fixamente para o arco-íris que havia se formado no céu. Intencionou silenciosamente ir de encontro ao final dele. Partiria em busca de seu próprio horizonte.

Como aqueles sinais de Orixá que aparecem para confirmar nossos passos, o celular de Anaya tocou e a notificação era de uma grande exposição no Rio Grande do Norte, para a qual nem lembrava ter feito a inscrição, mas que havia sido selecionada. Com o convite, uma bolsa de estudos de um ano na Escola de Artes Plásticas de Natal com residência paga.

Cansada daquela presença inerte em sua casa, mãe Severina sentiu-se aliviada e rezou Anaya na partida, pedindo aos encantados que a encaminhassem ao encontro do que ela precisava encontrar.

Fez do Rio Grande sua casa, dedicou-se aos estudos e conheceu Leo, um curador artístico, filho de imigrantes portugueses, que não chamou muito a sua atenção de início, mas que tinha certo magnetismo que a atraía vez ou outra para perto. Namoraram por um tempo e, depois de ter a vida consolidada na cidade, Anaya convidou Leo para morar e trabalhar junto dela.

Leo dizia ver em Anaya certa beleza diferenciada e talento inquestionável, coisa que nem na Europa teria encontrado. Encorajava a artista a trabalhar cada vez mais nos projetos de interesse dele e assim fazia do nome dela, seu também. Seus elogios a ela tinham um quê de admiração, mas que facilmente poderiam ser lidos como investimento em alguém em quem se vê um grande potencial. O suposto amor virou negócio, mas Anaya ainda não entendia como funcionavam as artimanhas do homem de pele alva.

Aos poucos, o que deveria uni-los começou a distanciá-los: a liberdade criativa que Anaya tinha passou a ser cerceada pelos toques sempre com tom de muita inteligência de Leo, mas que na verdade só serviam para demonstrar como ele supostamente sabia o que era arte e ela não. Toda pintura que ela fazia não era boa o suficiente para ele. Participar de outra exposição? Para quê? Para que os outros artistas se destacassem mais que ela e sua arte ficasse ofuscada? Precisava pintar mais. Exaustivamente, Anaya acabou presa nas falácias daquele candiru que sugava sua energia e tentava roubar a única coisa que era dela, só dela. Segundo ele, tudo isso era unicamente por amor, porque ele sabia que ela poderia ir além, muito mais além.

Enquanto a cansava fisicamente, Leo também manipulava os pensamentos de Anaya, dizendo que o maior projeto artístico de sua vida ainda estava por vir: um filho. Fruto daquela união esquisita, mas que ele vendia como sorte. Anaya nunca acreditou em sorte. Acreditava em céu rosado e arco-íris, mas sorte nunca. Tudo o que havia conquistado tinha sido às custas de muito trabalho, dedicação e intenção.

Certa noite, devido ao cansaço extremo, Anaya dormiu profundamente e sonhou que uma mulher belíssima a visitava. Negra como a noite, ela disse que a pior traição era aquela que cometíamos contra nós mesmas. E que nem tudo o que parecia ser, era. Depois de dar o recado, a mulher se transformou em nevoeiro e se dissipou.

Ao acordar, o sonho não saía da mente de Anaya. Voltando à rotina diária e pintando sob a pressão de Leo, inflamou os tendões de tanto trabalhar. O corpo já não respondia às demandas. Precisava parar.

Anaya decidiu suplantar o silêncio e chamar Leo para expor as insatisfações. Sentia-se usada, sem perspectiva. Já não tinha mais tempo de olhar o céu rosado do fim de tarde. Nem parecia a mesma que chegara na cidade há 5 anos. Leo tentou persuadi-la de qualquer forma, jurando que tudo o que fazia era para tirar o máximo dela porque sabia que ela era capaz de doar-se cada vez mais em prol da família que construíam. Mas, para Anaya, a bruma que a impedia de entender aquela relação de poder a que era subjugada dissolveu-se. Não sabia quem era a mulher do sonho, mas tinha entendido o recado. Era preciso dar um fim naquilo. Precisava continuar em busca do que havia depois do arco-íris. Leo, como um leão faminto e ambicioso, sabendo ter pouco ou quase nada de talento e vendo seu pote de ouro escapando pelas mãos, agarrou Anaya e forçou seu sexo para dentro dela. O ato não era nada artístico. Era feio, rude, violento. Anaya não conseguiu chorar, mas caiu absorta para o lado, vendo a cena repetir-se por 14 dias seguidos.

No décimo quinto dia, já não tinha mais forças. Sua casa havia se transformado no cativeiro escolhido por seu algoz. Já era quase noite, então Leo saiu para comprar um teste de gravidez. Sem entender o porquê, Anaya sentiu seu corpo trêmulo e logo surgiu uma vontade intensa de rir, como não sentia há tempos. Nessa hora, outro barulho uniu-se à risada farta de Anaya. Era uma espécie de sibilo. Um som de "s" constante, como se algo se arrastasse pelo caminho. Uma cobra havia entrado na casa e foi como se elas já se conhecessem de outros tempos. Nenhuma das duas estranhou a presença da outra. Assim, a serpente recostou-se por detrás da cabeça da mulher que estava deitada. Ao entrar em casa procurando obrigá-la a fazer o teste, Leo chamou por Anaya, que não reagiu. Transtornado, não notou o ambiente e sua ira só aumentava ao ver a mulher imóvel com os olhos fixos nele. Olhar que atravessava a alma. Então, ele aproximou-se e, antes que pudesse fazer mal a ela de novo, foi atacado, sentindo de maneira rápida e extremamente dolorosa o veneno se espalhar por seu sistema nervoso. Inebriado, sem saber se era a mulher ou a cobra, se era rastro ou pegada, sentiu seu corpo desfalecendo e sua alma sendo carregada de encontro à terra.

De alguma forma, Anaya se sentia como em transe. Aos poucos, o corpo foi se estabilizando e ela sentiu-se aliviada com aquele desencarne. Satisfeita e confortável com a companhia do animal sem ao menos saber o motivo, apenas soube que poderia ser novamente quem era.

Finalmente, Anaya conseguiu levantar e a cobra foi lentamente embora. O homem foi retirado dali sem vida pelos bombeiros da região. Fato curioso é que o veneno encontrado no corpo de Leo era de uma muçurana, cobra inofensiva para seres humanos, mas que havia feito estrago no homem por dentro. Um mistério que a ciência não daria conta de desvelar.

Ao saber do ocorrido, Niara, uma das irmãs mais velhas de Anaya, foi ao seu encontro e dedicou alguns meses ajudando-a na recuperação. Entre muitas sessões de terapia, conversas e visitas a espaços de aquilombamento para mulheres negras e indígenas que sofreram situações abusivas em relacionamentos, Niara decidiu contar sobre a cobra que comia com Anaya. A essa altura, mãe Severina já não estava mais em terra e coube a esta mais velha ajudar a irmã a encontrar seu caminho de fato.

Ambas decidiram procurar uma casa de axé para entender a forte ligação entre mulher e cobra. No jogo, Tita, a velha e respeitada Iyalorixá daquele ilê, repetia:

"Foi Yewá, fia, foi Yewá. Ela se mostrou. Yewá te alimentou e te socorreu quando você mais precisou. Por desconhecimento, você foi afastada dela, mas agora chegou o momento de vocês serem uma só. A essas terras, você foi trazida porque saístes daqui arrancada em tempos distantes. Voltastes para terra, para Orixá; voltastes para si."

A Iyá explicou ainda que ter a cobra por perto era sinal de renovação e possibilidade de reinvenção. Que Anaya carregava consigo todas essas características. Yewá é Dan. A cobra que é começo-meio-começo. Circularidade que esse mundo não dá conta de explicar. Para os parentes, símbolo de proteção espiritual.

"Você está protegida por quem nunca te esqueceu, desde os tempos em que seus antepassados foram tirados dessas terras dos Potiguara e levados para a cidade. Há muitos segredos guardados no baú do fim do seu arco-íris, menina. Yewá te conduzirá nesse processo."

Ela ria e também chorava por saber que continuaria a seguir o caminho de encontro a sua ancestralidade. Iniciou-se para a Orixá de acordo como deveria ser feito e, ao cumprir seus preceitos, criou a Casa Coral, onde, através da arte, passou a ajudar meninas e mulheres que sofreram situações de violência doméstica. Com o auxílio da artista, elas dedicaram-se a escrever (ou pintar) uma nova história para suas vidas.

Anaya nunca contou a ninguém que não podia ter filhos, mas acabou, graças ao projeto, tendo várias filhas. Todas gratas pela arte que salva vidas. Tornou-se mulher-renovo que, como a menina de espírito antigo, ainda amava céus rosados e arco-íris pós-chuva de verão. E, depois de tudo o que viveu, ainda teve fôlego para perceber que a vida é magia, contínua, segredo que a natureza nos revela lentamente entre neblinas e raios solares.

Formato: 16 x 23cm
Tipologia: Baskerville 11,5/16
Papel: Pólen Soft 80 g/m² (miolo)/Cartão Supremo 250 g/m² (capa)
Número de páginas: 318